Barns Joyce

Tropical Watergate

Costa Rica und Zentralamerika

Tropical Watergate

Mörderischer Betrug im grünen Paradies

Thriller

Climate Crimes

Reihe

1. Element des Lebens
WASSER

Die Deutsche Nationalbibliothek verzeichnet diese Publikation in der Deutschen Nationalbibliografie, detaillierte bibliografische Daten sind im Internet über dnb.dnb.de abrufbar

© 2019 Barns Joyce

Illustrationen und Titelbild: Rosa Lee
Fotos und Design: Bearnheardt Art Exchange, Cologne
Korrektorat: Helga Stone, Tina S., Natha Joyce

Weitere Informationen unter
www.bearnheardt.com und **www.tropical-watergate.com**

Herstellung und Verlag:
BoD – Books on Demand, Norderstedt

ISBN: 978-3-7504-1062-6

*Vielen Dank an meine
Familie und Freunde,
die mich immer
unterstützt und an
mich geglaubt haben.*

PURA VIDA!

"The earth, the air, the land and the water are not an inheritance from our forefathers but on loan from our children. So we have to handover to them at least as it was handed over to us."
(Mahatma Gandhi)

Inhaltsverzeichnis

Tag 01 Auf zu neuen Ufern

Die Köchin versuchte angestrengt, die Schreie und Flüche zu ignorieren. Sie klapperte etwas lauter mit dem Geschirr, seufzte resigniert und konzentrierte sich auf ihre Arbeit. Heute gab es Angus Beef-Filet mit Kräutersaitlingen, Porree und einer deftigen Pfeffer-Rahm-Soße. Als Vorspeise hatte sie frische, irische Donegal Austern und für den Nachtisch eine Crème Brûlée zubereitet. Der jungen Küchenhilfe lief das Wasser im Mund zusammen, als sie die penibel zubereiteten Speisen sah. Ihre Chefin hatte in ihrer langen Karriere zwei Sterne für ein Gourmetrestaurant in Deutschland verdient und sie zeigte auch heute ihr ganzes Können in der herrlich duftenden Küche. Es blieb oft etwas übrig und der regelmäßige Gaumenschmaus machte die cholerischen Anfälle ihres Bosses wett. Sie arbeitete gerne bei den Hamiltons. Trotz der weihnachtlichen Gemütlichkeit und Friedlichkeit war der Hausherr heute mal wieder außer sich vor Wut.

„So eine Scheiße! Ich dachte, das wäre längst geklärt und in trockenen Tüchern", hallte es durch die Luxusvilla im Bostoner Stadtteil Beacon Hill. Die beiden Frauen in der Küche zuckten zusammen, als sie die donnernde Stimme aus dem oberen Stockwerk des roten Klinkerbaus hörten. Sie tauschten vielsagende Blicke aus und ließen sich nichts anmerken. Ihnen durfte auf keinen Fall ein Fehler beim Kochen unterlaufen. Ansonsten wären sie schnurstracks ihren Job los.

John Hans Hamilton lief aufgeregt durch sein Arbeitszimmer in der Stadtvilla. Der braune Parkettboden ächzte und knarzte unter seinen ledernen Pantoffeln. Er telefonierte und brüllte immer lauter in sein Handy. Die Halsschlagader war deutlich zu sehen. Seine Frau hatte ihm schon mindestens hundert Mal gesagt, dass sein Kopf irgendwann zu zerplatzen drohe, wenn er sich weiterhin so aufrege. Ihm war das egal. Es war ihm auch egal, was sein Arzt dazu sagte. Allein im letzten Jahr hatte er vier Mediziner mit mehreren Doktortiteln verschlissen, weil sie ihm Ruhe und etwas mehr Gelassenheit geraten hatten. Er konnte diese Stümper und Quacksalber nicht leiden. Er war ein Geschäftsmann und er liebte es, Geld zu verdienen. Irgendwelche Esoterikfuzzis mit ihrem Wir-packen-dich-in-Watte-Gelaber konnten ihm gestohlen bleiben. Er hatte dafür keine Zeit. *Wer keine Autorität besitzt, kommt im Leben nicht weiter*, lautete sein Lebensmotto. *Wie sonst hätte ich mir meinen Reichtum und das größte Energieimperium in der nördlichen Hemisphäre erarbeiten können*, dachte er des Öfteren. Meistens kündigte er nach unbefriedigenden Arztbesuchen ein paar Mitarbeitern. Fünfhundert mehr oder weniger machten bei den vielen tausend Angestellten bei der Gas&Water Electric Aktiengesellschaft keinen großen Unterschied. Es tat ihm immer gut, Leute zu entlassen. Und zugleich ließ er sich von seiner Frau einen neuen Kurpfuscher suchen. Seine Aktionäre dankten es ihm, wenn er die Personalkosten bei der G&WE AG senkte. Weihnachten war vorbei. Da konnte er ruhig hart durchgreifen.

Als er zwischen einer Reihe von Verwünschungen kurz Luft holte, bat ihn sein Gesprächspartner, den Fernseher anzumachen. Die Unterhaltung verlief sehr einseitig, da John wild gestikulierend schimpfte und systematisch den Raum verwüstete. Glassplitter von seinem Whiskeyglas lagen auf dem Boden und ein Dutzend Dominosteine aus Schokolade verteilten sich kreuz und quer über seinen prachtvollen Mahagonischreibtisch. Einer lag zerkaut auf einem Stapel Akten. Er hatte ihn angewidert ausgespuckt, als er die schlechte Nachricht per Telefon erhielt. Es ging um ein großes Staudammprojekt, das ihn schon viele Jahre beschäftigte. Er wähnte sich am Ende seiner unternehmerischen Reise und zählte schon im Traum sein Geld. Die vielen Schmiergeldzahlungen und die quälende Warterei sollten endlich ein Ende haben. Er identifizierte sich sehr stark mit seiner Firma, die zu den erfolgreichsten Unternehmen der amerikanischen Industriegeschichte gehörte. Es war alles sein Verdienst, weil er Gas&Water Electric an die Börse gebracht und zur Aktiengesellschaft geformt hatte. Er war es, der die großen Deals gemacht hatte. Er war es auch, der die vielen Übernahmen eingefädelt hatte. John Hans Hamilton galt in der Branche als *der Zerstörer*. Er sah sich hingegen selbst als Erschaffer, gar als Künstler und deutlicher Gewinner der globalen Energiewende. Seine G&WE AG war es schließlich, die mit den alten und neuen Energien gigantische Gewinne einfuhr. Der Bau des größten Staudamms in Zentralamerika und die Installation von riesigen Wasserkraftturbinen sollten sein Meisterstück sein.

Die Teilhaber wurden aber langsam unruhig. Mehr als zehn Jahre hatte er sie immer wieder hinhalten und von der Zusammenarbeit mit dem costaricanischen Staatskonzern Hidro Instituto Costarricense de Electricidad überzeugen können. Das HICE, wie die Costaricaner ihr Elektrizitäts-Monopol nannten, war kein leichter Geschäftspartner für John. Immer wieder gab es Probleme, Vereinbarungen wurden nicht eingehalten und Zeitverzögerungen gehörten zur Tagesordnung. Die Führung vom HICE wechselte mit jeder neuen Regierung. Das machte es ihm nicht leicht und jedes Mal musste er weitere, verdeckte Zahlungen leisten, um den Auftrag für den Bau des Staudamms im Süden von Costa Rica nicht zu verlieren.

Hastig nahm er die Fernbedienung in die Hand und klickte sich durch die Sender. Endlich hatte er den Nachrichtenkanal CNN gefunden. Ein Mann mit Anzug und Krawatte sprach auf Spanisch in die Kamera und die Reporter blendeten immer wieder Bilder vom costaricanischen Regenwald ein. Er las angestrengt die englischen Untertitel: „…haben ein Recht darauf mitzuentscheiden, welche Projekte auf ihrem Land umgesetzt werden. Sie haben ihre eigenen Vorstellungen von Entwicklung und wie sie die Umwelt schützen wollen. Es darf nicht sein, dass die Minderheit der indigenen Bevölkerung in Costa Rica systematisch von der Regierung benachteiligt wird. Somit tritt der Baustopp für den Staudamm Diquís für unbestimmte Zeit in Kraft, bis die unabhängige Kommission der Vereinten Nationen und die Verantwortlichen…"

John hatte genug gehört und gelesen. Mit aller Kraft schleuderte er die Fernbedienung gegen den Bildschirm, der durch den Aufprall einen Sprung und Risse bekam. Das Gesicht des Nachrichtensprechers verformte sich zu einer grotesken Grimasse. Der Energiemogul polterte wieder drauf los: „Was fällt diesen Affen ein? So ein paar Indianer sind doch nicht wichtig. Und siebentausend Hektar Wald vermisst doch eh keiner da unten."

Er wartete die Antwort nicht ab und legte auf. Der Raum roch nach Alkohol. MacAllen-Whiskey tropfte von der Wand neben dem Flachbildfernseher auf den Boden. Es hatte sich eine Lache aus Scherben und dem teuren Gesöff gebildet. Erst jetzt bemerkte er den Schaden, den er angerichtet hatte. Erschöpft setzte er sich auf seinen ledernen Sessel hinter dem Schreibtisch. Ein Bild von Donald Trump hing in einem völlig überteuerten Rahmen an der getäfelten Wand. Johns Gemütszustand passte nicht zum selbstgefälligen Lächeln des Präsidenten. Der adipöse Betrachter versuchte sich zu beruhigen.

So leicht gebe ich mich nicht geschlagen, schoss es ihm durch den Kopf. Zischend atmete er aus. Er richtete seinen Blick auf das große Panoramafenster und schaute hinaus. Die Sonne blendete ihn, obwohl Minusgrade herrschten. Die Häuser gegenüber waren bunt und reichlich geschmückt. Weihnachten war gerade vorbei und seine Nachbarn hatten offenbar einen Dekorationswettbewerb veranstaltet. Die ganze Straße und ihre Gebäude sahen aus wie in einem der Jahreszeit entsprechenden Walt-Disney-Film. Etliche quietschbunte Weihnachtsmänner, Kunststoff-Schneemänner und -Rentiere zierten das Szenario. Ein Nachbar hatte es so weit getrieben und einen Bewegungsmelder an der Häusereinfahrt eingebaut. Jedes Mal, wenn Passanten oder Autos vorbeikamen, tönte lautstark ein fröhliches *Hohoho* aus einer versteckten Musikbox. Zuerst erschraken die Vorbeigehenden, um kurz darauf in schallendes Gelächter auszubrechen. Es war schrecklich für John. „Albernes Gesocks", flüsterte er naserümpfend.

Ohne das Zutun seiner Frau hätte er sein Eigentum gar nicht geschmückt. Aber was er vor sich sah, war einfach nur übertrieben und kitschig. Die vielen bunten Lichter auf den Dächern und an den Fenstern erinnerten an ein Einkaufszentrum. Früher warst du wer, wenn du das größte Auto fuhrst. Heute zählte, wer den dicksten Weihnachtsmann zur Schau stellte. *So ein Quatsch*, fuhr es ihm missbilligend durch den Kopf.

„Aber gut so, sie sollen ruhig reichlich Strom verbrauchen", murmelte er vor sich hin. Er grinste verächtlich und nahm sein Mobiltelefon zur Hand. Er tippte auf eine Kurzwahlnummer und es meldete sich eine fröhliche Frauenstimme nach nur einmaligem Klingeln: „Hallo, mein Schatz! Schön, dass du anrufst."

„Wir müssen reden", schnaubte er ins Telefon. Er hatte sich etwas beruhigt. Das war seine Stärke. In höchster Not konnte er immer noch klare Gedanken fassen. Im Fortlauf der Unterhaltung mit seiner engsten Beraterin, Lindsay Logan, formte sich ein diabolischer Plan.

Nach einer guten Viertelstunde lächelte John verschmitzt: „Wir müssen die Originale vernichten und alle, die davon wissen, verstummen lassen."

„Und wen willst du damit beauftragen?"

„Das lass mal meine Sorge sein."

„Aber John, übertreib es nicht. Die öffentliche Aufmerksamkeit ist bereits sehr hoch. Sie hatten vor zehn Jahren für die Petition zum Schutz des Regenwaldes schon mehr als fünfzehntausend Unterschriften gesammelt. Wir müssen vorsichtig sein." Lindsay saß in einem Café und nestelte nervös an ihrem Rock. Eine große, weiße Tasse mit brauner Koffeinbrühe stand vor ihr und roch verführerisch. Der erste Schluck war immer noch der beste. Johns engste Vertraute klemmte sich das Telefon zwischen Schulter und Ohr und stillte ihren Kaffeedurst. Ihr blondes, langes Haar hatte sie zu einem Zopf gebunden. Sie sprach sehr leise, flüsterte fast in ihr Handy, damit ihre Tischnachbarn nichts mitbekamen. Das Thema war einfach zu delikat. Wären die beiden Schauspieler in einem billigen Spionagefilm, hätte die erste Frage lauten müssen: „Telefonieren wir über eine sichere Leitung?"

Lindsay nippte wieder an ihrem Heißgetränk. Ihr roter Lippenstift prangte wie ein unliebsames Geburtsmal am Tassenrand. Aufmerksam folgte sie ihrem Gesprächspartner und sah sich immer wieder forschend um.

„Dieses Indianerpack interessiert mich nicht. Und ich weiß auch schon, wem wir die Schuld in die Schuhe schieben können. Wie müssen ihn nur aus dem Weg räumen."

Lindsay stieß einen Seufzer aus: „Gut, ich denke, dass ich dir helfen kann."

„Sehr schön." John war auf einmal ganz zahm. Er bedankte sich artig bei seiner Mitarbeiterin und Geliebten. Er wusste, was er an Lindsay hatte. Ohne sie wäre er nicht dort, wo er heute war. Manchmal fragte er sich, ob seine Frau von der Affäre wusste. Doch er verwarf den Gedanken schnell, da es ihm im Grunde völlig egal war. Sie führten lediglich eine Ehe auf dem Papier. Er brauchte die Gattin an seiner Seite nur, um seinen Geschäftspartnern eine heile Welt vorzugaukeln. Ihm gefiel, wie sie das Spiel mitmachte und immer hübsch lächelte, wenn sie auf langweiligen Empfängen eingeladen waren. Wahrscheinlich tolerierte sie seine Eskapaden, weil sie sich selbst den einen oder anderen Liebesdiener hielt. Außerdem schwelgten die Hamiltons in unglaublichem Reichtum. Die Häuser und Yachten waren nur Makulatur im Vergleich zu der Fülle an Goldschmuck, Sportwagen und teuren Reisen, die Johns

Angetraute sich leistete. Und Lindsay beschwerte sich auch nie. Er musste lächeln. *Ich bin so ein Glückspilz*, dachte er.

„Ach, und John…"

„Ja, Lindsay?", unterbrach er sie fragend mit einer fast liebevollen, sanften Stimme.

Er griff mit seiner klobigen Hand vor sich auf den Tisch. Hastig stopfte er sich einen von den herumliegenden Dominosteinen in den Rachen. Er sah irgendwie lächerlich aus mit den braunen Schokoladenresten an den Mundwinkeln. Wie ein Vierjähriger, der Süßigkeiten bei Mutti stibitzte.

„Am Freitag fahren wir raus auf's Land, ja?"

„Ja", antwortete er schmatzend.

Die geleeartige Masse klebte an seinem Gaumen und er wünschte sich einen Schluck Whiskey zum Hinunterspülen. Resigniert blickte er auf das zerdepperte Glas. Er wollte gerade ein neues aus der Vitrine neben seinem Schreibtisch nehmen, als jemand zaghaft an die Arbeitszimmertür klopfte.

Das Lächeln wich abrupt aus seinem Gesicht und er fragte streng: „Was ist denn?"

Durch einen schmalen Schlitz sprach die Küchenhilfe zu John: „Entschuldigung. Das Essen ist fertig."

Sie schloss rasch die Tür und hastete wieder nach unten über die weitläufige Wendeltreppe. Ihre Schritte waren auf dem weißen Marmor kaum zu hören. Der vorzügliche Geruch aus der Küche drang bis zu Johns dicker Nase. Das Wasser lief ihm im Mund zusammen.

„Ich muss auflegen."

Er hielt kurz inne und fügte noch schnell hinzu: „Bitte vergiss nicht, mir zu sagen, wo er ist. Wir haben keine Zeit. Ich will das heute noch erledigen."

„Wird prompt gemacht. Ich melde mich gleich wieder bei dir. Bye."

Sie legten auf. John warf noch einen letzten Blick aus dem Fenster. Die Dämmerung hatte schon eingesetzt und die Nachbarhäuser strahlten in ihrer vollen weihnachtlichen Pracht. Er fand sie einfach nur lächerlich. Er schnappte sich einen weiteren Dominostein und verließ gut gelaunt den Raum. Sein fein ausgeklügelter Plan sollte schnellstmöglich aufgehen.

*****

Thomas lief mit dem Telefonhörer am Ohr durch seine leer geräumte Wohnung in Berlin-Charlottenburg. Seine Mutter war am Apparat und er wirkte ein wenig genervt. Draußen vor dem Fenster blitzte eine weiße Pracht auf den Straßen und Gehwegen der deutschen Hauptstadt. Es hatte die ganze Nacht geschneit und kaum ein Fahrzeug war in der mit Kopfstein gepflasterten Nebenstraße des Schlossviertels zu sehen.

Berlin – die Stadt der Gegensätze. Die einen sangen schmachtend von stehengelassenen Koffern in der Hauptstadt und wollten wieder hin. Andere kehrten den meckernden Städtern mit ihrer Berliner Schnauze gerne den Rücken und versuchten woanders ihr Glück. Im Winter konnte die Stadt sehr schön oder einfach nur hässlich sein. Es gab hier keinen Kompromiss für diese Betonwüste, kein Mittelmaß, keine Grauzone, nur graue Zonen insbesondere bei schlechtem Wetter. Die Großstadt war so fad und ungemütlich, wenn die dunklen Wolken und kalter Nieselregen für eine geschlagene Woche die Einwohner förmlich unter sich erdrückten und die langen Häuserreihen das Gefühl vermittelten, unter ihnen begraben zu werden. Die Menschen waren bei Minusgraden und nass-kalten Bedingungen traurig und gehetzt, wenn sie morgens in der fortwährenden nächtlichen Finsternis ihren Weg zur Arbeit und nach Einbruch der Dunkelheit am frühen Nachmittag ihren Weg nach Hause antraten. Die Begegnungen mit anderen Vertretern der menschlichen Rasse in der U-Bahn waren bei schlechten Wetterbedingungen grotesk, als wenn ein totbringender Virus alles Leben aus ihnen gesogen hätte. Wie Zombies in einem zweitklassigen Endzeitfilm bewegten sie sich im urbanen Raum. Wie lautete der Spruch nochmal? „Wasser ist Leben". Nicht so für den Hauptstädter, wenn zu viel davon aus dem Himmel fiel. Bei Regenwetter oder im norddeutschen Slang bei „Schietwedder" lächelten die Menschen nicht mehr. Ihre Freude wurde in den Gully gespült. Petrus war anscheinend von Nebenberuf Anästhesist. Die Berliner wirkten betäubt. Sie schwiegen. Die einen schlossen die Augen und die anderen lasen ein Buch oder spielten mit ihrem Smartphone, wenn sie den öffentlichen Nahverkehr benutzten. Sie sprachen allgemein nicht viel. Es war einfach nur still, zu still. Die Einwohner dieser Stadt mit ihren endlosen Untergrund- und Stadt-Bahnen erzeugten leider zu oft diese grauenhafte Atmosphäre. Es war grau, eisig und fahl in dieser Stadt, die, wie so viele behaupteten, niemals schlief. Das war der Gegensatz. Der Mythos um die Stadt mit der weltweit einmaligen Etikette „the place to be". Hier konnte man noch kreativ sein, hier herrschte auch drei Jahrzehnte nach der Maueröffnung noch Aufbruchstimmung. Darum blieb sie ein Publikumsmagnet und zog immer mehr Menschen aus dem In- und Ausland an. Das städtische System musste gefüttert werden, damit es weiter funktionierte. Ging ein humanes Mosaiksteinchen verloren, rückte sofort ein anderes nach.

Silvester stand vor der Tür. Das politische und kulturelle Zentrum Deutschlands zeigte sich von seiner schönsten Seite. Die Sonne schien hell am azurblauen Himmel und blendete Thomas, als er mit dem Telefon in der Hand durch die Wohnzimmertür trat und einen Blick aus dem Fenster warf. Er musste die Augen zukneifen, während er versuchte, seine Freundin auf der Straße zu erspähen. Er stand seiner Mutter Rede und Antwort. Sein Ohr war schon ganz warm von dem Marathon-Telefonat. Eine kleine Bäckerei gegenüber seines Wohnhauses verkaufte die Berliner, hier in Berlin sagte man „Pfannkuchen", für die sehr bald anstehenden, unzähligen Silvesterpartys. Thomas beobachtete eine Mutter mit ihrem Sprössling im Kindergartenalter. Sie blieben vor dem bunt geschmückten Schaufenster der traditionellen Handwerksbäckerei stehen. Die rot, grün und gelb leuchtenden Girlanden drehten sich langsam und regenbogenfarbene Luftschlangen lagen kreuz und quer in der Schaufensterauslage. Die Werbemaßnahme zeigte ihre Wirkung: Das Kind deutete mit seiner kleinen Hand auf etwas im Inneren des Ladenlokals. Die Mutter, in einen schwarzen Pelz gehüllt und dazu mit Stiefeln und passender Mütze ausgestattet, ging mit dem Nachwuchs an der mit Lederhandschuhen verpackten Hand zur Eingangstür und trat in das warme, nur allzu sehr einladende und nach Brot duftende Geschäft. Das war sehr typisch für diese Gegend: Gut betuchte Einwohner kauften im Bioladen ein, förderten die heimische Wirtschaft und verschafften sich somit Genugtuung und ihrem Gewissen etwas Erleichterung. Sie glaubten, die Welt ein Stück besser gemacht zu haben. Da fielen dann die tote Tierhaut und -haare sowie die Fahrt im übertrieben Benzin-inhalierenden Porsche Cayenne nicht mehr so sehr ins Gewicht.

Thomas schaute durch das Fenster auf das Thermometer auf dem Balkon. Es zeigte minus zwei Grad Celsius an. Er schnitt eine Grimasse und schüttelte den Kopf. Das Telefon klebte immer noch an seinem Ohr.

Viel zu kalt, dachte er. In seinen Gedanken war er schon in Mittelamerika. Dort schien die Sonne, das Meer war warm und die Palmen gaben wohltuenden Schatten. Er ließ seiner Fantasie freien Lauf und konnte sich ein Grinsen nicht verkneifen, als die Stimme seiner Mutter ihn wieder in die Realität, in sein Wohnzimmer zurückholte.

„Du rufst mich sofort an, wenn du ankommst, ja?"

„Klar, mach ich."

„Wie heißt euer Hotel nochmal?"

„Das habe ich doch schon tausend Mal erklärt. Die erste Nacht werden wir nicht im Hotel in San José verbringen müssen. Marias Bruder holt uns vom Flughafen ab und wir kommen die ersten paar Wochen bei ihrer Familie unter. Dann suche ich ein geeignetes Grundstück für die Surfschule."

„Ja, aber…", Thomas Mutter wollte ihn unterbrechen. Aber Thomas redete einfach weiter.

„Dann werde ich die Espressomaschine für das Café kaufen. Während ich den ganzen Tag Touristen das Surfen beibringe, kann sich Maria um die Gäste kümmern. Du weißt doch, was für leckeren Kaffee sie zubereitet. Bei den Costaricanern liegen gute Barista-Cafés voll im Trend. Ich habe mir das alles genau überlegt. Freies Wi-Fi gibt es dann auch noch."

„Haben die dort überhaupt Internet?"

„Mensch, Mama. Das ist doch nicht die dritte Welt! Natürlich haben die dort Internet. Auch wenn Marias Familie immer noch keinen Anschluss hat. Das ist für sie einfach zu teuer."

Immer wieder lief Thomas im sehr geräumigen, lichtdurchfluteten, aber leerstehenden Wohnbereich auf und ab. Der Stuck an der vier Meter hohen Decke und das nussbraune Parkett vermittelten den Eindruck, in einer Kunstgalerie zu sein, die gerade für eine neue Ausstellung hergerichtet wurde. Es müsste gar nicht ein überteuertes Bild von einem der großen Meister sein. Die Werke eines talentierten Nachwuchskünstlers würden sich richtig gut machen an den kalkweißen Wänden.

„Mama! Ich ruf dich an, wenn ich gelandet bin. Du brauchst mir keine E-Mail zu schreiben, da ich sie so oder so erst viel zu spät lesen könnte."

Am anderen Ende der Leitung war nur ein Schluchzen zu hören. Thomas verlor langsam die Geduld und bemühte sich sehr, seine Beherrschung zu bewahren.

„Bitte fang jetzt nicht wieder an zu weinen. In gut drei Monaten ist doch schon Ostern und ihr kommt mich und Maria dort besuchen – das Wetter im Dezember ist einfach herrlich und du und Papa werdet dann endlich verstehen, warum ich so versessen auf dieses Land bin."

Es klingelte. Thomas verließ schnurstracks das Wohnzimmer und lief hastig durch den langen, schmalen und kahlen Flur zur Wohnungstür und drückte den schwarzen Knopf mit dem kleinen, weiß eingezeichneten Schlüsselzeichen. Das Summen übertönte für einen Moment die weinerliche Stimme seiner Mutter, die wie ein entferntes Gemurmel klang.

„Das wird Maria sein."

„Ich hab dich lieb!"

„Ja, ich hab dich auch lieb! Bitte grüß Papa von mir. Auf Wiederhören oder vielmehr - Adiós."

Thomas drückte die rote Taste auf dem Handtelefon, seufzte und ging zurück zur Wohnzimmertür. Er warf noch einen letzten Blick in den größten Raum seiner Berliner Altbauwohnung. Einzig zwei schwere, schwarze Koffer standen noch neben dem Telefon. Er dachte an die schönen Stunden, die er hier verbracht hatte. Die vielen gemeinsamen Abendessen, die er mit seiner Freundin Maria und immer wechselnden Bekanntschaften aus ihrer Lateinamerika-Clique hier veranstaltet hatte.

Er ahnte noch nichts: Schon sehr bald würde er sein altes Leben vermissen und sich sehnlichst in seine ruhigen vier Wände zurückwünschen. Er musste an einen Kinderfilm denken: *Keine*

Magie dieser Welt würde ihn durch bloßes dreimaliges Aneinander-
schlagen der Fußhacken und lautes Aussprechen der Formel „Es ist
nirgendwo so schön wie daheim!" so einfach zurückbringen können.

Es klopfte an der Wohnungstür. Noch etwas melancholisch öffnete er sie. Seine Freundin Maria stand vor ihm. Sie sah wie immer bezaubernd aus. Trotz der mangelnden Sonne in den mitteleuropäischen Breitengraden, hatte Maria insbesondere zur Winterzeit wie viele Latina-Frauen einen olive-farbenen Gesichtsteint. Ihre schlanken, aber dennoch kurvigen Körper-formen waren unter der weißen Winterjacke nur zu erahnen. Die blaue Jeans betonte jedoch ihre tolle Figur. Die perfekt auf Jacke und Schuhe abgestimmte weiße Wollmütze verdeckte nur kleine Teile ihrer vollen, üppigen, schwarzen Haarpracht. Der Blick ihrer wunderschönen, großen Mandelaugen verur-sachte bei Thomas Schweiß auf den Händen und ließen sein Herz ein bisschen schneller schlagen. Er hatte noch nie zuvor eine Frau kennengelernt, die so viel Erotik und Unschuld zu-gleich ausstrahlte. Immerhin kannten sich die beiden nun mehr als drei Jahre, aber er hatte nie dieses kribbelnde Gefühl der Verliebtheit verloren. Im Gegenteil: Er liebte Maria mehr denn je.

Wortlos umarmten sie sich und küssten sich leidenschaftlich unter dem Wohnungstürrahmen. Es fehlte nur der Mistelzweig und die kitschige Situation hätte auch in einer dieser schreckli-chen Seifenopern im deutschen Fernsehen spielen können. Vor-freude lag in der Luft. Die große Reise, das heiß ersehnte Aben-teuer der beiden Liebenden, stand nun bevor.

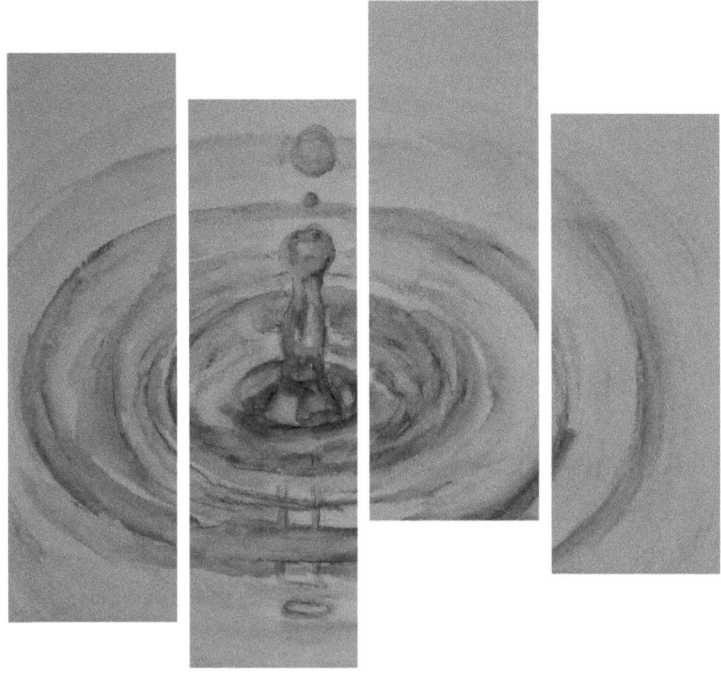

Tag 02 Stille Wasser sind tief

„Darby, alter Amigo, hier spricht Mario. Qué tal? Bist du immer noch aktiv oder schon unter die Frührentner gegangen?"

Eine dunkle, seichte Stimme klang aus dem Lautsprecher von Darbys Handy. Er hatte den Anruf nur widerwillig angenommen, da er mit etwas beschäftigt war, bei dem er nicht so gern gestört wurde. Er ölte gerade seine Waffen. Drei Gewehre und eine Handfeuerwaffe. Es war ein bisschen dunkel in seinem Wohnzimmer in dem Bungalow in einem Vorort von Chicago. Die Vorhänge waren geschlossen. Darby mochte die Diskretion. Es mussten ja nicht gleich alle seine Nachbarn mitbekommen: Er hatte ein halbes Waffenarsenal bei sich zu Hause.

„Wie hast du diese Nummer rausbekommen?", fragte Darby schroff, ohne sich die Überraschung anmerken zu lassen. Er hatte die Stimme sofort erkannt.

„Wie? Kein *hallo*, kein *wie geht´s*? Begrüßt du alte Freunde immer so?"

Es entstand eine Pause. Keiner der beiden Männer sagte etwas.

„Ich habe meine Kontakte", entgegnete der Anrufer ruhig.

„Wir sind keine Freunde! Was willst du überhaupt?" Darby machte eine Pause und verdrehte die Augen.

„Nein, ich bin nicht mehr aktiv, weil ich mit euch Latinopack keine Geschäfte mehr mache."

„Aber, aber, wer wird denn gleich so abweisend sein? Willst du nicht hören, was ich zu sagen habe?"

„Nein," sagte Darby ruhig und legte auf.

Er widmete sich wieder seinem Gewehr. An der Wand hing ein Foto von seiner Kampfeinheit im Irak. Es zeigte zwölf schwer bewaffnete Männer mit ihren khaki-farbenen Uniformen und Helmen. Sie lächelten, hatten Sonnenbrillen auf und standen in einer kargen, wüstenähnlichen Landschaft.

Der ehemalige Soldat hielt gerade eines seiner drei AR15 Sturmgewehre in den Händen. Der ganze Raum roch nach Öl und Darby schaute mit seinen stahlblauen Augen in die Mündung der insbesondere bei Attentätern beliebten Waffe. Mit so einer AR15 konnte man schnell viele Leute umbringen. In einer dieser langweiligen Sommerpausen widmeten sogar Nachrichtenmagazine dem ausschließlich Tod bringenden Kriegswerkzeug einen langen Artikel. Die USA erlitten regelmäßig Attentate von Verrückten und Geistesgestörten, die wild um sich ballernd gerne viele Menschen um ihr Leben brachten. Die

AR15 spielte dabei leider oft eine tragische Hauptrolle. Ihr Magazin umfasste hundert Schuss und machte sie ohne lästiges Nachladen nur um so tödlicher.

Plötzlich klingelte das Handy zum zweiten Mal. Darby überlegte kurz, aber ging nach mehrmaligem Klingeln ran. Dieses Mal hielt er das Telefon an sein Ohr. Leider ein Fehler!

„Hör mal zu, du Stück Scheiße: Wenn du es auf die harte Tour willst, bitteschön!"

„Fuck you!"

„Spar dir die Höflichkeiten. Sagt dir der Name Ricardo Cartin noch etwas?"

Dreißig Sekunden lang passierte gar nichts. Es war noch nicht einmal der Atem der beiden Männer zu hören. Die Anspannung von Darby war förmlich zu spüren und es kam einem so vor, als wenn jemand die Zeit angehalten hätte. Darby verzog das Gesicht zu einer Fratze, seine Handknöchel stachen weiß hervor, während er den Lauf des Gewehres druckvoller umfasste. Er atmete tief ein und es schien so, als ob er gleich das Handy mit seinen bloßen Fingern zerquetschen wollte.

„Ich hatte gehofft, diesen Namen nie wieder zu hören."

„Du wirst ihn ab jetzt noch öfter hören. Wir haben einen Auftrag für dich. Aber das besprechen wir persönlich. Ich erwarte dich morgen in Costa Rica. Den genauen Ort teile ich dir noch mit."

Darby zögerte kurz. Er musste an den alten Universitätsprofessor Cartin denken. Seine Stirnhaut legte sich in Falten. Blanker Hass quoll aus seinen blauen Augen. Er seufzte tief und antwortete schließlich resigniert: „Ich werde da sein."

„Gut. Und Darby?"

„Ja?"

„Frohe Weihnachten nachträglich."

Mario erhielt keine Antwort mehr. Die Verbindung war tot. Darby hatte bereits aufgelegt. Der Killer deponierte sein Smartphone auf dem Wohnzimmertisch und nahm ruhig das Gewehr in seine Hände. Er setzte die Arbeit fort. Ein Grinsen machte sich auf seinem Gesicht breit. Die AR15 lag gut in seiner Hand. Er zielte in Richtung Fenster und wirkte in Gedanken versunken, als auf der Straße vor seiner Haustür eine Batterie Böller gezündet wurde. Ein paar Halbstarke hatten das Silvesterfest ein paar Tage vorverlegt und grölten laut. Doch die Explosionen der Böller waren noch lauter als die Laute der Betrunkenen. Darby verzog keine Miene. Er war gedanklich schon in Costa Rica und erinnerte sich an längst vergangene Zeiten.

*****

Maria saß am Steuer ihres roten Toyota Corollas, Thomas direkt daneben. Es war nicht genug Platz im Kofferraum: die beiden hatten die Rückbank auch noch mit ein paar Taschen und Rucksäcken gefüllt. Maria grinste vor sich hin und ihre Freude lag spürbar in der Luft. Thomas dagegen war eher mulmig zumute. Er schaute nachdenklich aus dem Fenster. Er hatte noch leichte Kopfschmerzen von der gestrigen Abschiedsparty. Aber das war es nicht, was ihn beschäftigte.

„Noch drei Stunden und wir fliegen nach Hause", flötete Maria mehr, als dass es in klaren Worten aus ihrem Mund kam. Zackig manövrierte die Latina ihr Gefährt durch die Berliner Straßen und sie passierten etliche Häuserreihen. Die Windschutzscheibe war etwas beschlagen. Maria übersah beinahe einen Zebrastreifen. Ein älterer Herr wollte gerade die Straße überqueren und schimpfte unverständlich vor sich hin. Er wedelte mit seinem Gehstock und regte sich auf. Seine Gesichtsfarbe passte sich dem roten Lack des Autos an. Fröhlich öffnete

Maria das Fenster und rief ihm singend zu: „Feliz Navidad, A-buelito! Ich fahre nach Hause." Völlig verdutzt schaute der Mann drein und verstummte mit geöffnetem Mund. Er wollte noch etwas sagen. Aber schon brausten die Auswanderer davon.

„Ja, nach Hause", hauchte Thomas leise. Etwas lethargisch kauerte er auf dem Beifahrersitz. Das plötzliche Bremsmanöver hatte seine Gedanken unterbrochen. *Ob ich mich da auch wirklich wohlfühlen werde*, war die Frage, die sich gemächlich durch seinen Kopf wühlte.

„Was?"

Thomas atmete seufzend aus, richtete sich auf und sagte mit fester Stimme: „Nach Hause! Das wird toll. Es ist egal, wo wir sind. Mit dir fühle ich mich überall zu Hause."

Maria lächelte. „Ich fühle mich nur in Costa Rica zu Hause."

Thomas war schon wieder in Überlegungen versunken. Leichte Zweifel kamen in ihm auf. *Zu Hause? Wo ist das schon? Tue ich das Richtige? Zehntausend Kilometer sind nicht gerade wenig, um mal eben wieder nach Deutschland zu kommen.*

Er verwarf seine Gedanken und widmete sich wieder dem Naheliegenden. „Wer holt den Wagen vom Flughafen ab?"

„Silke."

„Du nennst sie immer noch „Silke" und nicht Mama? Nach all den Jahren?"

Maria wirkte plötzlich gereizt. „Natürlich nicht. Meine richtige Mutter ist tot."

Thomas wusste von den tragischen Umständen, denen Maria als Kind ausgeliefert war. Ihr Vater war abgehauen, als sie noch ein Baby war. Er hatte ihre Mutter mit vier Kindern zurückgelassen. Maria hatte noch drei ältere Brüder. Das war nicht einfach für die Familie aus ärmlichen Verhältnissen. Costa Rica war zur Jahrtausendwende bei Weitem nicht so ein gut ausgebauter Wohlfahrtsstaat wie Deutschland. Aber welches Land außerhalb Europas konnte schon mit Kindergeld, Elterngeld, Wohngeld, Erstausstattungsgeld, Geld für dies, Geld für das und dem berühmt-berüchtigten Hartz IV von Amtswegen und gesetzlich festgelegt rechnen? Von vielen Deutschen verabscheut genoss die soziale Unterstützung einen sehr guten Ruf gerade bei denjenigen, die nicht auf so einen reichlich ausgebauten Wohlfahrtsstaat zurückgreifen durften.

Während der ahnungslose Tourist im Zentrum von Amerika aufgeregt durch die vielen naturbelassenen Orte, Regenwälder, Strände, Berge und wahre Dschungel stapfte, bahnte sich der Hilfsbedürftige diesseits des Atlantiks einen mühsamen Weg durch den deutschen Dschungel staatlicher Zuwendung. Ohne Hilfe von Verwandten und Freunden konnte das Überleben in Costa Rica zu einem schwierigen Unterfangen werden. Thomas wollte gerade etwas erwidern, als Maria etwas melancholisch sagte: „Siebzehn Jahre. – Ob sie mich überhaupt erkennen?"

„Du hast ihnen doch jedes Jahr Fotos geschickt. Sie freuen sich bestimmt, dass wir zusammen sind und bald in ihrer Nähe wohnen. Ich freue mich auf meine neue Familie in Costa Rica."

Maria nickte nur stumm. Sie konzentrierte sich auf den Verkehr. Sie waren am Flughafen Tegel angekommen und stellten den Wagen auf einem der unzähligen Parkplätze ab. Thomas stutze kurz. Er fragte sich, warum weder Silke Schmidt, Marias Gastmutter, noch Silkes Mann zum Abschied gekommen waren. Maria sprach sehr wenig über ihre Gastfamilie und über die eher schwierigen Verhältnisse, die sie dort aushalten musste. Sie fühlte sich einfach nicht wohl mit den Schmidts, obwohl Thomas beide Eltern immer sehr mochte. Er hatte sie bei einem der wöchentlichen Treffen der deutsch-costaricanischen Städtepartnerschaft kennengelernt. Seit mehr als dreißig Jahren arbeiteten ehrenamtliche Helfer aus Berlin-Kreuzberg mit der

Partnerstadt Alajuela in Costa Rica zusammen. Thomas hatte die Arbeit sehr genossen und konnte so während des Studiums öfter mal nach Zentralamerika fliegen. Er lernte Spanisch und fing seinen Lieblingssport, das Wellenreiten, an. Mittlerweile sprang er Aerials am Fließband. Die unzähligen Fotos von ihm, wie er samt Surfboard über der Lippe der Welle in der Luft hing, zierten sämtliche sozialen Netzwerke. Seine Freunde und Verwandten, die noch nicht einmal einen sauberen Take-off beherrschten, bewunderten Thomas für seine Eleganz und Athletik beim Wassersport.

Vor drei Jahren hatte er Maria bei einer großen Spendengala getroffen, an der die Ehrenämtler mit ihren Familien teilgenommen hatten. Es war Liebe auf den ersten Blick und es dauerte nicht lange, bis Maria und Thomas ein Paar wurden.

Das Ehepaar Schmidt kümmerte sich immer rührend um die manchmal etwas aufbrausende Maria. Herr Schmidt war immer so ruhig und gütig, wenn Maria mal wieder einen ihrer berühmten Wutanfälle hatte und sie das arme Ehepaar wüst auf Spanisch beschimpfte. Silke - Thomas duzte Frau Schmidt - sprach immer ganz ruhig und zeigte sehr viel Verständnis für Marias Situation. Es war nicht leicht, ohne ihre richtigen Eltern aufzuwachsen und dann noch ungewollt nach Deutschland zu kommen. Aber ihre Mutter hatte damals keine andere Wahl, als Maria weg und in die Obhut der Schmidts zu geben, die sie auch über die deutsch-costaricanische Städtepartnerschaft in San José kennengelernt hatte. Damals ging sie noch zur Grundschule in San José und wurde aus ihrem gewohnten Umfeld schmerzhaft herausgerissen. Die Familie war so arm, dass es einfach nicht zum Leben reichte. Ihre Mutter war so verzweifelt und konnte das rettende Angebot der deutschen Pflegeeltern einfach nicht abschlagen. Mit Hilfe der Schmidts hatte Maria immer Kontakt zu ihrer Familie gehalten. Als Maria sechzehn

Jahre alt war, starb ihre Mutter bei einem Raubüberfall. Es war sehr tragisch, da Maria nicht noch mal nach Costa Rica fliegen konnte, um ihre wahre Erzeugerin ein letztes Mal zu sehen. Sie war auch nicht auf der Beerdigung. Ihre bereits volljährigen Brüder erledigten den nötigen Papierkram für das schmucklose Begräbnis und verschwanden für ein paar Jahre von der Bildfläche. Es wurde nie geklärt, wer wirklich hinter dem Überfall stand. Erst vor gut zwei Jahren meldete sich einer ihrer Verwandten aus der Versenkung und Maria plante seitdem die Rückkehr in ihr Geburtsland. Heute war es endlich so weit.

„Fertig machen zum Einsteigen! Ready for boarding!", tönte es krächzend aus den Lautsprechern.

Der Flug nach Newark an der Ostküste der USA wurde aufgerufen und die beiden Auswanderer begaben sich zum Eingang. Die Mitarbeiter der US-Airline kontrollierten die Bordkarten und warfen einen letzten Blick auf die Pässe. Sie fertigten die Reisenden ab und das Piepsen der Scanner erinnerte Thomas ans Einkaufen bei seinem Supermarkt um die Ecke, wenn die Ware über das Band gezogen wurde. Ein Flughafenpolizist kam auf sie zu. *Nicht schon wieder*, dachte Thomas. Seine Gesichtszüge entglitten sogleich und er seufzte missmutig. Ihr Handgepäck war schon zwei Mal akribisch kontrolliert worden und ein drittes Mal würde ihn vor eine große Herausforderung stellen, freundlich zu bleiben. Der Beamte schnappte sich einen arabisch aussehenden Fluggast, der direkt hinter ihnen in der Reihe stand. Er sollte noch ein weiteres Mal aus der Reihe treten, damit sie einen Blick in sein Handgepäck werfen konnten. *Gott sei Dank. Er meint nicht uns*, schoss es dem blonden Deutschen durch den Kopf. Aber er stutzte über die Willkür. Hier wurde der Paranoia der US-Bürger Rechnung getragen und die Xenophobie in ihrer feinsten Form im Namen des Gesetzes ausgelebt. Maria hatte von all dem nichts mitbekommen. Sie steuerte mechanisch und in Gedanken versunken auf die Glastüren zu.

Drei Stunden haben wir Zeit, um den Flieger nach San José zu erwischen. Das reicht locker, dachte die Latina zufrieden. Thomas schaute sich noch einmal um. Im Augenwinkel sah er, wie der Polizist vom Kontrollwahn absah und seinem Opfer stattgab, sich wieder einzureihen, ganz hinten natürlich. Thomas runzelte die Stirn, konzentrierte sich wieder auf die Menschenmasse vor sich. *Auf Wiedersehen Deutschland. Das nächste Mal werde ich nur als Besucher hier sein.*

„Was ist denn? Warum schaust du so traurig?"

„Ach, es ist nichts."

Thomas war noch immer melancholisch und etwas benommen von dem kleinen Streit, den die beiden beim Einchecken hatten. Es war eine typische Situation: Drei Mitarbeiter der Fluglinie hatten sich um die Business Class-Reisenden, diejenigen, „die nicht wussten wie man das Internet benutzt" und den großen Rest gekümmert. *Rest* war natürlich untertrieben. Da war eine regelrechte Menschenlawine auf die Counter zu gerollt, um dann gemeinsam eingepfercht in einer großen Dose mit Flügeln irgendwo hin zu reisen. Wie die Lemminge hatte sich die Menschentraube um den ersten Schalter gedrängt, um mal eben ihr Gepäck abzuwerfen. Von wegen *mal eben*. Es war richtig voll. Die Schlange der Geschäftsreisenden und gut Betuchten war überschaubar. Aber Maria und Thomas hatten sich diesen Luxus nicht geleistet. Der Deutsche hatte vergeblich versucht, sich ordnungsgemäß und wie es sich gehört, anzustellen. Wie durch ein Wunder oder vielleicht einem unbekannten, tödlichen Virus geschuldet war die Sektion für einen stinknormalen Check-in leer geblieben. Maria hatte ihren Freund an den vor sich hinstarrenden Regelzombies vorbeigezogen und sich als erste neben die Internet-affinen Wartenden bei der klassischen Standardabfertigung gestellt. Sie wurden auch sofort bedient und ehe Thomas Widerworte geben konnte, hatte Maria schon die Flugtickets in der Hand und lief zur Sicherheitsschleuse. Thomas war so verdutzt, dass er erst jetzt ihren mangelnden Solidaritätssinn und Ordnungsgedanken ansprach. Die verbale Explosion in echter Latina-Manier hätte er sich sparen sollen. Die Diskussion war scharf und endete wie immer.

Der Mann hatte selbstverständlich die letzten Worte:

Sí, mi amor. Er hatte sie ihr gequält lächelnd zugeflüstert, weil er wegen so einer Lappalie keinen Megakrach verursachen wollte. Er hatte sich auf die Zunge gebissen. Maria hatte gewonnen und pfiff vergnügt vor sich hin. Trotz des Streits sah sie in Thomas´ Augen verdammt gut aus. Aber er war etwas beleidigt und wehmütig zugleich. Der Abschied tat ihm weh. Er hörte seine Freundin kaum.

„Lach doch mal. Endlich fliegen wir nach Hause."

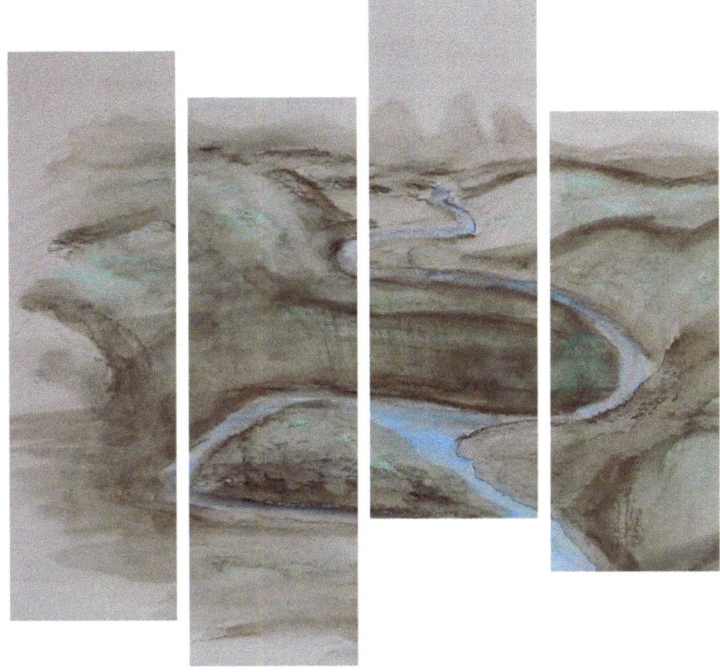

Tag 03 Der Fluss des Lebens

Zwei Männer standen vor einer Wohnung und hämmerten mit ihren Fäusten gegen die dünne Eingangstür. Beide hatten schlechtsitzende, grauschwarze Anzüge an. Die nachgemachte Rolex des Kleineren zeigte 5:53 Uhr am Morgen. Das Gold glänzende Armband der Uhr schimmerte ein wenig durch das an ein Krankenhaus erinnernde Flurlicht. Der größere der beiden hämmerte ununterbrochen mit seiner Faust gegen das Holz. Er schwitzte unter seinem Mantel und sein Ärger war ihm buchstäblich ins Gesicht geschrieben. Er fühlte sich unwohl: Der Schweiß lief langsam seinen Rücken herunter und wurde von seinem Hemd aufgesogen. Das trug nicht gerade positiv zu seiner schon miesen Laune bei.

„Rodriguez. Mach auf! Wir wissen, dass du da bist."

Stille. In dem Appartement in einem Vorort von Houston rührte sich niemand. Mit einem schwungvollen Tritt brachen die Männer den Eingang auf. Das dumpfe Krachen der Tür und das grässliche Geräusch der Scharniere, die sich winselnd aus der Verankerung lösten, verebbten plötzlich. Es war wieder mucksmäuschenstill. In der Behausung brannte kein Licht. Die Männer blicken sich fragend an und zogen ihre Waffen aus den Schulterhalftern. Der Kleine atmete schwer, aber schaute suchend durch seine fiesen, zu Schlitzen geformten, an Hausschweine erinnernde Augen in die Dunkelheit. Sie drangen vorsichtig in die Wohnung ein. Neben der zerdepperten Öffnung hing ein kleines weißes Klingelschild mit der Aufschrift „Michael Rodriguez". Die Inspektion ging schnell und professionell vonstatten. Wer sich nicht mit Hausdurchsuchungen auskannte, könnte meinen, dass hier erfahrene US-amerikanische Cops am Werk waren. Anfangs noch optimistisch betraten die Eindringlinge das Appartement und ließen keine Versteckmöglichkeit aus. Sie suchten überall, sogar in den Lüftungsschächten der eher karg eingerichteten Bleibe. Sie hatten ihre Waffen im Anschlag und waren bereit, sofort zu schießen. Sie waren sich sicher: Michael Rodriguez lag bestimmt wimmernd in einer dunklen Ecke. Doch dem war so nicht. Nichts. Der Vogel war ausgeflogen. Seufzend und verärgert bewegte sich das böse Duo wieder zum Wohnungseingang. Den beiden Männern fiel ein Foto an der Wand auf. Dort posierte ein schlaksiger, braungebrannter Latino in Badehose mit einem Longboard in der Hand vor ein paar Palmen am Strand. Sein lockiges Haar war feucht und ungeordnet. Er lächelte zufrieden. Der kleinere der beiden fotografierte den Schnappschuss mit seinem Handy. Er hatte das Gefühl, dass er ihnen noch nützlich sein konnte.

Ein Nachbar öffnete seine Appartementtür und streckte wütend wegen des Krachs seinen Kopf heraus in den Korridor. Es war einfach noch viel zu früh. *Ich will schlafen*, dachte dieser genervt und plusterte sich auf. Er ahnte noch nicht, dass er bald unfreiwillig einen sehr langen Schlaf antreten würde.

Der ältere Mann wollte gerade etwas sagen, blieb jedoch stumm aufgrund der Überzahl der Eindringlinge. Als wenn nichts gewesen wäre, schloss er langsam das trennende und schützende Element zwischen sich und dem Hausflur. Die gut sichtbaren Feuerwaffen der beiden Männer verhalfen zu lautlosem Einlenken und gekonntem Ignorieren.

„Mist! Was machen wir jetzt? Ich war mir so sicher, dass der Penner noch hier ist. Ob er schon was geahnt hat?"

„Ja, vielleicht. Er hatte nicht viel Zeit, um sein Zeug zu packen und die Biege zu machen. Aber es sah nicht danach aus, als ob er sich beeilt hätte."

Frustriert und verwundert stiegen sie die Treppe hinab und gingen zu ihrem Auto. Das Klima war ungewöhnlich kalt für den Süden der USA. Aber sowohl in der nördlichen als auch der südlichen Hemisphäre tobten Stürme mit all ihrer zerstörerischen Kraft. Der größere der beiden Männer zog den Gürtel um seinen viel zu leichten Mantel enger. Sein vollgeschwitztes Hemd klebte an seinem Körper und der kalte Wind ließ ihn erschauern. Der Kleinere rollte belustigt mit den Augen.

„Na? Ist uns kalt und haben wir Angst vor einem Schnupfen?", machte er sich über seinen Partner lustig. Dann zog er sein Handy aus der Anzugtasche und tippte auf dem Bildschirm herum. Er wartete ab. Es klingelte zehn Mal, bis endlich jemand abhob.

„Und?"

„Er war schon weg!"

„Das dachte ich mir."

„Was sollen wir jetzt machen?"

„Kommt wieder her. Ich habe mir schon was anderes überlegt." Es entstand eine kurze Pause. Dann sagte die Stimme: „Hat euch jemand gesehen?"

Der Anrufer zögerte, blickte zu seinem Partner und log: „Nein."

„Gut."

Sie hatten keine drei Sekunden aufgelegt, da nahm der größere der beiden seine Pistole aus dem Halfter, lud sie durch und deutete mit unverwechselbarer Geste zum Eingang. Die beiden Männer gingen erneut entschlossenen Schrittes zum Wohngebäude.

*****

„Fünfzehn Schüsse habe ich gehört", mit geröteten Augen und schwacher Stimme gab die dunkelhäutige Frau das Interview. Der costaricanische Reporter hatte Mühe, sie zu verstehen. Im Hintergrund herrschten tumultartige Zustände. Auf großen Plakaten stand: „Sergio VIVE". Es ging mal wieder um die Konflikte zwischen Bauern und Indianern im Süden des Landes. Wie in vielen Teilen Lateinamerikas hatte auch Costa Rica mit Rassenunruhen zu tun. Ein Stammesmitglied, das sich sehr für die Rechte seiner Leute eingesetzt hatte, war kaltblütig in seiner Wohnung erschossen worden. Die Nachbarn hatten den Mann gefunden und die schlimme Tat wurde breit in den Medien diskutiert. Der Präsident des Landes hatte unverzüglich Polizeikräfte in die Problemzone geschickt. Sergio Gutierrez war unter seinen Leuten ein sehr beliebter Interessenvertreter gewesen, der des Öfteren mit dem Gesetz in Konflikt gekommen war. Meistens war es um vermeintlich illegale Besetzungen gegangen. Die Farmer waren rechtlich auf der sicheren Seite. Aber wer nun wirklich der Eigentümer vieler Ländereien war, blieb meist ungeklärt. Die Ureinwohner hatten dabei meistens das Nachsehen.

Jetzt demonstrierten sie, um das Verbrechen öffentlich anzuprangern und an die Verdienste ihres Meinungsführers zu erinnern.

Die Interviewpartner im Fernsehen sprachen über das große Staudammprojekt Diquís, das Sergio im Namen der Indianer versucht hatte zu verhindern. Immer wieder ging es um Landrechte und die heiligen Stätten, die die Wassermassen unwiederbringlich zerstören würden.

Angewidert von den seines Erachtens sinnlosen Ausführungen der Indianerin, schaltete der Zuschauer den Fernseher im Frühstücksraum ab. Er hatte eine blau-gelbe Uniform an. Auf dem Revers prangten die Buchstaben H, I, C und E.

*****

Michael Rodriguez stand am Check-In Schalter am internationalen George Bush-Flughafen in Houston. Er hatte kaum geschlafen und war im Morgengrauen aufgestanden, um noch den Last-Minute-Flug in den warmen Süden zu erreichen. Nachdem er gestern seine fristlose Kündigung bekommen hatte, wollte er einfach nur weg. Er wollte sich das Land anschauen, das ihn die letzten Monate beruflich so sehr beschäftigt hatte.

Er reichte der hübschen Fluglinienmitarbeiterin seinen Pass. Er wollte die letzten Details seiner Reise klären und sein Gepäck aufgeben. Die blaue Uniform stand der Frau hinter der brusthohen Barriere sehr gut. Er hatte nie darauf geachtet, wie gut der Kleidergeschmack von United Airlines war. Ihr rotes Haar hatte sie zu einem Zopf zusammengebunden und ein leichter Geruch von Parfum kam ihm entgegen. Er musste lächeln und malte sich aus, sie einfach auf ihre vollen Lippen zu küssen. Der dezent aufgetragene Lippenstift störte ihn nicht. Im Gegenteil. Er war entzückt von so viel schlichter Schönheit.

„Wie lange werden sie voraussichtlich bleiben, Sir?"

„Ich bin mir noch nicht sicher. Mir wurde gerade gekündigt und ich mache jetzt erst mal Urlaub."

„Oh, das tut mir leid! War es ein guter Job?"

Michael überlegte kurz und schaute der Rothaarigen fest in die Augen. Er würde sie am liebsten nach ihrer Telefonnummer fragen. Aber er musste an seine Arbeit denken. Er seufzte. Hinter ihm wurde die Schlange immer länger.

„Nein. – Kennen Sie den Newport–Staudamm?"

„Ja, warum?"

Michael seufzte wieder. Sollte er ihr jetzt die ganze traurige Geschichte über umweltzerstörende Staudämme erzählen? Auch wenn der Trend zum Abriss statt Neubau ging. Die ökologischen Folgen für solche Großprojekte waren fatal. Viele Tiere und Menschen verloren allzu oft ihre Heimat. Die Biodiversität wurde durch die Wassermassen meist unwiederbringlich zerstört. Eine ganze Litanei an Argumenten gegen den Bau von Mega-Wasserkraft-Projekten fiel dem Lockenkopf ein. Er prustete leise die Luft durch seinen Mund aus. Er räusperte sich und antwortete:

„Nur so."

Die Frau lächelte freundlich und zeigte ihre makellosen Zähne: „Bitte Mr. Rodriguez. Ihr Ticket. Ich wünsche Ihnen eine gute Reise."

„Danke. Auf Wiedersehen."

Auf Nimmerwiedersehen, dachte er und nahm seinen Rucksack in die Hand. Er ging grübelnd in Richtung der Sicherheitsschleusen. Er fragte sich innerlich, warum kriegstreibenden, ehemaligen Präsidenten überhaupt die Ehre zuteilwurde, einen Flughafen nach ihnen zu benennen. Das war schon pervers. Da hätten sie ihn auch gleich Lee-Harvey-Oswald Flughafen nennen können. Der war auch sehr bekannt, mörderisch und er kam aus dem Süden der USA. Es gab dafür geeignetere Kandidaten. Martin Luther King fände er besser und träfe mehr seinen Geschmack.

„We are ready for boarding!", sagte der Fluglinienmitarbeiter und machte das Mikrofon vor ihm wieder aus. Michael seufzte und hing seinen Gedanken nach. *Houston kann mir gestohlen bleiben*, dachte er resigniert, nahm sein Handgepäck und ging zum Eingang.

Im Flugzeug angelangt, saß Michael neben einer älteren Dame, die gerade Zeitung las. Sie regte sich über einen großen Artikel auf: „Eine Schande, was die da mit der Natur anstellen. Vierzigtausend Quadratkilometer Land wurden überflutet. Nur damit ein paar Rinderbauern genug Wasser für ihr Vieh haben. Und was ist mit den seltenen Vogelarten und der restlichen Flora und Fauna in dieser Region? Wirklich eine Schande." Sie schüttelte den Kopf und hoffte auf Zustimmung von Michael.

Der blickte sie nur mitleidig an und antwortete: „Ja, das stimmt."

Das Flugzeug hob vom Boden ab und Michael setzte sich die Kopfhörer auf und hörte Musik. Er ignorierte gekonnt die Ansage des Kapitäns: „Elektronische Geräte…während des Startvorgangs…ausgeschaltet werden."

Endlich erreichte der Flieger die gewünschte Reiseflughöhe und es machte *Bing*. Das Anschnallzeichen war aus. Michael machte es sich bequem und verstellte die Rückenlehne. Er hörte nur bruchstückhaft die Durchsage des Piloten. Er sah durch das runde Fenster. Der Mond schien hell, wurde aber immer wieder von Wolken verdeckt.

„Sehr geehrte Fluggäste, hier spricht ihr Kapitän. Vielen Dank für ihr Vertrauen in United Airlines. Ich darf sie herzlich an Bord unserer Boeing 747 begrüßen. Unsere Flugzeit nach Costa Rica beträgt etwa vier Stunden und dreißig Minuten. Aufgrund starker Winde, der Ausläufer von Hurrikan *Marlies,* müssen wir leider eine kleine Kursänderung in Richtung Westen vornehmen. Dadurch verlängert sich die Flugzeit um dreißig bis vierzig Minuten. Ich bedanke mich nochmal sehr herzlich bei ihnen für ihr Verständnis und wünsche ihnen eine angenehme Reise."

*****

„Padre, was ist hinter den Wolken und dem Wasser?"

Isabela und ihre Eltern fuhren mit dem alten, grünen Opel Kadett Caravan ihres Vaters über die Landstraße von Plouzané nach Le Conquet, einem Fischerdorf in der französischen Bretagne. Die enge Asphaltstrecke verlief entlang der steilen Küste am Atlantik zur Linken und bot einen weiten Blick auf die schöne französische Landschaft zur Rechten. Das Grün der Wiesen wirkte so intensiv, wie gemalt von einem der berühmten Künstler, die hier in der Bretagne residierten. Da mochte man doch gerne eine von diesen schwarz-weißen Kühen sein, die gemütlich das Gras zwischen ihren Kiefern wiederkauten. Die Brandung der Wellen war gut zu hören, obwohl es bestimmt 20 Meter abwärts ging. Der atlantische Ozean war auch im Sommer rau und ungestüm und das unablässige Rauschen des Meeres trug zur Kakophonie aus Motorengeräusch,

40

Vogelgezwitscher und der Radiomoderatorenstimme bei. Das Endspiel der Fußballweltmeisterschaft in Italien war in vollem Gange.

Es regnete mal wieder. Wen wunderte es in diesen Breitengraden? Die Bretonen verbaten es sich, dass Ausländer über *ihr* Wetter meckerten. Üblicherweise zeigte im Hochsommer, wie heute am 8. Juli, das Thermometer dreißig Grad Celsius an, im Schatten wohlgemerkt. Richtiges T-Shirt- und Bermuda-Shorts-Wetter. Der strahlende Sonnenschein machte Lust auf ein Eis, zwei Kugeln mindestens: Amarena-Kirsch und Stracciatella mit extra großen Schokoladenstücken. Wer solchen Gedanken nachhing wurde schnell enttäuscht. Nur wenige Augenblicke später zog eine Gewitterwolke von Westen auf und vorausschauend zog der geübte Bretone seine Regenjacke aus der Tasche. Kein Problem für die Autochthonen, die hier aufwuchsen. Keine Viertelstunde später ließ der Regen in der Regel nach und es war wieder so warm, dass Jacken, Kapuzen, Regenschirme und Gummistiefel nackter, rosiger Haut wichen. Bis das Spiel wieder von vorne losging.

Für Isabela und ihre Eltern war das eher ungewohnt und lästig. Sie kamen aus der sonnenverwöhnten Stadt Barcelona, wollten lediglich die französischen Nachbarn besuchen und die üppige Landschaft per Auto erkunden. Der Kombi, Baujahr 1983, war ein bisschen klobig, aber genau das richtige Gefährt für so einen Frankreichbesuch. Das ewige Hin- und Herschalte vom zweiten in den dritten Gang nervte ein bisschen. Die Familie wollte endlich am Zielort, einem der vielen Campingplätze in der Gegend, ankommen. Die letzte Pause war sechs Stunden her. Da erwachten nicht nur bei der kleinen Familie, sondern auch bei hartgesottenen Fernfahrern menschliche Bedürfnisse. Ihren Hunger stillen, eine gehörige Mütze voll

Schlaf und eine Toilette für die Notdurft wünschte sich Isabelas Mutter sehnlichst in diesem Augenblick.

Weit am Horizont brachen die Sonnenstrahlen durch die Wolken und ließen die Wellen hell schimmern. Beim Anblick des bläulich-grauen Meeres blieb der kleinen Isabela glatt die Spucke weg. Durch ihre großen, runden, braunen Augen schaute sie auf den offenen Ozean hinaus und hatte völlig vergessen, was sie gerade noch ihren Vater gefragt hatte. Die wuchtigen Wassermassen der See, die salzige Luft und das Geprassel des kühlenden Regens boten ein Naturschauspiel, das durch den Regenbogen in der Ferne märchenhaft erschien.

Wie ein Weg aus silbernen Steinen, der mich bis ans Ende der Welt führt, dachte Isabela. Sie wischte die sich beschlagende Scheibe im Auto mit ihrem rosafarbenen Pulloverärmel sauber.

„Wenn du mit dem Boot immer, immer weiterfährst, kommst du bis nach Lateinamerika", antwortete Isabelas Vater seiner Tochter.

Die Worte klangen ganz dumpf und fühlten sich wie Watte im Ohr an. Isabela war geradezu hypnotisiert durch die reichhaltigen Eindrücke.

Sie wollte etwas sagen, flüsterte aber nur: „Was hast du gesagt, Padre?"

Das Geschrei des französischen Radiomoderators riss sie förmlich aus ihrer Trance.

„Haben sie gewonnen?", fragte Isabelas Vater seine Frau, die des Französischen mächtig war.

„Ja, unglaublich! Deutschland ist Fußball-Weltmeister!", entgegnete sie aufgeregt.

„Das haben sich die Teutonen verdient. Ein geteiltes Land, das durch den kalten Krieg so viel Leid erfahren hat. Und nun gemeinsam zwischen Ost und West ein geeintes Fußball–

Deutschland. Das gönne ich denen", sagte Isabelas Vater feierlich.

„Ich bin sehr gespannt, wann Spanien mal Weltmeister wird", warf Isabelas Mutter ein. Das französische Gebrabbel aus dem Radio wurde lauter. Deutsche Fans in Italien waren live zugeschaltet und grölten ins Mikrofon der Auslandskorrespondenten, die vor dem WM-Stadion standen. Die Party war in vollem Gange und verbreitete gute Laune unter den Zuhörern. Die Freude der Deutschen war groß, richtig ansteckend. Auch hartnäckige, italienische Deutschlandkritiker rangen sich ein Lob ab.

Ob unsere Jungs auch mal den Pott holen, fragte sich Isabelas Vater insgeheim. Er musste grinsen bei der Vorstellung eines spanischen Teams, das die starken Gegner im Fußball schlagen würde. Er schaltete etwas ungestüm einen Gang höher und gab mehr Gas. Voller Freude über die Familienreise fühlte er sich wie beflügelt.

„Gleich sind wir da und genießen einfach nur das Leben. Das haben wir uns verdient."

Die Straße machte eine Biegung nach rechts und Isabelas Vater verschätzte sich mit der Geschwindigkeit beim Einfahren in die Kurve. Der Asphalt war immer noch nass vom Regenschauer und die Geschwindigkeit des Vehikels zwang ihn, leicht nach links abzudriften. Es ging alles sehr schnell. Doch die Sekunden des Schreckens vergingen wie eine kleine Ewigkeit. So auch der stumme Schrei von Isabelas Mutter.

Weder Isabelas Vater noch der entgegenkommende LKW-Fahrer konnten rechtzeitig bremsen, um eine Kollision zu verhindern. Das Gequietsche der Reifen war ohrenbetäubend, Metall traf auf Metall und verformte sich grotesk, menschliche Körper wirbelten durcheinander, Knochen brachen mit einem hohlen, ekligen Ton und das Glas der Windschutzscheibe splitterte in tausend Stücke. Wie die Physik es so wollte, suchten sich die messerscharfen Geschosse ihren Weg des geringsten Widerstands und fanden ihn in der Haut des spanischen Pärchens auf den Vordersitzen.

Danach war es mucksmäuschenstill. Der LKW war nicht zu sehen. Er war nach dem harten Aufprall über den Abhang in Richtung Meer gestürzt und das Salzwasser umspülte die kaputte Karosserie. In der Fahrerkabine war kein Hauch von Leben zu erkennen. Der Opel lag auf dem Dach im saftig grünen Gras neben der Straße. Der vordere Teil des Fahrzeugs war vollkommen entstellt. Wo vorher noch eine Motorhaube war, ließ sich nur noch ein ausgefranstes Stück Blech erkennen. Überall war Blut. Die verformten Körper auf den Vordersitzen bewegten sich nicht. Plötzlich unterbrach ein Schluchzen die Stille. Isabela wimmerte leise und flüsterte: „Padre, Madre? Was ist passiert?"

Isabela wachte plötzlich schweißgebadet auf. Es war nur der übliche Alptraum, der sie seit dem Unfall regelmäßig heimsuchte. Es war so real und sie konnte sich an jedes Detail genau erinnern, als ihre Eltern im Sommer 1990 bei Brest in Frankreich umgekommen waren. Sie lag tränenüberströmt und zitternd im Bett in ihrer Wohnung in San José. Die grüne LED-Anzeige auf ihrem Wecker zeigte 3:24 Uhr. Sie spähte zum Fenster und drückte jammernd ihr Gesicht in das weiße Kissen. Draußen auf der Straße war Hundegebell zu hören, aber es klang unendlich weit weg. Sie traute sich nicht, das Licht anzumachen. Ihre Erinnerungen an jenen Tag waren sehr verschwommen, aber die blutüberströmten Gesichter ihrer Eltern wichen nicht aus ihrem Kopf und waren klar zu erkennen. Sie weinte leise vor sich hin. Erst nach ein paar Stunden fiel sie wieder in einen unruhigen Schlaf.

Der Polizeibericht von jenem Tage gab an, dass sich beide Fahrzeuge zu schnell auf der Landstraße bewegt und menschliches Versagen sowie zu hohe Geschwindigkeit zu dem tragischen Unfall geführt hatten. Sowohl der LKW-Fahrer, der zwanzig Meter die Klippen hinunterstürzte, als auch Isabelas Eltern waren sofort tot. Nur wie durch ein Wunder überlebte die kleine Tochter der spanischen Familie fast unbehelligt. Lediglich eine lange Narbe am linken Wadenbein zeugte von der Schnittwunde, die sich Isabela durch umherfliegende Glassplitter zugezogen hatte.

*****

Michael saß in dem roten Auto und versuchte mit Händen und Füßen dem Taxifahrer zu erklären, wo seine Herberge zu finden sei. Er verstand sehr gut Spanisch in Bezug auf seine Arbeit. Aber in Alltagssituationen hatte er immer noch seine Probleme.

Die Flugreise zum internationalen Flughafen Juan Santamaria verlief trotz des schlechten Wetters ohne weitere Probleme. Es war nicht das erste Mal, dass er in Costa Rica war. Aber das erste Mal, dass er hier am größten Flughafen mitten im Zentrum des kleinen Landes landete. Normalerweise flog er nach Liberia im Norden von Costa Rica und dann mit einem kleinen Charter-Flugzeug in den Süden. Es begleiteten ihn meistens spanischsprechende Kollegen von G&WE oder die HICE-Mitarbeiter, die des Englischen mächtig waren. In der Hauptstadt oder geschweige denn am Strand war er noch nie. Die Zeit war immer zu knapp bemessen und seine Arbeit erledigte sich nicht von selbst. Dieses Mal sollte es anders sein.

Er war erleichtert, fast am Ziel zu sein. Er hielt sich für sehr schlau und ging entgegen aller Empfehlungen zur Straße vor, um ein offizielles, rot lackiertes Taxi zu nehmen. Die orangefarbenen am Flughafen waren viel teurer und die sogenannten Piratas, private Fahrtanbieter, keine Option. Das hatte er in seinem Reiseführer gelesen. Dass es noch die günstige Option gab, ein Uber-Taxi über die Handyapp zu ordern, hatte er gar nicht in Betracht gezogen. Michael verstaute seinen Trekking-Rucksack im Kofferraum und fläzte sich auf die schwarze Hinterbank des Gefährts. Während sie losfuhren, konnten Michael und sein Fahrer aus dem Augenwinkel eine wild gestikulierende und sehr hübsche Latina ausmachen. Sie stand neben einem blonden, jungen Mann und einem Berg aus Koffern. Sie rief ihm etwas für die beiden Insassen des wegfahrenden Fahrzeugs Unverständliches zu. Außerdem schlug sie seine Hand wütend weg. Vermutlich war es ihr Freund, malte sich Michael in seiner Fantasie aus. Der Blonde guckte verstört zu seiner Liebsten und war sprachlos.

„*Mira*, der Gringo und seine Alte. Willkommen in Lateinamerika."

Michael verkniff sich einen sarkastischen Kommentar und schaute nach vorne auf die Straße. Der Fahrer erkannte sofort: es handelte sich bei seinem Fahrgast um einen US-Amerikaner. Er behandelte ihn deshalb extra freundlich. Sein schwarzes, lockiges Haar und die für Latinos typische braune Haut konnten nicht über seinen markanten texanischen Akzent hinwegtäuschen. Er sprach sehr langsam mit dem Fahrer. Fehlerfrei konnte er ihm den Namen und die Adresse nennen. Es haperte jedoch etwas mit seinem Verständnis. Die Costaricaner oder auch liebevoll *Ticos* genannt, sprachen sehr gutes und verständliches Spanisch. Aber für den ungeübten Urlauber war es nicht einfach, es kam häufig zu Missverständnissen. Über eine beliebte Hotel-App hatte Michael das Hotel Kekoldi mitten in San José ausfindig machen können. Die Buchung klappte kinderleicht über sein Smartphone, während er noch am Flughafen in Houston wartete.

„Sí, im Zentrum"

„Das Zentrum ist groß. Wo genau?"

„Im Zentrum. Genau. Was wird die Fahrt denn kosten?"

Der Taxifahrer grämte sich, da Michael ihn nicht richtig verstand. Ohne etwas zu sagen, deutete er auf das Taxameter. Er lächelte höflich und fuhr weiter in Richtung Stadtmitte. Er bog mehrmals ab und Michael verlor die Orientierung. Für ihn sah alles gleich aus. Viele Preise gewannen die costaricanischen Stadtplaner und Architekten nicht für die eintönigen, grauen und viel zu eng bebauten Viertel. Der Chauffeur kannte sich aber gut aus und nickte höflich, auch wenn Michael Avenida und Calle verwechselte. Der Trip entwickelte sich zu einer ungewollten Stadtrundfahrt, weil sie mehrmals an der falschen Adresse und anders heißenden Hotels rund um den Stadtkern landeten. Michael blieb ruhig. Er gestand sich ein, dass es sein Fehler sein musste und schaute angestrengt auf sein Handy. Die Ortsangabe seiner Unterkunft musste falsch sein: fünfzig Meter nach Osten und dann 150 Meter nach Norden von der alten Mühle auf der linken Seite. *Was ist das für eine bescheuerte Anschrift für ein Hotel,* dachte sich der fast schon verzweifelte Fahrgast. Nach etwa 45 Minuten und endlosen Schleifen durch immer hässlicher werdende Straßen rief der Taxifahrer das Hotel an. Fünf Minuten später gelangten sie an den Zielort.

„Achtzig Dollar, mi Amigo."

Michael zückte sein Portemonnaie und bezahlte ohne Beanstandung den grinsenden Mann am Lenker. Er war glücklich, angekommen zu sein. Er wollte sich gleich duschen und einen kleinen Spaziergang machen, um die Gegend zu erkunden.

*****

Maria war außer sich vor Freude. Der Flug war lang und anstrengend gewesen. Doch sie hatten es geschafft. Die Einreise verlief einwandfrei, die vielen Koffer standen nun neben dem Pärchen. Sie warteten auf ihre Mitfahrgelegenheit gut fünfzig Meter vom Ausgang des Flughafens entfernt. Wie angekündigt sollten Marias Brüder die beiden abholen.

„Juchu! Endlich wieder in der Heimat. Das ist toll. Ich liebe Costa Rica."

„Das freut mich."

Thomas atmete tief die schwüle Luft ein. Es wehte ein laues Lüftchen und die Blätter der Palmen wiegten sich in der Sonne. Majestätisch erhoben sich die Bergwipfel am Horizont. Zärtlich nahm er Marias Hand in die seine, um sie zu küssen. Er war am Ziel. Sie waren am Ziel. Thomas konnte sein Glück kaum fassen. Gleichzeitig tauchte an der Zufahrt des Flughafens der blaue, siebziger Jahre VW von ihrem ältesten Bruder Francisco auf. Die Lackierung war ganz matt und an einigen Stellen zeugte der Rost vom fortgeschrittenen Alter des Vehikels. *Der ist bestimmt älter als ich,* dachte sich Thomas und starrte ungläubig, aber belustigt auf ihre betagte Mitfahrgelegenheit.

Maria zog rasch ihre Hand zurück und zischte Thomas an: „Spinnst du?! Nicht vor meinen Brüdern."

Thomas war zu perplex, um etwas zu erwidern und guckte entgeistert seine Freundin an. Er ordnete wortlos die Koffer, während Marias Bruder den Wagen vor ihnen parkte. Maria lächelte ihrem Bruder zu und flüstere zu Thomas: „Du darfst mich auf keinen Fall küssen im Beisein von Francisco. Keiner weiß etwas von unserer Beziehung. Gib mir noch ein bisschen Zeit. Sie müssen sich erst noch an dich gewöhnen."

Maria und ihr Bruder umarmten sich herzlich. Maria stellte Thomas als einen Freund aus Deutschland vor.

"Hola Thomas. Ich heiße Francisco."

Thomas war immer noch ganz verwirrt und hatte ein flaues Gefühl im Magen.

„Guten Tag…äh, Buenos días…Äh…tardes. Thomas…ich bin Thomas."

„Was hat er denn, warum stammelt er so?", Francisco blickte fragend zu seiner Schwester.

„Ach nichts. Der Flug war einfach nur anstrengend."

„Gut. Angenehm, dich kennenzulernen."

Thomas zwang ein gequältes Lächeln aus sich heraus. Mit festem Händedruck endete die Begrüßungszeremonie. Die drei verstauten das Gepäck im Auto und Thomas nahm auf dem Rücksitz Platz. Maria setzte sich nach vorne. Sie waren noch gar nicht angeschnallt und schon auf der Autobahn, als Maria aufgeregt anfing, auf Spanisch von der Reise und ihrer Zeit in Deutschland zu erzählen.

*****

Darby Smith fuhr den schwarzen Toyota Hilux mit den verdunkelten Scheiben langsam den Berg hinauf. Er war direkt vom Flughafen zum vereinbarten Treffpunkt gefahren. Er musste am Eingang kurz warten, bezahlte den Eintritt in US-Dollar und passierte schließlich das Tor des Nationalparks. Der Vulkan Irazú oder vielmehr der höchste Aussichtspunkt war sein Ausflugsziel. Die nicht gerade kleinen Schlaglöcher in der Straße waren trotz höher gelegter Karosserie und Allradantrieb seines Vehikels nur in Schrittgeschwindigkeit zu überwinden. Er atmete entnervt und mit lautem Pusten aus. Die Luft war relativ kalt und dünn hier oben auf den Berggipfeln. Dem ungeübten Bergwanderer fiel das Atmen sehr schwer. Darby ließ sich nicht beirren, wich einer junggebliebenen Touristengruppe amerikanischer Rentner aus und kroch langsam weiter mit seinem SUV den steilen Anstieg empor.

Die vorbeiziehenden Wolken wirkten bedrohlich und erzeugten eine eigenartige Atmosphäre, für sensible Gemüter gar eine fatale Endzeitstimmung. Sonne und Wolken wechselten sich wie üblich für diese Breitengrade ab. Die sich in regelmäßigen Abständen auftuenden großen, ausladenden, blauen Lücken am Himmel standen im krassen Gegensatz zu den eher suizidfördernden Eindrücken dieser mondähnlichen Landschaft des Vulkans und des großzügig angelegten Nationalparks drumherum. Bei Sonnenschein ließ es sich hier oben sehr gut aushalten, wenn die starken Windböen einem nicht immer im wahrsten Sinne des Wortes „den Atem rauben" würden. Der Blick in das Innere des Vulkans hatte so etwas Mächtiges und Würdevolles an sich. So viel Energie gab es hier oben. Die graue Asche tief im Schlund und der Schwefelgeruch luden nicht gerade zu einem Picknick ein. Aber dennoch lockte der Vulkan regelmäßig tausende Besucher an. War es der Nervenkitzel? Nicht auszudenken, wenn es zu einem Ausbruch kommen würde. Alles Leben wäre durch die tödlichen Gase sofort tot. Eine Flucht aussichtlos.

Die Fahrt von Darbys Hotel hierher dauerte geschlagene anderthalb Stunden und war von seltener, landschaftlicher Schönheit geprägt. Die Serpentinen hinauf zum Vulkan boten malerische Ausblicke auf das grüne Tal und wurden von den umliegenden Bergen perfekt eingerahmt. Das Klima wechselte immer noch alle paar Minuten. Während im Tal die Sonne schien und kurze Hosen, Sonnenbrillen und T-Shirts das Stadtbild und seine dort lebenden Menschen prägten, tobte in den höheren Lagen eine Windhose, die ganz junge oder alte, kranke Bäume entwurzelte. Nicht selten versperrten Steinbrocken und abgebrochenes, totes Geäst die schmalen Straßen. Die starken

Winde in der Trockenzeit und die Wassermassen in der Regenzeit hinterließen ihre Spuren in dem kleinen, tropischen Land Costa Rica. Was einerseits als schwierige Herausforderung für den geübten Autofahrer anmutete, der sich auf der geteerten Landstraße bei vierzig Kilometer pro Stunde Kurve um Kurve den Berg hinaufquälte, stellte andererseits naturschauspielerische Überraschungen bereit. Die vielen Mikroklimazonen, der immerwährende Wechsel aus Regen und Sonnenschein brachte oft einen glänzenden Regenbogen zum Vorschein. Seine kräftigen Farben trugen eher zur Freude als zur schlechten Regenwetterlaune bei. So wie heute. Die vielen in- und ausländischen Touristen besuchten einen der schönsten Vulkane auf dieser Welt und waren glücklich über so viel natürliche Vielfalt.

Nicht so Darby. Ihn interessierte der Vulkan, die Horde von neugierigen Menschen und der einmalige Anblick aschgrauer Ebenen nicht. Er gelangte endlich mit viel Geduld ans Ziel, stellte den Motor ab und sah fokussiert durch die Frontscheibe des Wagens. Er war hier, weil er neugierig war. Was wollte der Anrufer, ein ihm gut bekannter, alter Auftraggeber, von ihm?

Er stieg aus, reckte sich und ging zu Fuß weiter. Er bog rechts um die Ecke auf den breiten, unebenen, mit Gras und Unkraut zugewucherten Vorplatz der Aussichtsplattform. Eine gefühlte Ewigkeit dauerte der Weg bis zum höchsten Aussichtspunkt des Vulkans. Hier oben war es recht ungemütlich, obwohl die Sonne schien. Sie zeigte sich in ihrer vollsten Pracht und weit und breit war keine Wolke zu sehen. Lediglich unten im Tal hingen die riesigen Wolkentürme, die sich wie Wattebäusche an die Bergwipfel schmiegten. Anscheinend hatte das costaricanische Umweltministerium versucht, eine etwas moderne Form der Touristenattraktion zu kreieren. Die Aussichtsplattform, ein hässlicher, verwinkelter Betonklotz mit eingebauten Holztreppen zeugte von einem gut gemeinten Plan, der nie richtig umgesetzt worden war. Es roch nach Urin und der touristische Pulk ignorierte dieses halbfertige, architektonische Monster lieber und zwängte sich gegen die kalten Windböen bis zum Rand des Gipfels, der eine einmalige Sicht auf die Krater und Ebenen dieser Vulkanlandschaft offenbarte. Ein massiver Holzzaun bot etwas Sicherheit: die Touristen knipsten in aller Ruhe ihre Digitalkameras und Handys voll.

Nachdem Darby seinen schwarzen SUV abgestellt hatte, lief er langsam dem Touristenschwarm hinterher. Auf halber Strecke konnte er die Person, seine Verabredung, schon deutlich ausmachen. Mario Alfaro, ein korrupter, geldgieriger Mensch, der mit Erneuerbaren-Energie-Projekten auf dem Isthmus reich geworden war, lehnte mit einem Fotoapparat in der rechten Hand an dem Holzzaun des Aussichtspunktes und lächelte. Der fettleibige, graumelierte Latino hatte perfekte, weiße Zähne, wie so viele Costaricaner. Sie funkelten förmlich im Sonnenlicht, während Darby sich langsam Schritt für Schritt näherte.

„Hola Darby, mein Freund. Wie geht es dir?"

Darby verzog keine Miene. „Wir sind immer noch keine Fr...", seufzte er. Dann hielt er inne. „Vergiss es. - Was willst du? Warum musste ich extra hierherkommen?"

„Du weißt doch, dass wir Costaricaner immer sehr freundlich zu unseren Mitmenschen sind."

„Freundlich? Eher heuchlerisch! Was willst du?"

„Okay, okay, sparen wir uns den Austausch von Höflichkeitsfloskeln. Don Ricardo möchte, dass du etwas für ihn erledigst. Wir haben da ein kleines Problem mit einem ehemaligen Mitarbeiter von G&WE. Ein einfacher Ingenieur. Er kümmerte sich um ein paar technische Details in dem Gutachten für eine große Wasserkraftanlage. Leider hat er ein paar Sachen mitbekommen, die nicht für seine Ohren bestimmt waren. Nun brauchen wir, ich sage es mal so, deine Unterstützung."

„Was soll ich machen? Soll ich ihn ein bisschen erschrecken oder das volle Programm?"

Darby sah direkt in die kalten, braunen Augen des korrupten und geldgierigen Costaricaners. Dieser blinzelte kurz und wartete ab. Eine Gruppe Touristen ging an den beiden vorbei. Mario holte tief Luft, bevor er antwortete. Die dünne Luft machte dem übergewichtigen Lobbyisten mächtig zu schaffen.

„Ich fürchte das volle Programm."

Darby nickte nur und ließ seinen Blick über die Hochebene schweifen. Eine Windböe pfiff den beiden Männern um die Ohren. Obwohl es nur ein paar Sekunden waren, kam es Mario so vor, als dauere es eine halbe Ewigkeit, bis Darby sich rührte. Er nahm nichtssagend seinem Gegenüber den Fotoapparat aus der Hand, trat einen Schritt zurück und richtete das Objektiv auf den großen, trotz des Windes schwitzenden Kopf des Latinos. Er drückte ab und das Klicken des Auslösers war zu hören.

„Das wird nicht billig. Die Zeiten sind hart und die Polizei hat viel in gut funktionierende Überwachungstechnik investiert. Von der Gerichtsmedizin will ich gar nicht erst anfangen. Du weißt schon, heute reicht ein kleines Haar von dir, zack, schnelle DNA-Analyse und die haben dich am Arsch."

„Also? Wie viel?"

„200.000 Dollar. Die Hälfte vorher, die andere Hälfte danach. Ich schicke dir nachher ein paar Bankdaten."

„Geld spielt keine Rolle."

Darby nickte zustimmend. Sein Blick und seine Körperhaltung zeigten die starke Abneigung, die er gegenüber Mario empfand. Er gab den Fotoapparat zurück und drehte sich um. Mario lächelte diabolisch. Sein teurer Ledermantel flatterte im Wind. Ohne weiteren Wortwechsel entfernte sich Darby von seinem alten und neuen Auftraggeber. Wie er ihn hasste. Am liebsten hätte er ihm auf der Stelle in den Kopf geschossen. Aber hier oben waren zu viele Zeugen. Mario war nicht so dumm, wie er aussah. Er rechnete anscheinend mit einem Attentat und hatte den Treffpunkt klug gewählt. Darby blieb ruhig. Er wusste, die richtige Gelegenheit würde kommen. Früher oder später würde er sie beide vernichten. Er wollte sie vergessen, sie nie wiedersehen. Sie hatten ihn gerufen und ihr Unglück heraufbeschworen. Ricardo Cartin und Mario Alfaro hatten nichts anderes verdient, als qualvoll zu sterben.

*****

Der alte Volkswagen hielt vor einem kleinen mit Wellblech bedeckten Haus. Sie hatten es geschafft. Thomas hatte zwischendurch Zweifel gehegt, ob der Blechhaufen den Weg vom Flughafen bis in die Stadt überhaupt schaffen konnte. Sie hatten Glück.

Es regnete leicht in dem Armenviertel *Los Hatillos*. Obwohl die Sonne die ganze Fahrt über geschienen hatte, war es nicht ungewöhnlich, dass es nur ein paar Kilometer weiter regnete. Thomas spürte den leichten Nieselregen auf seiner Haut. Das Phänomen der Mikroklimazonen kannte er schon aus seinem Studium, als er und andere Freiwillige in Costa Rica den Regenwald retten wollten. Das war alles so weit weg. Aber er konnte sich noch sehr gut erinnern, als er das erste Mal einen Affen in seiner natürlichen Umgebung gesehen hatte. Wie dressiert und dennoch frei hatte der pelzige, kleine Primat vor ihm gestanden. Er hatte ihn um Futter angebettelt. Wie er später erfahren hatte, handelte es sich um ein Kapuzineräffchen. Sein beige-schwarzes Fell hatte in der Sonne geglänzt und Thomas hatte wahrlich Freude an seinem kleinen, neuen Freund gehabt.

Nun stand der Deutsche vor dem ärmlichen Bau, der als Wohnung für die Gebrüder Murcia diente. Im schlammigen Vorgarten suhlte sich ein Schwein. Es grunzte vergnügt und blickte neugierig zu den Ankömmlingen. Die Eingangstür wurde plötzlich aufgerissen und zwei Männer stürmten mit wildem Geschrei auf sie zu. Thomas war verwirrt und wollte die Flucht ergreifen. Aber es handelte sich nicht um einen Überfall, sondern um die lautstarke, für die Familie Murcia übliche Begrüßungszeremonie, die zu Ehren des Nesthäkchens veranstaltet wurde: „Schwesterchen! Du bist wieder da."

Viele Küsse und innige Umarmungen folgten. Maria weinte vor Glück, endlich wieder mit ihren noch verbliebenen Verwandten vereint zu sein. Thomas wusste nicht genau, ob er sich jemals an das Geknutsche der Latinos gewöhnen konnte. Ein fester Handschlag sollte reichen, wie es für gut erzogene Mitteleuropäer eher gebräuchlich war. Thomas wollte seine Gliedmaßen zum Empfang ausstrecken, da hatte er schon Arme um seine Schultern. *So musste sich wohl ein Opfer eines Kraken fühlen,* fiel ihm ein. Es gab kein Entrinnen. Das Trio und Maria grinsten ihn fröhlich an.

„Willkommen in Costa Rica! Ich heiße Carlos."

„Ich bin Rodrigo."

„Thomas. Angenehm", sagte der Deutsche etwas gequält.

Das Quintett ging in das kleine, einfache Haus. Marias Brüder kümmerten sich um das Gepäck.

Maria und Thomas standen im Flur zwischen den beiden einzigen Zimmern des kleinen Hauses mit Wellblechdach. Rodrigo stand im Hintergrund in einer Kochnische und redete ganz aufgeregt mit Carlos und Francisco, die sich so sehr über die Ankunft ihrer kleinen Schwester freuten.

Das deutsch-costaricanische Pärchen stritt sich in einem zischenden Flüsterton. Thomas war etwas unbeherrscht und fauchte Maria an: „Wie? Wir sollen in getrennten Betten schlafen? Das letzte Mal haben wir das vor über zwei Jahren gemacht. Im Haus deiner Eltern. Das soll doch wohl ein schlechter Witz sein."

Maria konnte ihren Zorn nicht unterdrücken. „Ich hab es dir doch schon erklärt. Meine Brüder wissen nicht, dass wir zusammen sind. Und die Schmidts sind nicht meine Eltern. Sie haben mich nur aufgenommen."

„Dann sagst du es ihnen eben jetzt."

„Das geht nicht. Sie denken, dass du nur ein Freund bist. Ein Auswanderer aus Deutschland halt."

Thomas verlor fast die Beherrschung und musste sich zwingen, nicht zu schreien. „Was soll das? Ich mach doch nicht den weiten Weg, gebe meine Existenz auf, um dann wie ein Fremder behandelt zu werden." Er war enttäuscht. Aber ihm wurde klar, hier war er nicht mehr als nur ein Besucher aus einem fernen Land. Seine Liebste war ganz anders als sonst. Ihre tollen Pläne hegten sie schon so lange. Er wollte doch nur surfen und gemeinsam mit ihr ein Café aufmachen. Das konnte doch nicht so schwer sein.

Maria verzog ihr Gesicht und tiefe Falten machten sich zwischen ihren Augenbrauen breit. Sie war verletzt und sauer. „Jetzt weißt du endlich mal, wie ich mich all die Jahre in Deutschland gefühlt habe. Mich hat auch keiner mit offenen Armen in deinem Land aufgenommen. Ich musste dreimal die Schule wechseln, weil meine Mitschüler mich gehänselt haben. Sie mochten keine Ausländer in ihrer Klasse."

Thomas war mulmig zumute. Seine Wut schlug in Trauer um. Er konnte nicht fassen, was seine Freundin erzählte. Er wusste nichts von den rassistischen Attacken. Es war nie Thema zwischen den beiden gewesen. Natürlich hatte er von ihr die eine oder andere Spitze gegen deutsche Politiker oder die Polizei mitbekommen. Die Medien überschlugen sich förmlich, um stetig sogenannte Skandale aufzudecken. Die öffentliche Diskussion um die in Deutschland lebenden Ausländer wurde immer rauer. Gerade auch wegen der Flüchtlingskrise und immer neuen Angriffen auf Afghanen oder Syrer insbesondere in Ostdeutschland. Er hatte Maria und Fremdenfeindlichkeit nie in Verbindung gebracht. Sie hatte dunklere Haut und fiel durch ihre Eleganz und Schönheit auf. Sie musste vielleicht mehr aufpassen, wenn sie mit den öffentlichen Verkehrsmitteln in Berlin unterwegs war. Aber jede andere Frau musste das auch tun. Maria sprach perfekt Deutsch, war integriert, schloss ihr Hochschulstudium mit sehr guten Noten ab und nur wegen ein paar Pigmenten mehr oder weniger war sie diesem Neo-Rassismus ausgesetzt? Thomas fühlte sich hundeelend. Er wollte seine Freundin einfach nur in den Arm nehmen. Die ließ ihn einfach im Flur stehen und ging zu ihren Brüdern. Es gab viel zu erzählen nach all den Jahren ohne sie im Haus.

*****

Michael sprach mit der sehr liebenswürdigen Costaricanerin am Empfang des Hotels Kekoldi. Der Eingangsbereich war hell und freundlich gestaltet. Der Texaner fühlte sich sofort wohl. Die grau-braunhaarige Rezeptionistin im gesetzten Alter schaute ihn erwartungsvoll mit ihren großen, braunen Augen an.

„Hola Chico, was kann ich für dich tun?"

„Buenas. Ich habe ein Zimmer reserviert."

„Bueno. Wie heißt du denn?"

„Rodriguez. Michael Rodriguez. Ich habe die Buchung über eine App gemacht."

Die Frau klickte sich durch das Computerprogramm und fand ihn rasch. „Das macht achtundfünfzig Dollar inklusive Frühstück."

Michael bezahlte mit seiner Kreditkarte, füllte noch ein paar Zettel aus und reichte seinen Pass über den Schreibtisch. Behändig machte die Hotelangestellte eine Kopie und gab ihn auch gleich wieder zurück.

Sie gingen gemeinsam durch die Lobby zum Fahrstuhl. Er hielt den Schlüssel in der Hand, sein Zimmer war Nummer 14 im zweiten Stock. Michael trat in den Aufzug. Die Rezeptionistin lächelte ihn an, während sich die Türen schlossen und er allein in der Kabine stand. Er überlegte einen Moment und drückte den Knopf für die Lobby. Die beiden Stahlwände glitten zur Seite und er blickte in das fragende Gesicht der Empfangsdame.

„Ich habe Hunger. Weißt du, wo ein gutes Restaurant zu finden ist, das noch auf hat?"

„Ja, du gehst zur Tür raus, dann links, wieder zurück zur Hauptstraße, ungefähr hundertfünfzig Meter in Richtung Süden…" Sie beschrieb ihm den Weg zu einem kleinen, chinesischen Restaurant.

„Aber sei bitte vorsichtig. Komm nicht zu spät wieder, die Straßen in San José sind nach Einbruch der Dunkelheit für euch Gringos nicht sicher."

Michael hörte nicht richtig zu, bedankte sich höflich und begab sich auf sein Zimmer. Er packte schnell ein paar Sachen aus. *Ich habe es geschafft,* dachte er. Noch war er nicht am Ziel, aber die erste Etappe war erreicht. Seine Unterkunft war perfekt und voller Vorfreude dachte er an die Orte, die er noch besuchen würde. Er lächelte und seine schneeweißen Zähne kamen zum Vorschein. Sein Magen knurrte.

Er verließ hastig die Unterkunft und folgte der Beschreibung zum Chinesen, den er ohne Probleme fand. Er bestellte sich ein Reisgericht mit Hühnchen.

Während er so dasaß und ein Bier trank, kam eine verlumpte alte Frau herein und bettelte die Gäste um Geld an. Michael drückte ihr eine Fünf–Dollarnote in die Hand und bekam ein zahnloses Lächeln von der Bettlerin als Erwiderung. Endlich kam sein Essen und er bestellte ein weiteres Bier. Er blickte auf das Etikett: Imperial. Etwas überrascht über die gute Qualität seines Getränks ließ er es sich schmecken. Das kühle Nass und Prickeln in seiner Kehle waren eine Wohltat nach den Reisestrapazen. Wenn die Costaricaner eins gut konnten, dann wohlschmeckendes Bier brauen und auch in großen Mengen zu sich nehmen. *Prost*, dachte er sich.

Nach gut zwei Stunden verließ er betrunken, aber satt und zufrieden das Restaurant. Er hatte die Zeit vergessen und machte sich auf den Weg zurück zum Kekoldi. Etwas orientierungslos lief er umher. Er konnte sich nicht mehr an den Weg erinnern. Es war dunkel und die Straßen waren schlecht beleuchtet. Die grauen Gebäude und die gesamte Infrastruktur sahen in seinen Augen gleich aus. An einer viel befahrenen Straße schaute er erst nach links und dann drehte er langsam den Kopf nach rechts. Er brabbelte in sich rein: „Wo ist denn dieses Scheiß-Hotel?"

Etwas unschlüssig stand er an einer Ampel und kämpfte gegen leichte Schwindelgefühle an. Er sprach zu sich selbst: „Puuh, dieses Imperial macht mich noch fertig. Aber was soll's? Endlich bin ich frei. Keine G&WE und Hydroenergy, keine Staudämme mehr, keine Chefin und vor allem keine…"

Er hielt inne. Eine knapp bekleidete und gut gebaute Latina zog seinen Blick auf sich. Taumelnd bewegte er sich auf sie zu und sprach die Fremde an, um sie nach dem Weg zu fragen. Sie warf ihm einen lasziven Blick zu und posierte aufreizend vor Michael.

„Hola Guapa, weißt du, wo das Hotel ist?"

Im nüchternen Zustand hätte er sicherlich geahnt, dass er sich die falsche Auskunftsperson ausgesucht hatte. Es handelte sich um eine Prostituierte und ihr Zuhälter stand nur ein paar Meter weiter an der nächsten Ecke.

Das Strichmädchen lächelte, makellose Zähne kamen zum Vorschein und sie antworte: „Sí, mein Hübscher. Soll ich dir den Weg zeigen? Wir beide können eine Menge Spaß haben."

„Ich liebe Costa Rica. Die Menschen sind alle so freundlich hier."

Michael bedankte sich und fragte: „Wo geht's denn lang?"

„Da hinten rechts, aber du musst mich erst hier bezahlen. Hundert Dollar und ich gehe mit dir mit."

Michael war verblüfft. Der Alkohol tat seine Wirkung. Er lallte: „Wie? Hundert Dollar? Nur weil du mir den Weg gesagt hast? Das soll wohl ein Witz sein?" Er machte Anstalten, einfach davon zu gehen.

Die Prostituierte war plötzlich verunsichert. „Das ist der normale Preis für eine Nacht mit mir." Schnell fasste sie sich und stellte sich breitbeinig vor ihren potenziellen Freier und gab sich selbstbewusst: „Los, bezahl schon."

Michael dachte gar nicht daran. Er lächelte ihr noch einmal zu, schüttelte den Kopf und bewegte sich in die vermeintlich richtige Richtung seiner Herberge, als eine Hand ihn am Kragen packte. Ein großer, übelgelaunter Einheimischer in Lederjacke stand vor ihm und hielt ihn fest.

„Hey Chico! Du bezahlst jetzt! Du hast gesagt, dass du mit Marisol mitgehen willst." Drohend hob der Zuhälter seine Faust.

Michael wusste gar nicht, wie ihm geschah. Er musste aufstoßen von der vielen Kohlensäure seiner alkoholischen Getränke. Er schaute sich unsicher um. Die Situation mit diesem Bodybuilder und seiner Freundin war ihm unheimlich. Er zitterte am ganzen Körper vor Angst. Schweiß machte sich auf seiner Stirn breit. Er war sich keiner Schuld bewusst. Der Lockenkopf hatte seine Stimme nicht mehr richtig unter Kontrolle und seine Lippen bebten, als er sprach. „Was? Ich wollte doch nur wissen, wie ich wieder nach Hause komme?"

„Dolares! Oder…" Der Mann hielt seine Faust direkt vor Michaels Nase. Sie roch nach Leder. Michael fühlte sich schwach und sein Kopf schmerzte. Er konnte nicht klar denken und gab nach. „Schon gut, schon gut. Hier sind zehn Dollar, mehr habe ich nicht dabei." Immer noch zitternd griff er in seine Hosentasche und überreichte die Banknote. Der Mann nahm das Geld und schubste Michael auf den Boden.

„Hau ab!"

Die Prostituierte lachte abfällig und schrie: „Scheiß Gringo!"

Michael war verstört, rappelte sich auf und sprintete los. Diesmal hatte er zufällig die richtige Richtung zum Kekoldi erwischt. Erst an der Straßenecke, die direkt an seine Unterkunft grenzte, kam er zum Stehen. Prustend sah er den bekannten Eingang und ging erleichtert auf ihn zu.

*****

Der Milliardär John Hans Hamilton ließ sich auf seinem Landsitz, circa eine Autostunde von Boston entfernt, massieren. Die Tage nach Weihnachten waren anstrengender, als er dachte. Die wohlverdiente Erholung der Feiertage war wie weggeblasen. Als hätte das Fest zu Ehren Christi nur im Traum stattgefunden. Viel Ruhe gönnte er sich sowieso nie. Er hatte immer noch keine Lösung für das Geschäft mit dem HICE in Costa Rica finden können.

Jedes Mal das gleiche Spiel und dieselbe Leier, dachte er. Er brauchte dringend etwas Ruhe. Heftige und bewegende Wochen lagen vor ihm und er mochte gar nicht daran denken. John lag bäuchlings auf einer Liege und die blonde, hoch gewachsene Masseurin in ihrem weißen Arbeitskittel vollzog ihr Handwerk. Sie bearbeitete trotz ihrer zierlichen Gestalt mit festen Handgriffen den Rücken ihres Kunden. Es roch nach teurem Massageöl und es lag ein Duft von Lavendel und Minze in der Luft. John stöhnte heiser auf und flüsterte: „Ja, genau da."

Die Blondine packte fester zu. Sein spannungslösendes Japsen übertönte die seichte Musik im Hintergrund. Der aufgebahrte rundliche, halbnackte Männerkörper sah aus wie frischer Lachs, der Käufern im Sushi-Restaurant feilgeboten wird. Erst schwamm das Wassertier noch in stoischer Ruhe im Wasserbecken, um dann wabbelnd auf einem Reisbrei zu landen. John zuckte leicht vor An- und darauffolgender Entspannung. Seine Augen waren genussvoll geschlossen, als es hämmernd an der Behandlungszimmertür klopfte. Wie die Erholung nach den Feiertagen verblasste in Sekundenschnelle der entkrampfende Effekt der Massage. Er schreckte leicht auf und seine Schlagader stach auffällig aus seinem fleischigen Hals heraus. Die Blondine ließ augenblicklich von ihm ab und sah mit offenem Mund zur Tür.

John schrie: „Was? Wer stört?"

Die Tür wurde aufgerissen und ein schmächtiger Mann mit schief sitzender Brille und einem grauen, viel zu großen Anzug trat aufgeregt in das Zimmer. Das Flackern der Duftkerzen und das spärliche Licht verstärkten die Nervosität und verliehen dem Eindringling einen dramatischen Auftritt. Außer Atem und mehr keuchend als sprechend, polterte er los: „Boss, wir haben ein großes Problem! Die Costaricaner wollen das Geschäft nun doch nicht mehr mit uns machen. Sie sagen, es gäbe einen Maulwurf bei der G&WE."

Der Eindringling war Johns neuer Sekretär Martin Borninghouse, der eng mit dem Anwaltsstab zusammenarbeitete. Er war überglücklich, für so einen mächtigen und einflussreichen Mann wie John Hans Hamilton zu arbeiten. Über ein paar Beziehungen hatte er diese anspruchsvolle, hochdotierte und erfüllende Arbeit ergattern können. Martin war erst eine Woche dabei. Sein größter Wunsch, bei G&WE zu arbeiten, war in Erfüllung gegangen. Den Einstellungstest und das Assessment-Center waren eine große Herausforderung für ihn gewesen, die er mit eisernem Willen gemeistert hatte. Nach dem persönlichen Vorstellungsgespräch mit der Personalchefin wurde Martin die Tragweite seines Unterfangens klar: er arbeitete wirklich direkt und ohne Umwege mit John Hans Hamilton zusammen. Das war nur mit einem Lotteriegewinn vergleichbar. Nun war er hier, stand vor dem mächtigsten Energiemogul auf der nördlichen Erdhalbkugel. Erst jetzt bemerkte er die dürftige Bekleidung seines Arbeitgebers und dessen aufgebrachten Gesichtsausdruck. Die Blondine guckte ausdruckslos und abwartend zu den beiden Männern.

John kniff die Augen zusammen und überlegte. Er wollte zu einer Erklärung ansetzen, aber hielt inne. Er atmete gelassen aus und seufzte. Daraufhin lächelte er etwas gequält und antwortete: „Darum habe ich mich schon gekümmert."

Martin war heilfroh. Wie ihm aufgetragen wurde, erfüllte er seine Aufgabe und störte den milliardenschweren Firmeninhaber nur, wenn es etwas wirklich Wichtiges zu berichten gab. Martin war stolz auf sich. Er hatte alles richtig gemacht. Er hatte aber noch eine Frage. Er brannte vor Neugier und wollte wissen, wie Mister Hamilton das Problem so schnell hatte lösen können. Die Lage erschien aussichtslos, so zumindest beschrieben es die Anwälte aus der Rechtsabteilung. Schon während des Studiums hatte Martin gelernt, es gibt keine dummen Fragen, nur dumme Antworten. Er richtete sich etwas auf und öffnete den Mund, als John plötzlich warnend die fleischige Hand hob und ihm Einhalt gebot. Martin schloss sogleich seine Lippen und blickte starr auf die bedrohlich wirkende Geste. Die massige Hand sah aus wie die Pranke eines angeschossenen, zu Gewalt neigenden Grizzlybären. Das Blut schoss in Martins Kopf und er bekam einen Schweißausbruch. Mit hochrotem Gesicht und schweißnassen Händen blickte er erwartungsvoll zu seinem Chef.

John zischte: „Raus. Und Tür zu!"

Martin lief zitternd, rückwärtsgehend zur immer noch offenstehenden Tür. Ungewollt flüsterte er: „Ja, aber…?"

„Nichts aber! Du bist gefeuert! Und jetzt verpiss dich."

John legte seinen wulstigen Kopf wieder auf den dafür vorgesehen Platz. Zufrieden schloss er die Augen. Beim leisen Schließen der Tür hörte Martin noch die Frage: „Wo waren wir stehen geblieben?"

Die Masseurin nahm ihre Arbeit wieder auf.

*****

Michael war noch ganz aufgeregt von der gerade erlebten Situation. Er stand schnaufend an der Rezeption im Kekoldi. Mitleidig sah ihn die Empfangsdame an: „Oh, Chico! Was ist denn mit dir passiert?"

Völlig außer Atem und mit Schweißperlen auf der Stirn erklärte er, was ihm gerade passiert war: „Du wirst es nicht glauben, ich wurde gerade bedroht. Irgend so ein Typ und seine Freundin haben mir meine letzten zehn Dollar abgenommen, nur weil ich nach dem Weg gefragt habe." Er fasste sich mehrfach an seinen Kopf. Der Alkohol vernebelte immer noch seine Sinne.

„Haben sie dir sonst noch was getan?" Verständnisvoll blickte die Rezeptionistin ihren Gast an.

„Nein. Zum Glück nicht."

Die Empfangsdame war erleichtert, dass nichts Schlimmeres geschehen war. Sie redete ihm beruhigend zu und Michael fasste sich wieder. Sie strahlte so viel Güte aus. Es tat ihm gerade richtig gut.

„Wo ist das denn passiert?"

„Gleich da vorne, bei dem chinesischen Restaurant, was du mir empfohlen hattest."

Die Rezeptionistin musste lachen. „Wie sahen die beiden denn aus?"

Michael war verunsichert. „Warum lachst du?" Er fasste sich verlegen in sein braunes, lockiges Haar. „Das Mädchen hatte fast nichts an und ihr eifersüchtiger Freund trug eine ziemlich teure Lederjacke." Er verhaspelte sich ständig, als er alle Einzelheiten wiedergab.

„Du hast dich mit einer Prostituierten und ihrem Zuhälter eingelassen. Hast du das etwa nicht bemerkt?", fragte sie grinsend.

„Wie? Ich? Und eine Nutte? Das kann doch wohl nicht wahr sein."

„Michael, Costa Rica ist trotz seines Reichtums für viele Menschen ein armes Land. Die Leute müssen sehen, wo sie bleiben. Und ihr Touristen seid für uns alle ein geldreicher Segen. Zwar für manche auf eine spezielle Art und Weise, aber das Geld haben wir alle bitter nötig."

Er nickte und seufzte. „Ja, das ist wirklich tragisch." Er machte eine Pause und überlegte. „Gut, zum Glück ist mir nichts passiert."

„Genau, jetzt geh erstmal schlafen und morgen sieht die Welt wieder ganz anders aus. Was hast du vor? Bleibst du noch mehr Nächte oder wie sind deine weiteren Pläne? Morgen ist hier richtig viel los in der Stadt."

„Ja, den Jahreswechsel will ich hier verbringen. Aber von San José habe ich erstmal genug. Spätestens übermorgen will ich zum Busbahnhof und mir ein Ticket nach Manuel Antonio besorgen. Die Strände sollen da sehr schön sein und ich will endlich wieder surfen."

„Tolle Idee. Ich kann dir eine gute Unterkunft empfehlen. Die Schwester von einem Freund leitet sie. Sie ist sehr nett und wenn du ihr sagst, dass ich dich geschickt habe, bekommst du sicherlich einen Rabatt pro Nacht."

Michael fand den Vorschlag gut. Er ließ sich die Adresse geben und plante, dort einzukehren.

„Sei aber vorsichtig. Costa Rica ist, wie du gemerkt hast, nachts für Gringos sehr gefährlich. Auch am Strand", warnte die nette alte Frau und blickte ihn mit ihren großen, braunen Augen warmherzig an.

Michael musste an das gerade Erlebte denken und stimmte ihr zu. „Danke. Gute Nacht." Er hatte sie ins Herz geschlossen und fühlte sich wieder wohl. *Nicht alle Costaricaner waren so brutal, wie die beiden von vorhin,* dachte er sich. Er umarmte sie zum Abschied und begab sich zum Aufzug.

"Buenas noches. Schlaf gut und bis morgen. Oder vielmehr bis nächstes Jahr." Es fehlten nur noch wenige Stunden bis zum Jahreswechsel.

Auf seinem Zimmer schaltete er den Fernseher ein. Auf Kanal sieben, einem bekannten lokalen Sender, wurden die Bilder des Tages gezeigt. Der Nachrichtensprecher kommentierte die verheerenden Auswüchse des Hurrikans Marlies. Er wütete derzeit vor der Küste Mexikos und kostete zahlreichen Menschen das Leben. Erst jetzt wurde ihm klar, warum sie einen Umweg geflogen waren, um sicher nach Costa Rica zu gelangen.

Der Nachrichtensprecher klang bestürzt: „Die Regierung hat für die beliebte Ferienregion Cancun den Notstand ausgerufen. Mit Windgeschwindigkeiten von über 200 Stundenkilometern hatte Marlies die östliche Halbinsel Mexikos erreicht. Viele Menschen konnten glücklicherweise in Sicherheit gebracht werden. Jedoch traf der Hurrikan mit so einer Wucht auf das Feriendomizil, dass einige Notunterkünfte dem Sturm nicht gewachsen waren. Eine Personenfähre schaffte es nicht, rechtzeitig den Hafen von Merida zu erreichen. Die Stadt im Norden der Region ist stark zerstört worden. Nach offiziellen Angaben geht die mexikanische Regierung von bisher über 300 Toten aus, darunter auch viele Ausländer. Viele Touristen sitzen fest und es ist derzeit noch ungewiss, wann sie ihre Reise wieder fortsetzen können.“

Das Wetter wird immer extremer, dachte sich Michael. Die Nachricht über die vielen Toten betrübte ihn. Er schaltete den Fernseher aus und schaute durch sein Fenster. Im Dunkeln konnte er schemenhaft den liebevoll bepflanzten Hinterhof erkennen. Er war froh, hier zu sein. In Costa Rica war er zum Glück sicher. Seine Vorfreude auf die nächsten Tage wuchs und er vergaß rasch die schlechten Nachrichten. Er hatte kurz überlegt, hinauszugehen und eine geeignete Möglichkeit zu finden, gebührend Silvester zu feiern. Er verwarf den Gedanken. Er war zu müde, um sich zu betrinken und Spaß zu haben. Benommen von den Ereignissen des Tages machte er sich fertig für die Nachtruhe, legte sich hin und fiel in einen unruhigen Schlaf.

Tag 04 Ruhe vor dem Sturm

Darby Smiths Unterkunft lag in dem Stadtteil Escalante im
östlichen Teil der Hauptstadt San José - die schönste Ecke des
ansonsten chaotischen, vollen und lauten Zentrums der zentralen Hochebene. Hier standen noch echte Kolonialbauten, die zu
Kunstgalerien oder gemütlichen Cafés umgebaut worden waren und sehr einladend wirkten. Die üppigen und durch das
milde Klima immergrünen Hinterhofgärten konnte der neugierige Besucher jedoch nur beim Hineingehen betrachten. Die vielen alten, verschnörkelten Bäume auf den Straßen zeugten noch
von der Zeit, als Kutschen das Hauptverkehrsmittel in dem

einst von Kaffeeplantagen gesäumten Landstrich waren. Die paar architektonisch zumeist praktisch angelegten, aber schön anzusehenden, in Pastellfarben gestrichenen Bauten rührten von dem unbekümmerten Leben in San José. Das war zu einer Zeit, als hier die costaricanischen Kinder noch problemlos auf der Straße spielten und die Angst vor Überfällen oder Raub nicht zum Alltag gehörten. Nach und nach wurden immer mehr Hochhäuser gebaut und das Stadtbild änderte sich merklich in den letzten Jahren. Mit feschen Namen und dutzenden Vorzügen lockten die vertikalen *Condominios* den modernen Stadtbewohner in ihre Türme. Fitnessstudios, Hundewiese, Gemeinschaftsräume zum Spielen und Grillen, Schwimmbäder und sogar eine Rezeption konvertierten das urbane Leben zu einem fortlaufenden Urlaub. Unter den Stadtbewohnern waren die Betonklötze ausgesprochen angesagt, auch wenn Kritiker behaupteten, dass man nur Luft kaufen würde. So ein Appartement im siebten Stockwerk wurde für hiesige Verhältnisse in den Himmel gebaut, bot jedoch einen atemberaubenden Ausblick auf das Tal und die grünbewachsenen Vulkane, die um San José den Horizont säumten. Das eher piefig anmutende Dorf aus etlichen kleinen Häusern und Mini-Gärten mauserte sich langsam zu einer richtigen Stadt.

Darby blickte aus dem Fenster. Die Sonne schien und auf der Straße vor seinem Hotel herrschte ein Gewusel. Zwei Autos standen quer auf der Fahrbahn und versperrten den Weg für nachkommende Fahrzeuge. *Was für Idioten*, dachte Darby und schüttelte gemächlich den Kopf. Auch wenn ein Großteil der Ticos mit ihren Familien an die unzähligen Strände gefahren war, bot der viel zu kleine urbane Raum nicht genug Platz für die Horde von Menschen. Es verging kaum ein Tag in San José, an dem nicht ein Auffahrunfall zu Staus und Verkehrsbehinderungen führte. Jetzt war es gerade mal wieder so weit. Es hatte gekracht. Nur ganz leicht. Aber Unfall war Unfall. Die Verkehrspolizei, *El Transito*, war noch nicht vor Ort und die beiden Fahrer tippten aufgeregt in ihre Handys, um Hilfe herbeizuholen. Die costaricanische Versicherungsbehörde verbot das Bewegen der Unfallfahrzeuge bis zum Eintreffen eines Versicherungsagenten oder eben der Verkehrspolizei. Je nach Tageszeit vergingen dabei schon mal fünfundvierzig bis sechzig Minuten und mündeten in zähes Warten. Das Verkehrschaos wurde immer größer und die wartenden Autofahrer begannen, hektisch zu hupen. Das Martinshorn eines sich nähernden Krankenwagens schallte durch die enge Straße.

Darby war genervt von dem Lärm. Sein geschlossenes Fenster hielt ihn nicht ab. Die Schallisolierung war nicht gerade ein architektonisches Meisterwerk. Am liebsten wäre Darby heruntergegangen und hätte wild um sich geballert. Einfach alles und jeden niedermähen und für Ruhe sorgen. „Die sind doch verrückt", murmelte er und blies schnaufend die Atemluft durch seine Nase. Mit seiner Hand formte er eine imaginäre Pistole und zielte auf die Menschen vor seinem Fenster.

Sein Handy klingelte. Er überhörte es fast, da sich das Hupkonzert gepaart mit der Sirene zu einer ohrenbetäubenden Kakophonie entwickelte. „Was?", brüllte er in sein Handy, nachdem er abgenommen hatte.

„Was ist denn bei dir los?"

„Die spielen hier schon wieder Großstadt!"

Darby schaute aus dem Fenster und sah, wie der Unfallverursacher nur mit den Schultern zuckte und sich auf den Bordstein setzte. Das Hupen ebbte nicht ab. Der Krankenwagen war endlich an Ort und Stelle, stellte aber die Sirene nicht ab. Der Krach war nicht auszuhalten. Die Costaricaner glaubten ernsthaft, mehrere Tonnen Stahl ließen sich mit starker Schallbildung einfach auflösen oder wie von Zauberhand zur Seite bewegen. Leider war Magneto von den X-Men nicht zur Stelle. Er hätte bestimmt mit seiner Superkraft die Fahrzeuge spielend verschoben und wieder Ruhe und Ordnung hergestellt. Ein paar Passanten filmten fröhlich das Schauspiel und fragten sich, wer überhaupt für diesen kleinen Unfall eine Ambulanz bestellt hatte. Das war völlig unnötig und übertrieben. Das hielt sie aber nicht davon ab, das Hupkonzert für die Nachwelt festzuhalten.

„Willkommen in Costa Rica", sagte der Anrufer mit unüberhörbarem Sarkasmus und lachte dabei süffisant.

„Sehr witzig. Was willst du?"

„Hast du die Informationen bekommen?"

„Ja."

„Heute Abend treffen wir uns mit Ricardo. Zwanzig Uhr im Restaurant vom Holiday Inn."

„Okay. Bis später."

Beide legten auf und Darby rief laut: „Scheiße!"

Er war wütend. Er hasste Mario und noch viel mehr Ricardo. Er wollte sich nicht mit ihnen treffen. Aber er musste. Der Trubel vor seinem Hotelfenster wollte nicht aufhören. Er nahm die Blumenvase vom Holztisch in seinem Zimmer und schmiss sie mit voller Wucht gegen die weiße Wand. Die Scherben flogen durch die Unterkunft und die halbvertrockneten Blumen erlitten ihr unverdientes Ende auf dem Boden. Er wollte gerade das Fenster öffnen und Gemeinheiten zu dem immer größer werdenden Pulk brüllen, als die Lautstärke plötzlich drastisch abnahm. Es war still. Darby öffnete das Fenster und sah einen Verkehrspolizisten auf seinem Motorrad langsam näherkommen. Die aufgebrachte Menge beruhigte sich notgedrungen. Darby vernahm Vogelgezwitscher von den gegenüberliegenden Bäumen. Die Sonne strahlte immer noch mit voller Kraft. Er lächelte verächtlich, warf noch einen letzten, verachtenden Blick auf die

Menschenmenge und schloss wieder das Fenster. Er setzte sich an den Tisch und blickte auf den geöffneten Laptop. Er klickte auf den Anhang einer Datei, die Mario ihm auf einem Memorystick per Kurier hatte zukommen lassen. Es dauerte ein paar Sekunden und er blickte auf das Foto eines freundlich dreinschauenden Mannes. Er hatte dunkle Locken, leichte Gesichtszüge eines Latinos, vielleicht auch eines Mischlings und war so Mitte dreißig. Unter dem Foto stand der Name: Michael Rodriguez.

*****

Die beiden Männer in den grauen Anzügen kamen aus dem Flughafenausgang ins Freie und diskutierten angestrengt über Michael. Sie waren immer noch sauer, dass er ihnen in Houston durch die Lappen gegangen war. Ihr Auftraggeber gab ihnen den Tipp, in Costa Rica zu suchen. Er hatte seinen Quellen entnommen, dass er sich dort aufhalten sollte. Sie nahmen den nächsten Flieger.

Die Sonne färbte sich rot am Horizont. Sie würde bald untergehen. Es war tropisch warm. Der größere der beiden stöhnte: „Es ist so schwül hier draußen. Ich kriege keine Luft. Und die Klimaanlage war mindestens zehn Grad zu kalt eingestellt in diesem Scheiß-Drecksflugzeug. Ich hasse es."

„Stell dich nicht so an. Du kennst unseren Auftrag. Keine Zeit zu jammern."

„Ich darf doch mal sagen, dass es mir zu heiß ist. Ich hasse Costa Rica und die ganzen Ticos."

Das Treiben vor dem Flughafen erinnerte mehr an einen gut besuchten Flohmarkt als an einen logistischen Knotenpunkt. Eine Menschenlawine rollte auf die beiden Ankömmlinge zu. „Taxi, amigo, what do you need, taxi, where do you go!", brüllten die Einheimischen den Fluggästen zu. Der Größere wehrte die Angebote mit einem unfreundlichen *No* ab.

„Ich habe hier keine Freunde", fauchte er einen älteren, weißhaarigen Mann an. Es war Stress pur für die beiden Anzugträger und der Größere beschwerte sich über die aufdringliche Art der Ticos.

Der Kleinere ging nicht weiter auf seinen Partner ein. „Lass uns den Taxifahrer fragen, ob er ein gutes Hotel kennt. Morgen machen wir uns auf die Suche nach Rodriguez. Wir haben eh schon zu viel Zeit verloren. Ich hoffe, dass er noch hier ist und sich nicht schon wieder in Luft aufgelöst hat."

„Den kriegen wir schon…"

„Das hast du in Houston auch gesagt. Und was ist passiert? Wir haben diese Schmeißfliege um Haaresbreite verpasst. Zum Glück gibt es neugierige Nachbarn. Koffer und Taxi konnten ja nur eins bedeuten und die Kleine am Flughafen konnte sich noch an ihn erinnern."

„Du meinst wohl, es gab den neugierigen Nachbarn." Beide lachten laut mit mörderischer Miene.

Nachdem sie alle Informationen aus Michaels altem Hausgenossen herausgeprügelt hatten, machten sie kurzen Prozess mit ihm und ließen die Leiche schnell verschwinden. Ihr Auftraggeber konnte mehr mit den Infos anfangen und lotste sie nach Costa Rica. Sie waren beeindruckt, wie schnell er Bescheid wusste und die richtigen Schlüsse zog. Er musste gute Quellen haben. Aber sie wunderten sich nicht. Ihr Boss war nicht umsonst so reich und mächtig.

„Was glaubst du denn, wo er jetzt ist?"

„Ich denke, er ist noch hier. Aber nicht mehr lange. Er wird's bestimmt nicht aushalten in dieser gottverdammten Stadt. Uns bleibt nicht viel Zeit."

„Wo sollen wir anfangen?"

„Ich hab dir doch alles auf dem Flug erklärt. Er weiß noch nicht, dass unser Chef ihn lieber tot als lebendig sehen will. Das ist unser Vorteil. San José ist groß, aber so viele Möglichkeiten gibt's hier nicht. Unser feiner Mister Rodriguez wird bestimmt nicht ewig hier bleiben wollen. Wir werden morgen ein paar Hotels und Bushahnhöfe abklappern."

Ihr Vorgesetzter hatte eine Menge Informationen über Michael: Durch seine Browserverläufe im Internet und in den sozialen Netzwerken hinterließ der Wasserbauingenieur viele interessante Spuren. Die beiden grauen Männer erhielten die Befehle noch am Flughafen in Houston, Transportmöglichkeiten nach Jacó und dem Manuel-Antonio-Nationalpark auszumachen. Michael surfte gerne und war ein interessierter Naturfreund. Es gab nur wenige Möglichkeiten, um dorthin zu kommen.

„Ich habe das dumpfe Gefühl, dass der Drecksack da als erstes hinwill." Er tippte nervös auf seinem Handy und zeigte seinem Kollegen eine Anzeige von einem berühmten Surfstrand.

Ein orangener, offizieller Flughafen-Shuttle fuhr vor. Der Fahrer fragte höflich: „Hola, meine Herren. Benötigen Sie ein Taxi?"

„Taxi und Hotel, wenn Sie eine gute und günstige Empfehlung haben", entgegnete der kleinere der beiden flüssig auf Spanisch.

Der Fahrer stieg aus und verlud das spärliche Gepäck. „No problemo, ich kenne ein gutes Hotel."

„Alles klar. Vamos." Die beiden finsteren Gestalten nahmen in dem Wagen Platz und fuhren in Richtung Stadtmitte.

*****

Umsäumt von mächtigen Anhöhen lag das zentrale Hochland des kleinen tropischen Landes Costa Rica. Unzählige Hügel geizten nicht mit ihrer üppigen Vegetation. Je nach Wetterlage legten sich Wolken um die Wipfel und erinnerten an überdimensionale Wattebäusche. Von oben sah alles sehr friedlich und gemütlich aus. Aber wer sich näher herantraute, erlebte das genaue Gegenteil. Einheimische und Besucher verloren sich rasch im Treiben und verschmolzen mit der Hektik des kulturellen und wirtschaftlichen Zentrums. Über zwei Millionen Menschen, fast die Hälfte der gesamten Bevölkerung, lebten hier auf über tausend Metern über dem Meeresspiegel. Sie gingen zur Schule, konnten studieren und fanden eine Arbeitsstelle. In San José selbst wohnten etwa zwei- bis dreihunderttausend In- und Ausländer. Costa Rica war nicht nur bei Touristen beliebt. In regelmäßigen Abständen kamen Einwanderer aus aller Herren Länder. Die größte Gruppe machten die Nicaraguaner aus. Sie hatten einen schlechten Ruf unter den Costaricanern und wurden oft mies behandelt. Ihre Arbeit wurde nicht ausreichend gewürdigt, obwohl sie insbesondere im Niedriglohnsektor fleißig ihren Tätigkeiten nachgingen und einen wichtigen Anteil am Bruttoinlandsprodukt hatten. Wer zum ersten Mal nach Costa Rica kam, spürte die starke Sogkraft dieser hässlichen und grauen Betonwüste. Sie ließ einen nicht mehr los. Die Straßen und Gebäude sahen sehr ähnlich aus und überall herrschte Chaos für die Neulinge. Es gab keinen Stadtteil, der komplett in einem ansehnlichen Zustand war. Es gab schöne Gebäude zu sehen und auch den einen oder anderen einladenden Straßenzug. Jedoch reihten sich an Neubauten oder mit Liebe verzierten Altbauten leider allzu oft heruntergekommene und verfallene Bauwerke. Die Städte Heredia, Alajuela und Cartago waren nicht besser. Sie lagen dicht am eigentlichen Stadtkern. Das ganze Bild der *Gran Area*

Metropolitana oder einfach nur kurz GAM, wie die Costaricaner es nannten, erinnerte ein bisschen an das Ruhrgebiet in Deutschland, als noch die Kohlebergwerke und die Kolonnen von Arbeitern die Region prägten. Dort wusste man auch nicht sofort, wo eine Stadt aufhörte und schon die nächste begann. Die Auswüchse der GAM waren ähnlich, eine sehr belebte Region mit vielen Schmuddelecken. Viele fanden sie einfach nur hässlich. Doch mit etwas Geduld und Beharrlichkeit fand man die Oasen und Inseln der Ruhe in diesem, laut vieler Reiseführer, eher Moloch-artigen, urbanen Teil des Tropenlandes. Auch nachts wurde es nie wirklich ruhig. Angenehmes Zirpen wechselte sich mit unangenehmen Motorengeräuschen von frisierten Zweirädern ab. Der Straßenlärm lag wie ein stetiges Summen über der Stadt. So auch in den Hatillos, der ärmeren Viertel südlich der Stadtmitte. Die lokale Regierung hatte dort den sozialen Wohnungsbau propagiert, der leider zu einer asozialen Wohngegend verkam.

Thomas und Maria saßen vor der Hütte ihrer Brüder und tranken Bier. Sie hatten immer noch ein paar Diskussionspunkte zu klären.

„Natürlich liebe ich dich noch. Es ist nur alles so anders. Ich fühle mich nach all den Jahren wieder richtig glücklich."

Thomas wischte sich seinen Gerstensaft-Schnurrbart ab und guckte traurig zu seiner Freundin.

„Ich kann es immer noch nicht glauben, dass du deinen Brüdern nichts von uns erzählt hast."

„Thomas, das ist nicht so einfach. Als ich vor zwanzig Jahren nach Deutschland kam, musste ich meinen Brüdern das Versprechen geben, dass ich eines Tages zurückkehren werde und niemals etwas mit einem Gringo anfange."

„Ich bin doch kein Gringo!", protestierte er heftig. Dabei wäre ihm fast seine Dose mit dem köstlichen Getränk aus der Hand gefallen.

„Ja, ich weiß, die Europäer gelten hier eher als offen und freundlich. Aber trotzdem, meine Brüder wollen einfach nicht, dass ich etwas mit einem Ausländer anfange."

„Aber wie willst du ihnen erklären, dass wir zusammenwohnen werden und uns eine gemeinsame Zukunft hier am Strand aufbauen wollen? Hast du schon vergessen, dass ich meine kompletten Ersparnisse für unsere Geschäftsidee mitgebracht habe?"

Maria seufzte und schaute verlegen zu Boden. „Natürlich weiß ich das. Thomas, mach dir keine Sorgen. Du wirst deine Surfschule bekommen und ich werde das Café leiten. Genau deswegen sind meine Brüder so freundlich zu dir. Sie wissen, dass du mir Arbeit verschaffen wirst und sie endlich ihre einzige Schwester öfter zu Gesicht bekommen. Und wer weiß, eines Tages legen sie ihre Vorurteile gegenüber Gringos ab und erlauben eine Heirat zwischen uns."

Thomas nahm einen großen Schluck aus der Dose und schaute Maria herausfordernd an. „Ich bin kein Gringo!"

Maria musste lachen. Thomas stimmte in das Gelächter ein. Er konnte seiner Freundin einfach nicht böse sein. Sie versöhnten sich und schmiedeten Pläne für die nächsten Tage. Für den morgigen Tag planten sie, nach Jacó zu fahren, einem der bekanntesten Surfstränden in Costa Rica. Der Ruf des ehemaligen kleinen Dorfes war schlechter als die Realität. Tagsüber ließ es sich dort mit einem kühlen Getränk in der Hand gut aushalten. Die Wellen waren sowohl für Surfneulinge als auch für Fortgeschrittene geeignet. Thomas freute sich, endlich wieder das Meer zu sehen.

Ein paar grölende Passanten kamen an dem kleinen Haus vorbei. Sie waren auf dem Weg zu einer Silvesterparty. Das Pärchen hatte nichts Großartiges geplant. Die lange Reise saß ihnen noch in den Knochen und sie waren froh, einfach mal ungestört zu sein.

„So, du kleiner Träumer, komm jetzt her und küss mich. Meine Brüder sind ausgeflogen. Die gehen heute feiern."

„Ich bin noch sauer, aber was soll's?"

Das Pärchen küsste sich innig und es schien wieder alles so harmonisch wie zuvor. Thomas spürte den heißen Atem seiner Freundin. Nur schemenhaft erkannte er die Silhouette von Marias Kopf, da sie in absoluter Finsternis auf der alten Veranda saßen. Marias immer heftiger werdende, feuchte Küsse erzeugten einen süßen Schauer auf seinem Rücken. Er zog sie enger an sich und flüsterte ihr Liebeleien ins Ohr. Marias Hand wanderte zärtlich, aber bestimmend in die Lendengegend des etwas erschrockenen Thomas. Ängstlich, erwischt zu werden, aber zugleich erregt ließ er die Annäherungsversuche zu. Er machte das Liebesspiel mit und berührte mit seinen Händen Marias Brüste und streichelte kreisend ihre Brustwarzen durch die dünne Bluse. Er flüsterte: „Ich liebe dich, Maria. Nie zuvor habe ich eine Frau wie dich kennen gelernt."

„Ach, du Spinner. Rede nicht so viel, sondern gib mir lieber einen Kuss." Gekonnt öffnete sie die Shorts ihres Freundes, schob fast gleichzeitig ihren Rock hoch und den Slip zu Seite. Sie setzte sich auf ihn. Mit einer Hand fasste Maria in Thomas' blondes Haar und mit der anderen hielt sie sich an seiner Schulter fest. Nach kurzen Protesten willigte er ein, Marias sexuelles Verlangen zu stillen.

„Und was machen wir, wenn wir erwischt werden?"

„Wie werden nicht erwischt."

Die beiden liebten sich leidenschaftlich auf der kleinen Terrasse in tiefster Dunkelheit. Die rhythmischen Atemlaute gingen im allgemeinen Tohuwabohu unter. Nicht weit entfernt war ein Knall zu hören. Ob da nun ein für die Silvesterfeier gedachter Böller explodierte, die Fehlzündung eines Motorades so lauten Krach machte oder ein tödlicher Schuss bei einem der vielen Raubüberfälle fiel, war dem liebestollen Paar völlig egal.

*****

Das Trio hielt vor dem Crowne Plaza. Sie hatten sehr lange für die Fahrt gebraucht. Das Taxi hatte eine Panne gehabt. Aber der Fahrzeughalter hatte den Reifenwechsel in rekordverdächtiger Zeit vollbracht. Die ganze Welt schien sich auf der viel zu schmalen Autobahn zwischen dem Flughafen und dem Zentrum San Josés herumzutreiben. Die Costaricaner waren in Feierlaune und freuten sich auf den Jahreswechsel. Überall sahen die beiden grau gekleideten Männer fröhliche Gruppen und Familien.

„Die sind mir hier zu gut drauf", sagte der eine verachtend zu seinem Partner.

„Ja, mir auch. Wir müssen gleich anrufen. Er wartet bestimmt schon."

Das sehr zentral gelegene Hotel befand sich in der Nähe des Parks *La Sabana*. Der Vergleich zum Central Park in New York hinkte ein wenig. Aber den Costaricanern gefiel es, ihre Orte und Personen mit fremden Sehenswürdigkeiten und Berühmtheiten in Verbindung zu bringen. Am Wochenende war hier mächtig was los. Neben Joggern und Familien spielten die Einheimischen Fußball, Basketball oder praktizierten andere Sportarten. Es sollte sogar Ruderer geben, die auf den Teichen ihr Bestes gaben und für Weltmeisterschaften trainierten. Die grüne Lunge im Herzen der Stadt lud fast immer zu einem Spaziergang ein. Früher war hier ein Flughafen. Einige alte Gebäude erinnerten an längst vergangene Zeiten, als Kutschen das Stadtbild prägten. Am Ende der großzügigen Grünanlage in Richtung Westen stand das von der chinesischen Regierung gestiftete Nationalstadion. Es war der ganze Stolz der Ticos. Zu Tausenden strömten sie auf die Ränge, wenn die Nationalmannschaft oder das berühmte lokale *Clasico* zwischen den beiden besten Fußballmannschaften *La Liga* und *Sarprissa* ausgetragen wurde. Der imposante Bau trat positiv aus den architektonischen Entgleisungen des costaricanischen Zentrums hervor.

Heute, in der Silvesternacht, herrschte wilder Trubel im *Sabana* Park. Die beiden Männer in den grauen Anzügen bezahlten den Taxifahrer und alle drei stiegen aus. Am Kofferraum wollte der Fahrer einem seiner Fahrgäste das Gepäck reichen. Doch mit einem bösen Blick gab der graue Mann klar zu verstehen, dass er es lieber selbst tragen möchte. Ohne Trinkgeld machte sich der Chauffeur aus dem Staub.

An der Rezeption erhielten sie ein kleines Päckchen und eine Nachricht von ihrem Boss. Sie bezogen ihre Zimmer, tätigten sogleich den nötigen Anruf und erteilten Bericht. Er war ihnen wie gewohnt einen Schritt voraus und gab ihnen ein paar Tipps, wo sie nach Michael suchen sollten. „Nach meinen Quellen zu urteilen, kann er sich nur in der Gegend um das Restaurant Dragón Oriental aufhalten. Vor ein paar Stunden hat er dort in der Nähe zu Abend gegessen."

„Ja, gut. Das erleichtert uns die Suche", sagte der größere der beiden erstaunt, aber mit bestimmter Miene.

„Ich denke, die Anweisungen sind klar, oder? Wenn ihr ihn findet, wisst ihr, was ihr zu tun habt."

„Ja."

„In dem Päckchen ist alles, was ihr braucht."

Geschwind machte der Kleinere den Karton auf. In ihm lagen zwei Handfeuerwaffen, Schalldämpfer und ausreichend Munition.

„Das müsste reichen, um den Job zu erledigen."

„Alles klar."

Mit prüfendem Blick inspizierten sie die Waffen. Ihr Boss hatte ihnen zwei halbautomatische Pistolen der Marke Glock zukommen lassen. Der Kleinere wog die beiden Schalldämpfer in seinen Händen. *Wie einfach so ein geplanter Mord sein kann,* ging es dem größeren der beiden durch den Kopf.

„Ich erwarte spätestens morgen früh eure Antwort", befahl die Stimme aus dem Handylautsprecher. Sie klang fest und entschlossen. Im Hintergrund waren weitere Stimmen und Musik zu hören. Dort war ein Silvesterempfang in vollem Gange.

„Okay. Machen wir, Boss. Guten Ru…", tönten die beiden im Chor, wurden aber durch ein Klicken unterbrochen. Ihr Gesprächspartner hatte die Verbindung bereits getrennt.

Sie legten auf und schmiedeten den Plan für ihr weiteres Vorgehen. Sie recherchierten im Internet, welche Hotels und Hostels in der Nähe des chinesischen Restaurants *Dragón Oriental* lagen. Es waren etwa zwei Dutzend. Nach circa einer Stunde konnten sie die Hälfte ausschließen, nachdem sie mehrere Anrufe getätigt und nach Michael gefragt hatten. Leider waren einige Rezeptionen nicht mehr besetzt und sie verschoben die persönlichen Besuche auf den nächsten Morgen. Gegen Mitternacht standen nur noch drei mögliche Unterkünfte auf ihrer Liste: Hotel Santo Tomas, Hostel Pangea und Hotel Kekoldi.

„Rodiguez muss da irgendwo gerade schlafen", flüsterte der Kleinere.

„Wenn du meinst. Vielleicht ist er auch auf einer Silvesterparty. Morgen werden wir es wissen. Vielleicht war er gar nicht beim Chinesen", gab der Größere zu bedenken.

„Er hat uns noch nie im Stich gelassen und seine Tipps waren bisher immer richtig. Warum soll es dieses Mal anders sein?", fragte der Kleinere genervt und zielte mit seiner Pistole auf eines der kitschigen Wandbilder im Hotelzimmer. Die schweren Vorhänge am Fenster bewegten sich durch einen Luftzug. Der Größere stand auf und schloss das geöffnete Fenster. Er blickte durch die milchige Scheibe, grinste schief und flüsterte: „Dann wird Rodriguez morgen früh sein letztes Frühstück zu sich nehmen."

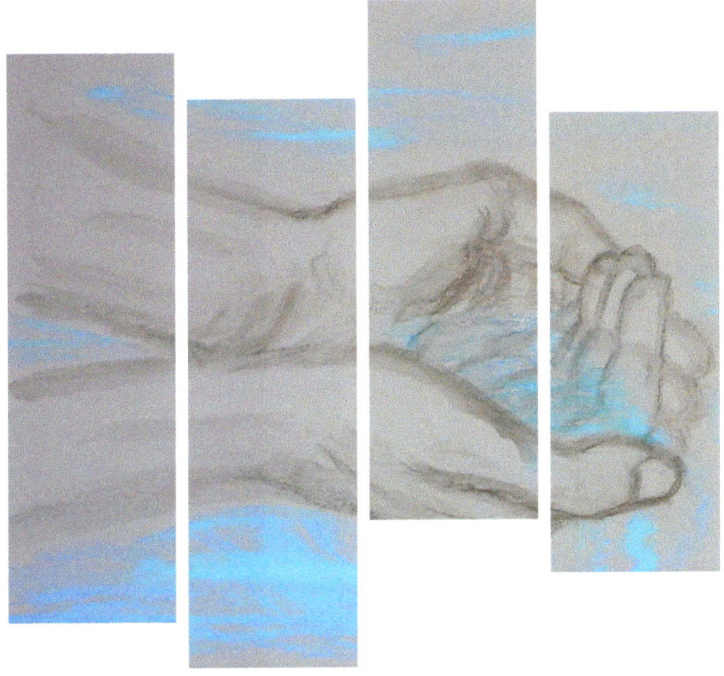

Tag 05 Wasser ist Leben

Die Glasfassade des Hauptsitzes des gigantischen Energiekonzerns Gas&Water Electric wirkte kalt und nicht besonders einladend. Die monströsen Buchstaben G, W und E prangten auf dem Firmendach. Boston war unter normalen Bedingungen immer eine Reise wert. Aber das Winterwetter an der Ostküste und seine arktischen Temperaturen trugen nicht gerade zur Gemütlichkeit bei. John Hans Hamilton hatte den fünfköpfigen Vorstand zusammengerufen, um über die Beteiligung am Wasserkraftwerksprojekt Diquís in Costa Rica zu sprechen. Einige seiner Kollegen mussten den Winterurlaub vorzeitig abbrechen, um zu der dringend einberufenen Versammlung zu erscheinen. Lindsay Logan, Abteilungschefin der Pumpspeicher- und Laufwasserkraftwerkstechnik der erneuerbaren Energiensparte Hydroenergy, sowie der Leiter der Rechtsabteilung Dirk Day, waren auch zugegen. Sie saßen mit angespannter Miene an dem runden Tisch vor einem Berg Akten. Nach und nach trudelten die wichtigsten Männer von G&WE ein und beglückwünschten sich zum neuen Jahr. In ein paar Gesichtern spiegelten sich die feucht-fröhlichen Feierlichkeiten der Nacht davor. Die Männer zeigten sich Fotos von ihren tollen Winterurlauben. Die eine Hälfte verbrachte ihre freien Tage im Schnee in exklusiven Skigebieten und die andere Hälfte vergnügte sich in der Sonne und fuhr ihre Armada von Luxusyachten vor die karibischen Strände. Den Männern im eher reiferen Alter war es wichtig zu zeigen, wer das längste und teuerste Schiff besaß. Sie scherzten ausgelassen. „Hier, guckt mal!", rief einer der Vorstände und deutete aufgeregt auf sein Smartphone. Er reichte es herum. Ein Foto zeigte ihn auf seinem Boot mit zwei üppig bestückten, gut aussehenden Schönheiten im Bikini vor einer Bucht in der Dominikanischen Republik. Die anderen konnten das nicht auf sich sitzen lassen und zückten sogleich ihre Handys und präsentierten stolz ihre bildlichen Nachweise extravaganter Weihnachtsgeschenke, neuer Autos der Oberklasse und Frauen in anzüglichen Posen. Es war ein Wetteifern um die Anerkennung der Kollegen: Wer war auf der pompösesten Weihnachtsfeier gewesen und hatte es zu Silvester richtig krachen lassen?

Es wurde augenblicklich still, als John den Raum betrat und direkt auf dem für ihn, Chief Executive Officer von G&WE, vorgesehenen lederbezogenen Chefsessel Platz nahm. Dem elegant gekleideten Mitarbeiter vom Getränkeservice gab er mit einem

Kopfnicken eindeutig zu verstehen, dass er nichts wollte außer seine uneingeschränkte Ruhe im Meetingraum. Dieser schloss die Tür leise hinter sich und ließ die Besprechungsrunde allein. John beglückwünschte niemanden und kam direkt zur Sache.

„Dirk, was ist da unten los?"

„Unsere Kollegen vom HICE informierten uns über die Demonstrationen und Ausschreitungen der lokalen Bevölkerung kurz nach Weihnachten. Es gab sogar einen Toten. Die Ureinwohner, also die Terraba-Indianer, geben nicht auf und wollen partout das Areal ihrer Ahnen nicht verlassen, weil..."

„Bullshit!", rief John laut dazwischen.

„...der Mensch und seine Erde zusammengehören. Ein Eingriff in die Natur ist wie ein tätlicher Angriff und Körperverletzung."

„Das ist doch schon wieder so ein esoterischer Mist."

Es machte sich Unbehagen unter der kleinen Gruppe breit. Dirks rotes Haar war ganz feucht. Er schwitzte vor Angespanntheit. Der Bericht über das geplante, größte Wasserkraftprojekt in Zentralamerika enthielt nur schlechte Nachrichten. Das Hidro Instituto Costarricense de Electricidad plante die Konstruktion schon seit mehreren Jahrzehnten und für die Firmenbosse von G&WE klang es wie ein einfaches Investment, als der Präsident vom HICE vor fünf Jahren seine Pläne vorstellte und die mögliche Beteilung seitens G&WE vorschlug. Seitdem ist viel Wasser den Rio Grande de Terraba hinuntergelaufen. So hieß der Fluss, der das sechshundert Megawatt große Vorhaben zur Elektrizitätserzeugung mit seinen Wassermassen ermöglichen sollte. Die Planung des Kraftwerks und sein Bau dehnten sich auf einer Fläche von mehr als siebentausend Hektar aus. Gut tausend Hektar waren heiliges Indianerland und stellten die Verantwortlichen vor große Herausforderungen. Umweltaktivisten und Menschenrechtler machten mobil gegen das Projekt und es kam zu immer heftigeren Auseinandersetzungen zwischen dem Umweltministerium, den lokalen Behörden und der einheimischen Bevölkerung. Die Argumente für die Errichtung der Stromerzeugungsanlage waren nicht ausreichend. Es sollten mehr als 3.500 Arbeitsplätze in der strukturschwachen Gegend im Südwesten von Costa Rica entstehen. Die Befürworter lockten mit möglichen neuen, immer wichtigeren, Devisen bringenden Touristenattraktionen, wie zum Beispiel die Errichtung einer schönen Panorama-Brücke für Besucher. Das half alles nichts. Die Umweltauflagen waren zu hoch und die Blockade der Indianer war unüberwindbar. Nicht zu vergessen der Mord an Sergio Gutierrez. Für die Autochthonen war er ein Märtyrer. Für John war er einfach nur die Pest.

Die G&WE AG lief Gefahr, ihr bisheriges Investment in Höhe von mehreren Millionen Dollar bald abschreiben zu müssen.

John haute mit der Faust auf den frisch polierten Sitzungstisch. Er war so wütend, dass sich Furcht unter den Versammelten verbreitete. Er konnte nicht glauben, was er hörte. Nicht nur die offiziell geflossenen Gelder waren für immer verloren. Über verdeckte Kanäle hatte er mehrere, wichtige Personen in Costa Rica großzügig bedacht, damit G&WE das Rennen um die lukrative Beteiligung gewann. Er schloss die Augen und sah das viele Schmiergeld vor sich. Es flog durch die Luft und brannte. Nichts als Staub und Asche blieben in seiner Fantasie zurück. John atmete tief ein.

„Wir wissen doch, wie wir damit umgehen müssen! Die Colville-Indianer wurden damals in Washington auch umgesiedelt. Das kann doch in Costa Rica nicht so schwer sein."

„Aber die Regierung musste anschließend über fünfzig Millionen an die Nachfahren zahlen", warf der Chief Financial Officer ein.

John sah ihn wütend an und schrie: „Schnauze, du Hurensohn!"

Der CFO sagte nichts mehr und blickte betreten drein. Er erinnerte an einen räudigen Straßenköter, den keiner mochte. Niemand wagte, etwas zu sagen. Stille. Die Stimmung war gereizt. Plötzlich räusperte sich die einzige Frau der Runde.

„Ja, Lindsay?", fragte John mit zuckersüßer Stimme.

„Meine Herren, ich denke, dass wir eine Lösung finden. Das Indianerproblem überlassen wir den Costaricanern. Die machen das schon. Viel wichtiger sind für uns die einzuhaltenden Umweltauflagen. SETENA, oder wie auch immer dieser Clownverein für Umweltfragen in Costa Rica heißt, arbeitet zu langsam. Da müssen wir ein bisschen nachhelfen. In meiner Abteilung haben wir das Know-how und die Leute. Ich denke, dass wir bis Ostern einen für alle Beteiligten befriedigenden Ausweg gefunden haben."

Während seine Mitarbeiterin sprach, zog John sie mit seinen Blicken aus. Es war keine Liebe oder Zuneigung, die er für sie empfand. Aber ihre dominante Art und ihr Auftreten verursachten eine Erektion bei ihm. Sie war die einzige Person in diesem Raum, die ihm das Wasser reichen konnte. Nicht nur einmal überbot Lindsay ihren Vorgesetzen mit ihrer Abgebrühtheit gepaart mit gespieltem Charme. Sie war ehrgeizig und bekam immer, was sie wollte. So auch heute. Sie lullte den Vorstand mit ihren Ideen ein. Vermutlich waren die adipösen Männer einfach nur froh, dass jemand für sie in die Bresche sprang.

Nach noch nicht einmal zwanzig Minuten war das Meeting vorbei. Hände wurden geschüttelt und mit schnellen Schritten verließen alle bis auf Lindsay und John den Raum. John trat vor Lindsay und riss sie vom Stuhl an sich. Er küsste sie wild auf den Mund. Sie ließ ihn etwa eine Minute gewähren und stieß ihn dann sanft von sich weg.

„Und?"

„Was und?"

„Wie war ich?"

„Wie immer bezaubernd. Die haben gar nicht gemerkt, was du ihnen verkauft hast."

Lindsay musste lächeln. Ihr blondes langes Haar war zu einem Zopf zusammengebunden. Sie sah streng aus. Aber das erregte John nur umso mehr. Er wischte sich Speichel von seinem Mund. Er war geil und wollte gerade etwas ganz anderes machen als reden. Seine schöne Assistentin ließ sich nicht beirren und sprach einfach weiter: „Rodriguez habe ich gefeuert, so wie du es verlangt hast. Er kann keinen Schaden mehr anrichten. Aber wir haben ihn in Houston verpasst."

John rollte mit den Augen. Sein steifer Penis erschlaffte.

„Dass der Penner überhaupt so brisante Informationen bekommen konnte. Ich habe bis heute nicht herausgefunden, wer der Maulwurf ist", sagte John und rümpfte seine dicke Nase.

Lindsay schaute verlegen drein. Sie verheimlichte John, dass sie eine kurze Affäre mit dem Ingenieur gehabt hatte. Nur mit meisterhaften Lügen konnte sie John davon überzeugen, dass Michael Rodriguez die richtigen Umweltberichte für den Wasserkraftanlagenbau in Costa Rica während der Arbeit zu Gesicht bekommen haben musste. Oder jemand anderes hatte ihm ein paar Informationen zukommen lassen. In Wahrheit waren ihm die Dokumente in Lindsays Wohnung aufgefallen, weil sie offen auf dem Küchentisch gelegen hatten. Sie hatten heftig gestritten, nachdem er den Schwindel entdeckt hatte. Er wollte die Umweltbehörde in Costa Rica informieren. Doch Lindsay entzog ihm das Projekt und stellte ihn für ein anderes ab. Nachdem Michael mit der Rechtsabteilung über mögliche Falschaussagen in dem Bericht diskutiert hatte, hatten sie Verdacht geschöpft. Die costaricanischen Behörden und das HICE bekamen auch Wind davon, dass es nicht mit rechten Dingen zuging. Aber es gab keine konkreten Beweise. John wollte unbedingt dieses Investment machen und ärgerte sich maßlos über die vertane Zeit und das viele Geld. Er stellte Lindsay noch im November letzten Jahres zur Rede. Ihre Lügen überzeugten und sie verabredeten die Entlassung Michaels, falls etwas herauskommen sollte. Alles ging wieder seinen Gang, als plötzlich diese unabhängige Untersuchungskommission den Baustopp für Diquís verhing.

„Das ist ein beschissenes tropical watergate, wenn das ans Licht kommt und die Kommission von unserer, ich nenn es mal, Hilfe, erfährt."

„Mach dir nicht so viele Sorgen. Wir kriegen das mit Michael schon hin", versuchte Lindsay zu beschwichtigen.

John wusste, dass er nur eine Chance hatte. Er musste Michael die Schuld für die gefälschten Umweltstudien in die Schuhe schieben, ihn mundtot machen und mit ein paar verborgenen Zahlungen an die richtigen Leute gehörte der Baustopp sicherlich bald der Vergangenheit an.

„Ja, ich weiß. Er redet bald bestimmt nicht mehr."

Lindsay fröstelte, als sie den teuflischen Ausdruck auf Johns rundem Gesicht sah.

Er wollte seinen ehemaligen Mitarbeiter leiden sehen und zerstören. Leider konnte er ihn bisher nur noch nicht ausfindig machen.

*****

Isabela Mendez arbeitete normalerweise als Tierärztin. Heute half sie aus im Hospital de los Niños, einem städtischen

Kinderkrankenhaus in der Mitte von San José. Sie beschäftigte sich gerade mit ein paar Straßenkindern, die mit Lungenentzündung eingeliefert wurden. Die drei Kinder redeten nicht viel, aber ließen sich von Isabela behandeln. Sie saß auf dem weiß bezogenen Bett bei einem kleinen Jungen namens Pepe und verabreichte ihm seine Medizin.

„Du musst schon die Medizin nehmen, sonst wirst du nicht gesund." Isabela strich sanft über sein dunkles Haar.

„Na gut", murmelte der Junge und blickte missmutig auf den Esslöffel, den Isabela in der Hand hielt.

„Pass auf, ich mach noch ein bisschen Zucker drauf, dann schmeckt das gar nicht so schlimm."

„Bueno."

Tapfer schluckte der Patient die Flüssigkeit herunter. Das Geheul einer Sirene war entfernt zu hören. Ein Krankenwagen näherte sich dem Krankenhaus und schob sich durch die Innenstadt in San José. Isabela ging zum Fenster und schloss es mit einem Ruck.

„So, Kinder, ihr seid jetzt auch noch dran." Die Aushilfsärztin wandte sich lächelnd den beiden anderen zu.

Die Kinder protestierten: „Nooo! Wir haben doch schon gestern dieses ekelige Zeug schlucken müssen." Sie schnitten Grimassen und machten abwehrende Gesten.

„Aber, wenn ihr gesund werden wollt, müsst ihr die Medizin nehmen. Oder wollt ihr lieber krank sein?", fragte Isabela energisch, aber mit sanfter Stimme. Die Kinder mochten sie. Ihr spanischer Akzent klang ungewohnt, aber melodisch in den Ohren der kleinen Patienten. Ihre frechen Gesichter wichen Isabelas fragendem Blick aus.

Pepe antworte für die beiden anderen: „Das Essen schmeckt hier so lecker und ich muss mich nicht immer vor der Policia verstecken."

„Weißt du, wo deine Eltern wohnen?" Für Isabela war es eine rhetorische Frage, da sie die Antwort schon kannte. Im Laufe der Jahre hatte sie schon einiges mit den auf der Straße lebenden Kindern durchgemacht. Es gab keine grausame Geschichte über Missbrauch, Alkohol, Drogen und Kinderprostitution, die ihr nicht geläufig war. Sie war wütend und fühlte sich machtlos gegenüber den Eltern, die ihre Kinder verwahrlosen ließen. Darum kam sie mindestens einmal pro Woche her und tat das, was sie gut konnte: Anderen helfen.

Pepe antwortete flüsternd: „No, meinen Vater habe ich noch nie gesehen und meine Mutter lebt auf der Straße. Wo sie gerade ist, weiß ich nicht…" Traurig schaute er zu Boden. Seine braunen Haare lagen ganz ungeordnet und konnten mal wieder eine Wäsche vertragen. Wie er so dasaß, konnte er einem nur leidtun.

Isabela seufzte: „Kopf hoch, kleiner Mann. Jetzt schlaf erstmal und du wirst sehen, morgen geht's dir wieder besser." Sie schaute zu den beiden anderen Patienten. „Und ihr anderen macht jetzt auch die Augen zu, verstanden?"

Die Kinder erwiderten im Chor: "Sí, Señora!"

Isabela verließ das Zimmer und trat hinaus auf den Flur. Es roch nach Reinigungsmittel und sie machte am Ende des Ganges die übliche Menschenmenge aus. Sie sah viele mittellose Leute durch die Glastür, die hilfesuchend hierherkamen. Sie traf Schwester Ana, eine grauhaarige, liebevolle Krankenschwester, die für ihre siebenundfünfzig Jahre noch recht jung aussah. „Hola, Doña Ana, feliz año nuevo, frohes neues Jahr! Wie geht es dir?"

„Frohes neues Jahr! Mir geht es gut, danke. Und dir?" Sie wartete die Antwort nicht ab, umarmte ihre spanische Aushilfsmitarbeiterin und sagte mit forschendem Blick:

„Du siehst müde aus."

Isabela entgegnete sauer: „Es ist einfach unglaublich, was mit diesen armen Dingern passiert. Die Regierung redet zwar immer davon, die Armut zu bekämpfen, aber es leben immer noch zu viele Menschen auf der Straße. Pepe ist jetzt zum vierten Mal hier in nur drei Monaten. Er geht nicht zur Schule und lungert die ganze Zeit auf der Straße rum. Wenn er nicht bettelt, stiehlt er, was nicht niet- und nagelfest ist. Das ist doch kein Leben. Kein Wunder, dass er krank ist. Seine Mutter ist nicht für ihn da und treibt sich mit irgendwelchen Männern rum. Wenn das so weitergeht, sehe ich ihn schon, wie er beim Beklauen von Touristen erwischt wird. Am Ende liegt er dann erschossen in der Gosse. Ein Menschenleben ist nichts mehr wert in dieser Stadt."

Ana war erschrocken über den Ausbrauch, aber sie verstand Isabela: „Aber, aber, wer wird denn gleich so aus der Haut fahren? Stimmt, es ist wirklich eine Schande, was hier in San José passiert. Aber wir sind auch nicht in Barcelona. Ihr lebt in Europa wie die Maden im Speck."

Isabela musste an die drei kleinen Rekonvaleszenten denken. Sie hatten noch nicht mal den Jahreswechsel feiern können. Wobei die fürsorgliche Behandlung im Krankenhaus in ihren Kinderaugen wahrer Balsam für ihre geschundenen Seelen war.

„Du hast ja Recht, Ana. Du kannst Costa Rica nicht mit Spanien vergleichen. Ich will ja auch gar nicht so viel meckern. Es ist nur, dass die Kinder eine Perspektive brauchen. Die Eltern geben ihnen keine. Die Regierung gibt ihnen auch keine. Zur Schule gehen sie nicht, weil sie den ganzen Tag betteln müssen und Lebensmittel stehlen, um überhaupt etwas zwischen die Zähne zu bekommen. Das ist einfach traurig und das macht mich wütend. Ich fühle mich so hilflos. Ich kann nur Symptome behandeln. Niemand behandelt die Ursache des Problems."

Ana schaute die hübsche Spanierin mitleidig an: „Komm mal her, meine Española linda. Schau, die Chicos sind eingeschlafen. Gracias a Dios. Nimm dir ihre Situation nicht zu sehr zu Herzen. Sie kommen schon klar. Wir versuchen, ihnen so viel Hilfe zukommen zu lassen wie möglich. Ich bin mir ziemlich sicher, dass sie es schaffen, eines Tages aus dem Schlamassel herauszukommen und ein sicheres und zufriedenes Leben zu führen."

Isabela war nicht zufrieden mit den Ausführungen der Krankenschwester. Ihr schlanker Körper war ganz angespannt und sie wiegelte ab: „Ich weiß nicht, wie kannst du nur so ruhig bleiben? Tut es dir nicht auch weh, diese armen Kinder so zu sehen?"

Ana guckte traurig zur Wand. Die weiße Farbe bröckelte etwas. Sie stöhnte und schüttelte ihren Kopf.

„Doch schon, aber ich habe schon viel mehr ansehen müssen. Die Jungs haben es schwer, aber sie werden schon überleben."

*****

Hastig betraten die beiden Männer in ihren grauen Anzügen den Eingang des Kekoldi. Sie hatten kein Glück bei den anderen beiden Hotels gehabt. *Er kann nur hier sein*, schoss es dem Kleineren der beiden grimmig dreinschauenden Gestalten durch den Kopf. Mit entschlossenen Schritten gingen sie auf die Rezeption zu. Mit einem breiten Lächeln blickte die nette Empfangsdame die beiden Neuankömmlinge an. „Feliz año nuevo! Was kann ich für…", sie wurde grob unterbrochen und konnte ihren Satz nicht zu Ende sprechen.

„Kennst du den?", fragte der Größere und hielt der grauhaarigen Dame ein Foto von Michael vor die Nase. Sie zögerte, blickte verstohlen auf den Boden und räusperte sich.

„Nein."

Langsam schüttelte sie ihren Kopf. Der Kleinere stieß einen Zischlaut aus und haute mit der Faust auf die Theke. Er schaute böse zu seinem Partner. „Das kann doch nicht wahr sein!"

„Ich habe dir doch gesagt, dass er nicht immer alles wissen kann." Der Größere hatte den Satz kaum ausgesprochen, als sein Blick auf den Stapel Zettel hinter dem Schreibtisch fiel. Obenauf lag die ausgedruckte Reservierungsbestätigung mit dem Namen Michael Rodriguez. Die Rezeptionistin war zur Salzsäule erstarrt. Blitzschnell umkurvten die beiden finsteren Gestalten das Möbelstück zwischen ihnen und der ängstlichen Dame. Der Größere griff sie mit seiner linken Hand fest am Kragen und hielt der armen Hotelangestellten seine Pistole an den Kopf. Der Schalldämpfer fühlte sich kalt an ihrer Schläfe an. Sie hatte Angst.

„Wo ist er?", schrie der Kleinere und hielt dabei das Blatt Papier mit Michaels Namen darauf hoch.

„Ich weiß es nicht. Er hat mir nichts gesagt."

„Du lügst."

„Ich weiß es wirklich nicht," jammerte die alte Dame. Die Angst stand ihr ins Gesicht geschrieben. Der Größere drückte sie gegen die Wand und würgte ihren Hals. Sie lief rot an und ihre wunderschönen, großen Augen stachen voller Panik hervor.

„Ich frage jetzt zum letzten Mal: Wo ist er?"

Sie ließen kurz von ihr ab. Röchelnd und hustend stürzte die Rezeptionistin zu Boden. Sie stieß sich heftig die Ellenbogen beim Aufprall. Aber der Schmerz war gerade nur Nebensache. Mit letzter Kraft schüttelte sie ihren Kopf und blickte unter Tränen ihre Peiniger an. Der Größere hielt ihr seine Waffe direkt vor die Nase. Sie wollte nicht antworten.

Die beiden Eindringlinge schauten sich vielsagend an. Die Empfangsdame hatte ihre Meinung geändert und wollte doch etwas sagen. Aber es war zu spät für sie. Der Kleinere nickte nur kurz. Der Größere drückte ab.

*****

Zwei Kilometer weiter stieg Michael in den Bus. Die chaotischen Zustände am Busbahnhof mit dem komischen Namen Coca-Cola wollte er schnell hinter sich lassen. *Schon wieder diese Namensverfehlung*, dachte sich der Wasserbauingenieur. Er hätte einen typischen costaricanischen Namen besser gefunden. Eine öffentliche Transporteinrichtung sollte lieber den Namen eines stolzen, costaricanischen Indianerkriegers oder einer bekannten Persönlichkeit tragen. Diese dickmachende Zuckerbrause hatte es jedenfalls nicht verdient. Oder vielleicht doch? Das Zentrum San Josés war Umschlagplatz für viele Waren sowie der Dreh- und Angelpunkt für alle Einheimischen und Touristen. Egal, wo man hinwollte, der Weg führte immer durch das viel zu eng bebaute Herzstück Costa Ricas. Dementsprechend ging es hier zu: Lärm, Getöse, Schmutz, Smog und einfach viel zu viele Menschen auf zu kleinem Raum. Die gestrigen Feierlichkeiten hatten ihre Spuren sowohl in den Gesichtern der Menschen als auch im Gesicht der Stadt hinterlassen. Berge von Müll, überwiegend leere Behälter alkoholischer Getränke, lagen überall auf den Straßen.

Der Busfahrer startete den Motor und sein Gefährt stieß eine mächtige, schwarze Rußwolke aus. Stotternd setze es sich in Bewegung. *Bloß weg von diesem hässlichen Ort*, dachte sich Michael. Vielleicht war Coca-Cola doch der richtige Name für diesen Moloch. Der Bus war viel zu eng und es roch nach frittierten Hühnchenkeulen und verbranntem Fett. Aber der Texaner war heilfroh, dass er nun endlich ans Meer fuhr. Die Pazifikküste hatte alles, was sein Herz begehrte. Er konnte es kaum erwarten und freute sich auf ausgedehnte Surfsessions, die vielen Tiere im Nationalpark Manuel Antonio und malerische Sonnenuntergänge am Strand.

*****

Darby saß im Restaurant im Hotel Aurola Holiday Inn und wartete. Normalerweise genossen die Gäste den weiträumigen Ausblick von hier oben auf San José und die Umgebung. Insbesondere in der Nacht versprühten die Lichter der Stadt eine Magie, die ihresgleichen suchte. Von oben betrachtet präsentierte sich der costaricanische, städtische Raum freundlich und erzeugte eine sehr positive Stimmung. Die dunklen Silhouetten der Berge im Hintergrund rundeten den Weitblick ab und luden dazu ein, mindestens ein bis zwei Fotos und Selfies für die Nachwelt festzuhalten. Die gestrige Silvesternacht hatte viele Besucher angelockt, die das Feuerwerk in seinem gigantischen Ausmaß von hier oben erlebt hatten. Dem noch so kühlen, berechnenden, eher rational-analytischen Besucher wurde bei dem Anblick, ob mit oder ohne Raketen, warm ums Herz. Der Ort versprühte eine gehörige Portion Romantik.

Nicht so bei Darby. Seine digitale Armbanduhr zeigte 20:14 Uhr. Mario Alfaro und Ricardo Cartin waren zu spät. *Typisch*, dachte sich der Wartende. Seine Schmerzgrenze lag bei fünfzehn Minuten. Länger wartete er nie auf jemanden. Jedoch musste er heute eine Ausnahme machen. Er trommelte mit den Fingern auf den Tisch, warf einen kurzen Blick auf seine Uhr und schüttelte den Kopf. *Wie ich diese Latinos hasse. Nicht einmal für so eine wichtige Sache schafften sie es, pünktlich zu sein*, schoss es ihm durch den Kopf.

Geduld war Darbys Stärke. Nach seiner Zeit bei der Armee hatte er sie schon mehrfach unter Beweis gestellt und mindestens ein Dutzend Tötungsaufträge erfolgreich und ohne verfolgbare Spuren ausgeführt. Meistens ging es um politische Feinde oder einfach nur um Geld. Seine Auftraggeber hatten in der Regel von beidem mehr als genug. Ihre Gier, Machtstreben und Angst verlangten nach eher unorthodoxen Mitteln. Darby plagte nie ein schlechtes Gewissen, wenn er jemanden umgebracht hatte. Er kannte keine Skrupel und wurde gerade dafür sehr geschätzt. In den letzten Jahren hatte er zurückgezogen gelebt. Seinen Zenit als Berufskiller hatte er längst überschritten. Das fand er nicht schlimm, da er mehr als genug Mittel mit seiner mörderischen Tätigkeit verdient hatte. Um in Form zu bleiben, machte er öfter Jagdausflüge. Es verschlug ihn nach Kanada in die Berge und einmal sogar bis nach Kenia. Bei einer illegalen Aktion hatte er mehrere Elefanten und einen Löwen erlegt. Die neue Regierung seines Landes überlegte, die Einfuhr von Jagdtrophäen zu erlauben. Er freute sich über diese Nachricht. Töten machte ihm Spaß, wenn er die Regeln bestimmen konnte.

„Wollen Sie noch etwas trinken?", fragte der Kellner den mürrisch dreinschauenden Gast. Die Party von gestern hatte die Bedienung gezeichnet. Sie war müde und starrte Darby durch rötlich gefärbte Augen an. Er schüttelte den Kopf. Dieses unnütze Warten war für ihn Zeitverschwendung. Er machte Anstalten zu gehen, als er seine Verabredung um die Ecke biegen sah.

Die beiden Männer waren elegant gekleidet und liefen eiligen Schrittes auf den ehemaligen Soldaten zu. Die teuren Anzüge saßen gut, konnten aber die miesen Charaktere ihrer Träger nicht verdecken. Mario Alfaro kam als erster auf ihn zu.

Darby stand, wie es sich anstandshalber gehörte, auf. Sie schüttelten sich die Hände.

„Verzeih die Verspätung. Du weißt, der Verkehr", sagte Mario lapidar. Darby nickte nur. „Unseren Ehrengast muss ich dir nicht vorstellen."

Darbys Augen verengten sich zu Schlitzen. Verächtlich begrüßte er Ricardo Cartin, der ihm seinerseits starke Abneigung entgegenbrachte. Der Universitätsprofessor Cartin war von Hause aus Chemiker und hatte sogar einen Doktortitel in Deutschland erworben. Das war lange her, aber brachte ihm in regelmäßigen Abständen gut dotierte Gutachteraufträge seitens der Regierung ein. Er und der ehemalige Soldat hatten noch eine Rechnung offen. Das wussten beide nur zu gut. Ricardo war schuld, dass Darbys Eltern kurz vor ihrem Tod ihren ganzen Besitz verloren hatten. Schon damals hatte die Universität gemeinsam mit dem Umweltministerium Nationalparks und andere schützenswerte Flächen ausgewiesen. Dem Ehepaar Smith gehörte ein Hotel und ein großes Stück Land in Guanacaste, das von heute auf morgen nichts mehr wert gewesen war. Das kleine, aber feine Lebenswerk seiner Eltern wurde unter Naturschutz gestellt und es war keine weitere Bebauung zugelassen. Ricardo hatte davon gewusst und Darby geschweige denn seinen Eltern nichts davon gesagt. Im Gegenteil, sein Vater hatte seine letzten Ersparnisse genommen und noch mehr Land mit Aussicht auf einen bescheidenen Gewinn gekauft. Er hatte große Pläne mit den Grundstücken. Ein langjähriger Rechtsstreit war gefolgt. Als die Behördenvertreter gekommen waren, um das Hotel leerzuräumen, hatte Darbys Mutter bitter geweint. Danach war alles ganz schnell gegangen. Das Hotel wurde abgerissen. Darbys Vater war zum Alkoholiker verkommen und die Ehe der Eltern wurde daraufhin geschieden. Beide, Vater und Mutter Smith, waren todunglücklich gestorben. Der Anwalt, der sich an den Notgroschen seiner Eltern eine goldene Nase verdient hatte, war kein anderer als der junge Mario Alfaro. Bis heute war sich Darby nicht sicher, ob es sich um ein abgekartetes Spiel gehandelt hatte. Er konnte nur damals nicht viel ausrichten. Er war im Krieg gewesen und hatte den Untergang seiner Familie nur aus der Ferne beobachtet. Dieser Stachel saß noch sehr tief in Darbys Seele und er wusste, dass er sich eines Tages rächen würde.

Jetzt standen sie voreinander. Geschäft war Geschäft. Sie waren nicht zum Spaß hier, auch wenn Darby den beiden Costaricanern am liebsten den Garaus gemacht hätte. Aber nicht jetzt. Es war der falsche Ort und die falsche Zeit dafür. Es gab zu viele Zeugen und mit Sicherheit hatten sie Bodyguards dabei. Darby war bei seiner Ankunft eine vierköpfige Männergruppe aufgefallen, die stümperhaft versuchte, wie ganz normale Restaurantbesucher zu agieren. Sie blickten immer wieder zu ihm hin. Er konnte sogar ein Pistolenhalfter bei einem seiner Beschatter ausmachen. Also übte er sich wie gewohnt in Geduld.

Sie setzten sich, bestellten ein paar Getränke und stiegen sofort ins Geschäftliche ein. Darby hörte konzentriert zu und folgte den detaillierten Ausführungen von Ricardo und Mario.

„Er weiß einfach zu viel. Rodriguez hatte nicht die leitende Position in dem Projekt. Aber aus unerfindlichen Gründen bekam er die Umweltberichte in die Hände."

Mario erzählte nichts Neues, da Darby den Fall bereits sehr genau studiert hatte. Aber er lauschte weiterhin, ohne mit der Wimper zu zucken.

„Wenn das rauskommt, sind wir geliefert. Er muss schleunigst von der Bildfläche verschwinden. Das HICE muss Diquís bauen. Es hängen zu viele Arbeitsplätze davon ab. Außerdem wurden wir schon bezahlt."

Die tiefe Stimme von Ricardo widerte Darby an. Dieser Mensch war einfach nur abgrundtief schlecht. Etwas fehl am Platze fiel ihm die Ähnlichkeit zu Gargamel, dem Bösewicht aus der Zeichentrickserie „Die Schlümpfe" auf. Ricardo hatte die gleiche fiese Visage. Er war jedoch real und hegte einen teuflischen Plan. Er beschloss den Tod eines einfachen Ingenieurs von G&WE, der noch nichts von seinem Schicksal wusste. Für den Hauch einer Sekunde lenkte Darby sich selbst mit einer todbringenden Fantasie ab: *Ich bekomme meine Gelegenheit schon noch und dann bringe ich das hier zu Ende.*

Die Costaricaner gaben dem Berufskiller die letzten Instruktionen und wollten gerade das Gespräch beenden, als sich durch eine leichte Erschütterung ein Weinglas verselbständigte und vom Tisch zu fallen drohte. Rotwein lief über die weiße Tischdecke. Darby fing den Kelch gekonnt im Flug auf. Seine Reflexe waren phänomenal und er reagierte blitzschnell. Die hastige Bewegung erregte auch die Aufmerksamkeit der Bodyguards. Ein sehr stämmiger Zeitgenosse sprintete zu seinem Chef, zückte seine Waffe und hielt sie Darby an den Hinterkopf. Dieser richtete sich langsam auf und stellte das Glas ab. Er blickte zu seinen Gesprächspartnern und sagte mit eisiger Stimme: „Wenn dein Affe nicht sofort den Revolver wegsteckt, kommt er hier nicht lebend raus."

Die Zeit stand für ein paar Sekunden still. Die Kellner blickten erschrocken zum Tisch und auf die Sauerei am Boden. Ricardo musste grinsen und machte eine abweisende Bewegung mit seiner Hand. Der Bodyguard ließ sofort von Darby ab und setzte sich wieder.

„Damit das klar ist, ich mache das allein." Mit einer abfälligen Geste stand er auf, ließ einen 20-Dollar-Schein auf den Tisch fallen und ging - ohne sich umzublicken - zum Ausgang.

Draußen auf der Straße angelangt schaute er sich kurz um und setzte zu Fuß den Weg in Richtung seines Hotels fort. Die Abendluft war angenehm warm und lud zu einem kleinen Spaziergang ein. Die Straßen waren nicht sicher bei Dunkelheit. Aber Darby hatte keine Angst. Im gegenüberliegenden Park Morazán belästigte ihn ein Bettler auf etwas unschöne Weise. Er wollte etwas Geld von ihm: „Ey Gringo, gib mir tausend Colones oder ich…"

Der Bettler konnte den Satz nicht zu Ende sprechen, da hatte er schon eine Faust im Gesicht. Ein knackendes Geräusch tönte durch die Nacht, als Darby dem zerlumpten Mann das Nasenbein brach. Jaulend ging dieser zu Boden und sein Peiniger einfach weiter.

Tag 06 Aquaholiker

Mit geübten Handgriffen packte Isabela ihr kleines Köffer-chen. Als Tierärztin hatte sie auch immer eine Erste-Hilfe-Not-fall-Tasche dabei. *Man konnte nie wissen, was passiert,* ging es ihr durch den Kopf. Zwei Hunde hechelten vergnügt und starrten ihr Frauchen an. Es bereitete sich auf ein paar Tage am Strand vor und sprach mit seinen Haustieren: „Also, ihr beiden, haben wir auch nichts vergessen?"

Isabela schaute noch mal ihre Sachen durch und ging in die Küche ihres Apartments. Die Vierbeiner klebten förmlich an ihr und scharwenzelten um ihre Beine herum. Der eine gehörte zu der weitverbreiteten Rasse Weißes-Hyperaktives-Wollknäuel und der andere Vierbeiner war ein Dick-Und-Gemütlich Vertreter. Passenderweise taufte sie die beiden Kläffer Idefix und Obelix. Seit ihrer Kindheit hatte Isabela ein Faible für die Werke von Goscinny und Uderzo, die ihr mit den Asterix-Comics so viel Freude bereiteten.

Sie hatte einen kurzen, weißen Strandrock und ein dazu passendes Oberteil an. Sie pfiff fröhlich eine Melodie und packte ein paar Lebensmittel ein. Die Hundenahrung lag in einem Korb und Idefix wollte sich daran zu schaffen machen.

„Nicht doch, du Dummerchen. Das ist für später. Außerdem hattet ihr heute schon eine ordentliche Portion." Lächelnd schnappte sie sich die kleine weiße Promenadenmischung und knuddelte ihn ausgiebig. Sie setzte ihn auf den Boden zu seinem Kumpanen und widmete sich wieder den Reisevorbereitungen. Obelix sabberte vor sich hin und guckte stupide drein.

„Ich denke, ich habe alles. Es sind nur zwei Tage. Heute und morgen. Brauche ich noch was?" Während sie vor sich hin brabbelte, erhielt sie ein ausgelassenes Kläffen als Antwort. „Pssst. Ihr weckt noch die Nachbarn auf. Es geht ja gleich los."

In der Tiefgarage angekommen setzte sie ihre tierischen Begleiter auf die Hinterbank. Ihr leichtes Gepäck verstaute sie im geräumigen Kofferraum. Der schwarze Hyundai Tucson bot viel Platz für sie und ihren haarigen Anhang. Bevor sie losfuhr, schaltete sie das Radio ein.

„…und jetzt noch ein romantischer Wochenendhit für euch, meine Freunde!", tönte es aus den Boxen.

Isabel kam das Lied gleich bekannt vor. Der Radiomoderator spielte „Perfect" von Ed Sheeran. Sie stieß einen tiefen Seufzer aus und musste an das Konzert von ihrem Lieblingskünstler denken. Vor ein paar Jahren war er in Costa Rica gewesen und hatte eine unvergessliche Show für die Ticos gegeben. Sie seufzte erneut und dachte an ihren Exfreund und wie sie mehr als drei Stunden im Stau gestanden hatten. Die Veranstaltung war längst vorbei gewesen und hatte viel Geduld von den Besuchern gefordert. Ein paar Deppen hatten es sehr eilig gehabt und waren beim Verlassen des Parkplatzes unglücklich zusammengekracht. Die Autos hatten die Zufahrtswege versperrt. Nicht einmal die Polizei war durchgekommen, um für Ordnung zu sorgen. Isabel und ihr Freund waren erst genervt gewesen, aber hatten das Beste aus der Situation gemacht. *Zum Glück hat uns niemand erwischt, als wir uns auf der Rückbank liebten.* Mit einem verschmitzten Lächeln hing sie ihren Gedanken nach. Sie fuhr los und schüttelte leicht den Kopf. Sie rief *Adiós* zum Wachmann, der in dem kleinen Häuschen vor ihrer eingezäunten Wohnanlage saß. Das Bellen ihrer vierbeinigen Begleiter riss sie aus ihrem Tagtraum. Idefix und Obelix verabschiedeten sich auch von ihrem hauseigenen Beschützer. Ihr Frauchen setzte sich ihre Sonnenbrille auf und konzentrierte sich auf die Straße. „Vamos a la playa. Jacó, wir kommen!", rief sie laut aus.

Am gewünschten Zielort der spanischen Tierärztin blickte Thomas sehnsüchtig auf das Meer hinaus. Die Bucht in Jacó ließ sein Surferherz höher schlagen. Die Sonne lugte sanft hinter den Bergen hervor und tauschte das Grau der Nacht gegen das intensive Türkis des Meeres ein. Er konnte es kaum erwarten, in das kühle, aber nicht kalte Nass einzutauchen und die ersten Wellen zu reiten. Die salzige Meeresluft fühlte sich gut in seiner Nase an. Er atmete tief ein und schloss die Augen. Er war sich nicht sicher, wann er das letzte Mal sein Surfbrett ausgepackt hatte. Jetzt lag es neben ihm im Sand und er machte sich warm. Er blickte liebevoll auf sein Wassersportgerät und dachte nach: *Stimmt, in Frankreich im letzten Sommer. Das war geil. Aber nicht zu vergleichen mit Costa Rica.*

Der Wind blies offshore. Thomas spürte die leichte Brise am Rücken. Er beobachtete, wie die Naturkräfte wirkten und der Luftdruck die Wellen ein bisschen länger daran hinderte zu brechen. Das Meerwasser bildete kleine Tunnel. Die Gischt wirbelte nach oben und formte Wolken aus Millionen von Tropfen und Schaum. Einige Surfer kämpften gegen die Brandung an und meisterten die Schwierigkeiten, sich durch die Wassermassen zu drängen. Thomas stieß einen Seufzer aus und atmete wieder tief ein. Neue Wellen rauschten an den Strand. Er musste grinsen, befestigte die Leash seines Boards an seinem Bein, kontrollierte noch einmal den Knoten an seiner Badehose und sprintete mit dem weißen Brett unter dem Arm gen Meer. Er genoss die Berührung mit dem feuchten Element. Schwungvoll glitt er über das Wasser und paddelte weg vom Festland. Ohne Mühen tauchte er durch die Wasserberge hindurch und gelangte spielend hinter die Bruchkante der Wellen. Die See war ruhig und ließ ihm Zeit durchzuatmen. Das polyestergetränkte Glasfasergewebe gab ihm genug Auftrieb. Er wischte sich die durchnässten, blonden Haare von der Stirn und hing seinen Gedanken nach: *Ich habe es geschafft! Life is a beach.* Während er vor sich hinträumte, flogen graue Pelikane in einer V-Formation an ihm vorbei. Er konnte sich momentan keinen besseren Ort vorstellen. Sein Blick wanderte zum Horizont und Neptun schickte ihm die nötigen Voraussetzungen für seinen Sport. Perfekt geformte Wellen rauschten auf ihn zu. Die erste ließ er noch an sich vorbeiziehen. Dann paddelte er mit aller Kraft los. Das Adrenalin schoss durch seine Adern. Die zweite erwischte er genau im richtigen Moment. Als er schon auf seinem Brett stand, fing sie an zu brechen. Elegant glitt er über das Wasser bis er fast wieder am Strand angelangt war. Brüllend vor Glück sprang er vom Brett und freute sich ausgelassen über dieses Gefühl der Freiheit. Er fackelte nicht lange, zog sein Brett unter sich und schwamm wieder hinaus. Er wollte eine neue Welle reiten. Fast wie ein Drogenjunkie war er auf der Suche nach dem nächsten Kick: Die perfekte Welle.

*****

Darby legte auf. Ein lautes Klicken war aus der Freisprecheinrichtung seines grauen Pick Ups zu hören. Er hatte wichtige Informationen über Michaels möglichen Aufenthaltsort erfahren. Er lächelte nicht und war höchst unzufrieden. Er machte das Radio wieder an und stöhnte. Langsam rollte er vorwärts, um dann sogleich wieder anzuhalten. Er stand im Stau, und zwar schon über eine halbe Stunde. Es war einer dieser berühmt-berüchtigten costaricanischen Staus. Er war nicht so, wie der Fahrer ihn aus den USA kannte. Natürlich gab es dort auch Verkehrsbehinderungen und lange Staus. Manchmal gab es auch hier und da eine Vollsperrung auf dem Highway, wenn etwas Schlimmes passiert war. Aber in Costa Rica war es anders. Lag es am Wetter? Lag es an den Einheimischen? Niemand wusste genau, wie die Ticos es regelmäßig zustande brachten, ihre eigentlich nicht so schlechte Infrastruktur zum Kollabieren zu bringen. Böse Zungen behaupteten, dass die Costaricaner den Stau erfunden hätten. Darby gab ihnen Recht. Er haute mit der flachen Hand auf sein Lenkrad. Er kam mal wieder ganze zwanzig Meter weiter. Wieder auskuppeln, wieder die Handbremse. Er war genervt und bemerkte weder die schöne Aussicht um ihn herum noch die tausend anderen Autofahrer. So weit das Auge reichte sattes Grün. Die Autobahn 27 hatte einiges für den Naturliebhaber zu bieten: Wälder, Berge und Täler im Übermaß. Der Weg führte vorbei an einigen Dörfern und kleinen Städtchen. Die Costaricaner waren hier nicht so kreativ in der Namensgebung und nannten ein Dorf

Atenas, wie die griechische Hauptstadt. Dort lebten viele Ausländer, insbesondere viele US-Amerikaner und Deutsche. Sie liebten die Nähe zum Meer und zur Stadt. Außerdem war das Klima tropisch warm und man konnte das ganze Jahr über im ungeheizten Pool baden gehen. Es herrschten paradiesische Zustände.

Am Horizont bahnte sich eine schmale Rauchsäule ihren Weg in den Himmel. Anscheinend verbrannte mal wieder jemand seinen Müll. Dem Berufskiller war das alles völlig egal. Er blickte stur geradeaus und schmiedete einen Plan, wie er Michael am besten ohne nachweisbare Spuren töten konnte. Wenn Ricardo Cartin und Mario Alfaro recht hatten, konnte er den Job bald beenden und wieder nach Hause fahren. Er war viel zu lange hier in diesem gottverdammten Bauernstaat.

An einer Brücke entdeckte er die Ursache für den Stau. Ein Fahrzeug war mitten auf der Fahrbahn stehengeblieben und sein Halter stand lässig am Geländer und wartete. Etwas Rauch kam unter der Motorhaube seines gefühlt hundert Jahre alten VW-Busses hervor.

Der Spinner hat allen Ernstes versucht, mit der Karre die Berge hochzukommen, dachte sich Darby. Wenn er nichts anderes vorgehabt hätte, wäre er ausgestiegen und hätte den dicken Tico von der Brüstung geschmissen.

Endlich ging es weiter. Es fehlten noch gute zwei Stunden, bis er ankommen sollte.

*****

Thomas und Maria saßen auf der Terrasse ihres Hotels und frühstückten. Sie freuten sich über das schöne Wetter und genossen den Blick auf das Meer. Die Bucht von Jacó war malerisch schön und das Meerwasser glitzerte silbrig. Die

Hotelkomplexe standen aus gutem Grund in Reih und Glied direkt am Strand. Wieder flogen Pelikane direkt vor seinen Augen vorbei und Thomas konnte sein Glück kaum fassen. Er war endlich angekommen und fühlte sich wie im Paradies. Fröhlich erzählte er seiner Freundin von seiner morgendlichen Surfsession und teilte seine Freude mit ihr.

Heute wollten sie ein paar Ladenlokale besichtigen. Noch war er sich nicht sicher, wo er die Schule und das Café aufmachen wollte. Aber Jacó kam dafür definitiv in die engere Wahl.

„Was meinst du? Sollen wir lieber an der Hauptstraße etwas mieten? Es ist zwar teurer, aber dafür…", er sprach den Satz nicht zu Ende.

Er nahm einen großen Löffel von seinem Gallo Pinto, das typische Reis-mit-Bohnen-Gericht in Costa Rica. *Köstlich*, dachte er. Mit geschlossenen Augen ließ er sich sein Mahl schmecken.

„Ich weiß nicht. Jacó ist mir persönlich zu überlaufen", wandte Maria ein und nutzte die Sprechpause von Thomas.

Er hatte den ganzen Morgen nicht aufgehört zu quasseln. Er war so aufgeregt und wollte am liebsten sofort loslegen. Er hatte es so satt gehabt, in Deutschland zu arbeiten: die miese Laune der Menschen hatte ihn heruntergezogen. Jedes Mal, wenn der Radiomoderator das Wochenende angekündigt hatte, hatte Thomas schlechte Laune bekommen. Das hatte aber nicht daran gelegen, dass er gerne Zeit für sich hatte. Es war oft Montagmorgen gewesen, da tönte das Gebrabbel schon durch die Büros: „Haltet durch, liebe Zuhörer! Nur noch vier Tage und den Rest von heute. Dann habt ihr endlich wieder frei." Die Menschen arbeiteten nur auf ihre Freizeit hin und so vergingen Wochen, Monate und Jahre. Das war doch pervers, höchst unbefriedigend und kein Leben. Darum hatte er den Entschluss gefasst, auszuwandern und hierher nach Costa Rica zu kommen. Jetzt freute er sich auf Montage. Endlich wieder arbeiten und den Leuten surfen beibringen. Dabei war jeder Tag wie Sonntag, voller Freude, Spaß und positiver Energie. Er war dabei, seinen Traum zu erfüllen. Es fehlte nicht mehr viel. Dieser wurde wahr und er machte sein Hobby zum Beruf. Er folgte seiner Berufung und er musste sich nicht mehr um die vielbeschworene Work-Life-Balance kümmern. Für ihn gehörte beides zusammen, um ein erfülltes Leben zu führen und nicht zum Workaholic zu verkommen. Er war endlich angekommen. *Ist das Leben doch ein Ponyhof*, fragte er sich still sein Frühstück kauend. Er musste lächeln und schaute zu Maria.

„Vielleicht sollten wir erst noch nach Tamarindo fahren."

Hastig schluckte der blonde Deutsche das Reis-Bohnen-Gemisch hinunter. Er schmatze ein bisschen und konnte einen Rülpser nicht unterdrücken. Ihm war heiß. Die Sonne brannte in seinem roten Gesicht.

„Entschuldigung. Na klar, du hast Recht. Nächste Woche gucken wir uns in Guanacaste um. Aber heute genießen wir erstmal das Nachtleben."

*****

John saß in seinem Büro und guckte gespannt aus dem Fenster. Er konnte nicht weit sehen. Die Schneeverwehungen in Boston und an der gesamten Ostküste legten das öffentliche Leben lahm. Er strengte sich an, aber es war einfach nur alles weiß. Er nippte an seiner Tasse, die mit heißem Tee gefüllt war. Er atmete langsam aus. Sein Gesicht wirkte sehr angespannt. Im Hintergrund liefen die Nachrichten auf dem riesigen Breitbildfernseher und etwas eintönig las der Sprecher seinen Text vor: „…Eis und Schnee halten den Nordosten immer noch fest im Griff. Von Sonntag auf Montag ist noch einmal ein Eissturm durch die Städte des Ostens und des mittleren Westens gefegt.

Mitte der Woche wird es voraussichtlich wärmer. Seit Beginn der Kältewelle sind mindestens 22 Menschen ums Leben gekommen. An der Nordostküste hat es seit voriger Woche heftig geschneit. In Küstenzonen des Bundesstaates Massachusetts gab es auch Überschwemmungen mit anschließend gefrierendem Atlantikwasser. Am Samstag wurden 450 Inlandsflüge gestrichen, mehr als 3.800 hatten Verspätung. Reisende am Boston Logan International Airport klagten über stundenlange Wartezeiten..."

„Die Herren wären dann soweit", mehr singend als sagend gab die Sekretärin John Bescheid. Er hatte eine Telefonkonferenz anberaumt, um über das Wasserkraftprojekt Diquís zu sprechen. Sein getreuer Kumpane Ricardo Cartin hielt ihn auf dem Laufenden. Aber die Probleme in Costa Rica schienen eher größer als kleiner zu werden. Die Regulierungsbehörde hatte abermals die Strompreise erhöht. Das sollte eigentlich reichen, die Wichtigkeit der Umsetzung neuer, günstiger Wasserkraftprojekte zu rechtfertigen. Aber eine nicht unbeachtliche Gruppe von Indianern, Umweltaktivisten und Sympathisanten hatten den erschossenen Rädelsführer Serio Gutierrez zum Nationalhelden erklärt. Es herrschte Chaos auf den Straßen und das Land versank in einer Demonstrationsflut. John war das alles zuwider und er wollte wissen, was los war. Er hatte auch einen hochrangigen Mitarbeiter vom Hidro Instituto Costarricense de Electricidad eingeladen. Sie sollten den Staudamm schon längst gebaut und das Projekt abgeschlossen haben. Es nervte John gewaltig, dass es sich über eine so lange Zeit hinzog.

„Wie geht es dir, John?", fragte Ricardo und seine Zähne blitzten über das ganze Gesicht. Er und ein weißhaariger Costaricaner saßen in einem Büro und guckten ihn neugierig über die Webcam an. John stellte den Ton an seinem Laptop etwas lauter und blickte auf den Bildschirm auf seinem Schreibtisch. „Geht so. Es ist einfach viel zu kalt."

Sie übersprangen die Höflichkeiten und kamen direkt zur Sache. Der Weißhaarige hieß Manuel und gab eine lange Erklärung ab, warum sie mit dem Bau des Wasserkraftprojektes nicht vorankamen. Die Terraba-Indianer hatten gute Anwälte und die Umweltaktivisten mischten sich immer wieder ein. Im Oktober letzten Jahres gab es so starke Regenfälle, dass ein Teil der Brücke der wichtigsten Zugangsstraße einfach weggeschwemmt worden war. Dazu kamen die Aufstände mit mehreren Toten vor gut einer Woche. Johns Sorgen wurden demnach bestätigt. Costa Rica litt unter der Anarchie. Er war wütend über die Unfähigkeit seiner Partner. Sein Hass auf die Indianer wuchs mit jedem Satz, den er hörte. Er wollte gerade den Redeschwall von Manuel unterbrechen, als die Verbindung abbrach. John knallte mit Wucht seinen Kopfhörer auf den Tisch. Das Mikrofon des Headsets hing lose zur Seite, funktionierte aber noch. Er stand auf und ging zur Bürotür. Er wollte seine Sekretärin rufen, doch er überlegte es sich anders. Er kontrollierte, ob die Tür fest verschlossen war und ging zurück zum Schreibtisch. Die Internetverbindung war wiederhergestellt und er konnte seine virtuellen Gesprächspartner sehen.

Manuel holte Luft, um fortzufahren. Doch John fuhr ihm dazwischen: „Pass mal auf, mein Guter. Meine Geduld ist am Ende. Wir haben dir schon genug bezahlt und ich erwarte endlich Ergebnisse. Wie lange soll das Spiel noch weitergehen? Du hast die Kontrolle verloren und das ist nicht hinnehmbar."

„Aber…"

„Schnauze, jetzt rede ich", unterbrach ihn John schroff.

Betreten schaute der Tico zu Boden. Er sah aus wie ein Schuljunge, der beim Süßigkeiten-Klauen erwischt worden war.

„Die Umweltberichte habt ihr verbockt. Rodriguez hat sie gesehen. Doch das hat sich bald erledigt. Ich kümmere mich darum."

John redete sich in Rage, aber er musste Luft holen. Eine gespenstisch ruhige Pause entstand. Er drückte das Mikrofon näher an seine wulstigen Lippen.

Er fuhr fort: „Wann können wir mit dem Baubeginn rechnen? Ich hoffe noch im ersten Halbjahr."

Manuel guckte entgeistert drein. Er wirkte blass und um zehn Jahre älter. In seinem Gehirn hämmerten die Gedanken und er wusste nicht, was er sagen sollte. Er blickte hilfesuchend zu Ricardo, der neben ihm saß. Seine anfänglich gute Laune war längst verflogen.

John schrie die beiden an. Es sah ein bisschen komisch aus, wie er brüllend vor seinem Laptop und dem großen Computerbildschirm saß. Doch dem HICE-Manager war nicht zum Lachen zumute.

„Sag was, du Affe!"

Manuel schwieg. John verlor seine Beherrschung und fluchte laut vor sich hin, bis er mit hochrotem Kopf nach Luft schnappte. Ricardo dachte kurz, dass sein Gesprächspartner einen Herzinfarkt bekäme. Stöhnen und Röcheln wechselten sich ab. War das schon das Ende des Vorstandsvorsitzenden der G&WE AG? Er sah aus wie ein Goldfisch, der versehentlich aus seinem zu klein gewordenen Aquarium gehüpft war. Die kurze Freude über die errungene Freiheit währte in so einem Fall nur kurz, da er auf dem Trockenen saß oder vielmehr lag. Seine natürliche Umgebung hatte er voller Hoffnung verlassen. Unwissend über die Gefahren und das feindliche Ambiente, ohne das rettende Wasser öffnete er seinen Mund in immer länger werdenden Abständen bis zu seinem langsamen, sicheren Tod.

John schnaufte angestrengt. Er hielt kurz die Luft an, atmete aus und lächelte. Sein cholerischer Anfall hatte sein Leben doch nicht bedroht. Alles war gut. Es waren zwei Minuten vergangen und Ricardo nutzte die Sprechpause.

„Also, wir haben uns was überlegt. In Anbetracht, dass die Wahlen nicht entsprechend unserer Erwartungen ausgegangen sind, brauchen wir noch mal eine kleine Finanzspritze. Manuel ist aus seinem Amt ausgeschieden. Das war uns nicht klar. Aber er hat immer noch maßgeblich Einfluss auf die neue Präsidentin vom HICE. Und mit dem, was wir erreicht haben, können wir…"

John ließ Ricardo nicht ausreden. Er nahm seine Teetasse und knallte sie heftig auf den Schreibtisch. Das teure Porzellan zersprang in mehrere Einzelteile.

„Gar nichts habt ihr erreicht!", schrie John.

Er war puterrot im Gesicht und verlor schon wieder die Beherrschung. Er zählte die Schmiergelder und sogenannten Gefallen auf, die G&WE über versteckte Konten an Ricardo Cartin und die HICE-Mitarbeiter bezahlt hatte. Er betonte, wie gefährlich Michael Rodriguez für die ganze Operation war. Mehrfach bezeichnete er sie als Nichtsnutze und Vollidioten.

Nach etwa fünfzehn Minuten hatte sich John etwas beruhigt. Er wollte am liebsten auflegen. Aber das Projekt war einfach zu wichtig. Die Arbeit der letzten zehn Jahre war in Gefahr und er musste es schaffen, dieses Projekt umzusetzen. Er war sich seiner Stellung bewusst. Vorstandsvorsitzender des größten Energieunternehmens zu sein, war nicht einfach. Seine Kollegen aus dem Vorstand lauerten nur darauf, ihn zu beerben. An die Aktionäre wollte John jetzt auf gar keinen Fall denken. Die waren noch schlimmer als seine Kollegen. Dieser neue Hedgefonds und sein schmieriger Manager hingen ihm im Nacken und machten ihm das Leben schwer. Sie hatten von den Problemen in Costa Rica gehört und hinterfragten jeden Schritt. Wie sollte er es auch geheim halten. *Das beschissene Fernsehen berichtete andauernd über die costaricanischen Indianer und ihren verfluchten Avatar-Wald*, dachte John.

Noch ließen sich die Investition und die etwas länger dauernde Explorationsphase des Projektes gut verkaufen. Die Perspektive, mit der dortigen Regierung Geschäfte zu machen, war einfach zu lukrativ. Sie würden viel Geld verdienen, wenn das Vorhaben endlich klappte und der Baustopp aufgehoben wurde. *Aber wenn sie weiter wühlten, würden sie etwas finden,* dachte John. Er musste sehr vorsichtig sein und durfte keine weiteren Fehler machen.

„John, hast du gehört?", fragte Ricardo zaghaft.

John hatte nicht zugehört. Er war in Gedanken versunken und wollte gerne noch mehr kaputt machen.

„Was?" Er blickte wieder auf den Bildschirm. „Was hast du gesagt?"

„Wir regeln das hier. In den nächsten Wochen kriegen wir die Nachfolgerin von Manuel auch auf unsere Seite. Das ist kein Problem. Der Staudamm und günstige Strompreise sind für alle einfach zu wichtig. Die Industrievertreter machen ansonsten ihre Läden hier dicht. Diquís wird kommen."

Ricardo machte eine Pause und blickte zu Manuel. Der guckte immer noch betreten auf den Boden.

„Und mach dir keine Sorgen um Rodriguez. Das haben wir geregelt."

„Einen Scheiß habt ihr."

John machte eine abwehrende Geste mit seinen Händen. Er wurde leiser und flüsterte: „Manuel, du bist mir was schuldig."

Das machte die Situation nicht leichter für die beiden Costaricaner. Sie atmeten tief ein. Die leise Stimme am anderen Ende klang für sie bedrohlich. Manuel nickte stumm. Die Wahlen in

Costa Rica waren vorbei. Wer weiß, vielleicht konnten sie ihre Verbindungen spielen lassen und Manuel weiter in einem hohen Amt halten. Ricardo wollte noch etwas sagen. Aber John hatte schon aufgelegt. Der Vorstandsvorsitzende von G&WE nahm sein Handy zur Hand. Er öffnete seine Kurzwahl-Kontakte und suchte eine Nummer. Er fand sie spielend und drückte die Anruftaste.

Lindsay hauchte süffisant: „Hallo, mein Schatz! Wie ist es gelaufen?"

„Ging so", wiegelte John ab. Er brauchte mehr Informationen über Michael. „Ich brauche noch mal deine Hilfe. Wo, glaubst du, will Rodriguez als Nächstes hin?"

*****

Die Luft war stickig in dem kleinen Geschäft. Und dunkel war es auch. Entweder es gab keine Fenster oder sie waren zugehangen. Es wehte kein Lüftchen in dem Sportgeschäft eines entfernten Verwandten der Familie Murcia. Er hieß Pedro. Marias Bruder Carlos hatte ihr und Thomas empfohlen, bei ihm in Jacó die Surfbretter und das Zubehör für die Surfschule zu kaufen. Thomas stand etwas verloren herum und starrte Löcher in die Luft, während Maria und ihr Vetter auf Spanisch diskutierten. Sie verhandelten über den Kaufpreis für acht Surfbretter, die Thomas für die Gründung seiner Surfschule benötigte. Thomas hatte durch sein BWL Studium die erforderlichen Fachkenntnisse für die Existenzgründung. Er hatte sich gut vorbereitet und einen kleinen Geschäftsplan für die nächsten drei Jahre gemacht. Seine Fremdsprachenkenntnisse waren gut, aber nicht ausreichend, um die leidenschaftlich geführte Diskussion der beiden Mittelamerikaner zu verstehen. Sie redeten sehr schnell und gebrauchten viele Pachuco-Wörter, einen Slang, den nur die Ticos verstanden.

„…Ja, na klar. Mein Freund aus Deutschland ist ein guter Surfer."

Thomas war ungeduldig und wollte mehr Details wissen. „Was hat er gesagt? Wie viel Geld will er für die Bretter haben? Und was ist mit all dem anderen Equipment? So ein Mist, warum kann ich eure Sprache nicht fließend? Ich dachte immer, ich kann schon alles."

„Ganz ruhig. Wir kriegen das hin. Also, für die Bretter inklusive des Zubehörs will er 6.000 Dollar haben. Cash auf die Hand. Einen Teil sofort und den Rest bei Lieferung."

Pedro und Maria sahen ihn erwartungsvoll an. Thomas dachte nach und zog sein Gesicht in Falten: *Bar? Das ist normalerweise nicht üblich.*

„Gibt's denn einen Vertrag?", fragte er misstrauisch. Er runzelte wieder und wieder seine Stirn und hielt seinen Kopf etwas schräg. Trotz der Babysonnencreme mit Lichtschutzfaktor hundert hatte er sich beim Surfen das Gesicht verbrannt. Irgendwas war ihm nicht geheuer.

Er sprach für sein besseres Verständnis auf Deutsch mit seiner Freundin. Maria fing an zu lachen. Pedro hatte die Frage nicht verstanden, stimmte aber in das Gelächter mit ein.

„Vertrag? Spinnst du? Hallo? Thomas! Du bist hier in Mittelamerika und nicht mehr in Deutschland. Komm mal klar. Mach dir mal keine Sorgen. Wir sind hier unter uns. Gib ihm das Geld und du wirst schon sehen, wie das alles klappt."

„Na ja, gut, wenn du meinst."

Die Vorfreude auf seine eigene Surfschule ließ den deutschen Auswanderer nicht los und er gab nach. Thomas hatte Bargeld dabei, aber nicht genug. Er zog ein Bündel Geldscheine aus seiner Geldkatze und reichte es Pedro. Der muskelbepackte

Verkäufer wirkte nervös. Kleine, feine Schweißperlen zierten sein dunkles Gesicht. Er zählte laut vor den Augen des Pärchens: „1.960, 1.980, 2.000 Dollar."

Pedro war zufrieden und blickte Thomas fest in die Augen: „Gracias. Du wirst deine Entscheidung nicht bereuen. Nächste Woche kannst du die Bretter hier abholen. Vergiss den Rest nicht."

„Ich hab zu danken. Für den Preis hätte ich in Deutschland nicht so gute Qualität bekommen."

Der Costaricaner grinste: „Es bleibt ja in der Familie. Wir greifen uns immer unter die Arme."

„Das ist der Grund, warum ich Costa Rica so sehr liebe. Ihr seid immer so freundlich hier."

Thomas lächelte. Er war glücklich. Jetzt fehlte nicht mehr viel für seine Surfschule. Sein lang gehegter Traum wurde endlich war. Von Deutschland aus hatte er bereits eingehend recherchiert. Er hatte einige gute Optionen für ein Ladenlokal direkt am Strand gefunden. Vor der Abreise hatte er mit den Eigentümern schon gemailt und Maria war so nett und hatte die möglichen Vermieter angerufen. Da Thomas sich gut in Costa Rica auskannte, konnte er die Suche einschränken. Er war sich noch nicht sicher, ob er die Schule lieber in Tamarindo oder Samara aufmachen würde. Oder doch lieber hier in Jacó. Maria wollte ihm mit dem Mietvertrag helfen und dann konnte es losgehen. Die Ausstattung für das Café hatten sie auch schon ausgesucht. Ein anderer Verwandter von Maria hatte einen Zubehör- und Einrichtungsladen für Restaurants in San José. Die Espressomaschine, Kaffeetassen und die Kaffeemühle mussten bald lieferbar sein. Auch dort hatte er bereits eintausend Dollar angezahlt.

Während Thomas sich noch in dem Sportgeschäft umsah, redete seine Freundin mit ihrem Vetter. Pedro reichte ihr die Geldscheine, was Thomas nicht mitbekam. Er war zu sehr mit sich selbst beschäftigt. Die drei verabschiedeten sich voneinander und das Paar verließ das Ladenlokal. Die Sonne brannte vom azurblauen Himmel. Keine Wolke war am Himmel zu sehen. Thomas musste die Augen zusammenkneifen. Es war zu hell für ihn und er fing augenblicklich an zu schwitzen. Maria und er schlenderten die sehr belebte Hauptstraße entlang. Der deutsche Auswanderer konnte sein Glück kaum fassen. Er gluckste vor sich hin, strahlte seine Liebste mit seinen blauen Augen an und freute sich wie ein kleiner Junge im Spielzeugladen auf die gemeinsame Zukunft in Costa Rica.

*****

Es war stockduster. Irgendwo hinter riesigen Wolkenbergen schien der Mond. Heute Nacht war es besonders dunkel. Nur das Surren und Rauschen der Grillen im Dickicht waren zu hören. Die Landstraße war nicht beleuchtet. Das war auch unnötig, da weit und breit kein Auto zu sehen war. Noch nicht mal ein Fahrradfahrer oder ein Fußgänger kreuzten den Weg. Nur die nachtaktiven Tiere schlichen durch den Wald auf der Suche nach etwas Essbarem. Es wehte kein Lüftchen auf der Costanera Sur, wie die Ticos ihre Autobahn 34 nannten. Sie verband den wichtigen Hafen in Puntarenas mit den Küstenorten der zentralen Pazifikküste und führte bis nach Panama.

Von Weitem näherte sich plötzlich ein Fahrzeug. Es sah schwerer aus als normale Autos. Der schwarze SUV bog um die Kurve der Landstraße und bewegte sich zielstrebig in der vorgegebenen Geschwindigkeit von nicht mehr als sechzig Stundenkilometern auf sein Ziel zu. In dem Fahrzeug saßen die zwei Männer in ihren grauen Anzügen. Sie redeten nicht und hörten dem Gefasel des Radiomoderators nur halbherzig zu. Die anfängliche Wut war verflogen. Sie hatten in Michaels

Hotelzimmer genug Hinweise gefunden, wo er sich aufhalten könnte. Entweder war er in Jacó oder Manuel Antonio. Sie hatten Informationsbroschüren zu beiden Orten auf dem Nachttisch gefunden. Das Donnerwetter ihres Auftraggebers hatte es in sich. Aber sie konnten ihn etwas beruhigen.

Der dunkle SUV wurde langsamer. Auf einer Brücke beleuchteten im Vorbeifahren die Scheinwerfer das gelbe Straßenschild mit dem schwarzen Krokodil. Sie befanden sich auf der langen Brücke des Flusses Tarcoles. Es war ein sehr schöner Fluss, der ohne künstliche Begrenzungen seinen Lauf durch das costaricanische Tal gen Pazifik nahm. Die lokale Regierung warb für nachhaltiges und verantwortungsbewusstes Fischen in diesem reichhaltigen Strom. Das stand im krassen Gegensatz zu seiner Wasserqualität. Leider gehörte der Fluss zu den am meisten verunreinigten Gewässern nicht nur in Costa Rica, sondern auch in ganz Zentralamerika. Nichtsdestotrotz tummelten sich zwei Dutzend ausgewachsene Krokodile in dem Areal unter der Brücke. Täglich kamen hunderte Besucher aus aller Herren Länder, um die furchteinflößenden Reptilien aus nächster Nähe in freier Wildbahn zu sehen. Es war schon etwas Besonderes und doch unwirklich im Vergleich mit den Kaimanen im Berliner Zoo. Diese Krokodile waren echt. Offiziell stellten sie keine große Gefahr dar und ihre Tötung stand unter Strafe. Vor ein paar Jahren hatte sich ein betrunkener, nicaraguanischer Landarbeiter, des Lebens und auch so von einer durchzechten Nacht etwas müde, seiner morgendlichen Katzenwäsche am Uferrand unterzogen. Die grauen Biester hatten ihn angefallen und verzehrt. Seinen Kopf hatte man erst Wochen später an der Flussmündung zum Pazifischen Ozean gefunden.

So ein armer Kerl, hatten die Einheimischen gedacht. Er war nichts Böses ahnend baden gegangen und endete als Krokodilfutter. Das war sehr tragisch, aber hatte die Presse nur für kurze

Zeit interessiert. Schnell stand wieder ein anderes Thema auf der Agenda, das die Schreiberlinge reißerisch verwerten konnten.

Aber für manche costaricanische Eltern stellte diese Brücke und ihr Reptilien verseuchter Fluss eine hervorragende Möglichkeit der Kindererziehung dar. Wenn die Kleinen nicht hören wollten, benötigten auch die Latinos wirksame Mittel. Wie sich das für die Sprösslinge wohl anfühlen mochte, wenn die costaricanische Mutter drohte: „Junge, wenn du dir nicht sofort die Zähne putzt, fahren wir zum Rio Tarcoles schwimmen." Danach waren die Milchbeißerchen bestimmt blitzeblank.

Blitzeblank schimmerten auch die Radkappen des schwarzen Toyotas Fortrunner, der mittlerweile hinter der Brücke in einen kleinen Feldweg abgebogen war. Der Mond lugte durch die Wolken und ließ ein wenig erahnen, wie schön der Himmel bei dieser warmen Nacht wohl aussah. Den beiden eher wortkargen Kumpanen war das egal. Sie stiegen aus und öffneten den Kofferraum ihres Mietwagens. Sie zerrten etwas mühselig ein großes, mit weißen Laken zusammengeschnürtes Paket aus dem hinteren Teil des Fahrzeugs. Es schien schwer zu sein. Behäbig machten sie sich ans Werk und fummelten an ihrer Ladung herum.

Der Kleinere schnaufte stark und schnauzte seinen Mitfahrer an: „Mach hin! Wir haben nicht ewig Zeit."

Das Paket fiel zu Boden und zeigte seinen Inhalt: Das blutverschmierte Gesicht der netten, alten Dame von der Rezeption im Kekoldi kam zum Vorschein.

Der Kleinere fluchte zischend und blaffte seinen Partner an: „Jetzt fass an, du Arschloch."

Der Größere lächelte nur gequält. Seine Hände waren ganz feucht vom Schweiß. Der Temperaturunterschied zwischen dem klimatisierten Auto und der schwülen Luft an der Küste zeigte seine Wirkung. Er seufzte und packte zu. Etwas umständlich näherten sie sich dem schlammigen Ufer.

„Jetzt gibt es Happa Happa", sagte der Kleinere der beiden und grinste verächtlich.

Sie schmissen die Leiche in den Fluss und machten sich davon.

*****

Normalerweise vertraute Thomas den Jungs auf der Straße nicht. Das Feilbieten auf offener Straße und das billige Angequatsche der Einheimischen konnten ganz schön nerven.

„Do you want a blow?" gab es an jeder Straßenecke zu hören.

Der ungeübte Tourist interpretierte das Angebot als Sexdienstleistung und nicht als Verkauf von feinen, weißen Pülverchen. Also nichts für homophobe Gringos, die nur fromm Urlaub machen wollten.

Was soll denn der Blow sein, hatte sich Thomas am Anfang auch gefragt. Es ging um Kokain. Marihuana und Prostituierte waren auch leicht zu haben. Die Drückerkolonnen für die schnellen Freuden ließen Thomas und Maria zumindest in Bezug auf leichten Sex in Ruhe. Aber Drogen gab es überall, auch für das deutsch-costaricanische Pärchen. Dankend lehnten sie höflich die Angebote ab. Scherzend bahnten sie sich ihren Weg durch die Menge der Touristen und Einheimischen, die nachts das Straßenbild in Jacó prägten. Sie kamen an endlosen Surf- und Souvenirshops vorbei. Es roch nach Essen. Die vielen Restaurants auf dem Hauptboulevard und in den kleinen Seitenstraßen warben erfolgreich mit ihren Speisen. Fisch, Fleisch, national, international, vegetarisch, vegan, glutenfrei, alles, was das Herz begehrte, war vorhanden.

Igitt, dachte Thomas und machte einen sauren Gesichtsausdruck. Sie kamen an einer heruntergekommenen Kaschemme vorbei und es roch nach verbranntem Fett. Hier gab es Pommes Frites und typische, lokale Gerichte.

„Nur Reis mit Scheiß! Wollten wir nicht Sushi essen?", fragte Thomas seine Freundin.

Er war angewidert vom Geruch und wollte schnell weiter.

„Du und dein Spießeressen."

„Du magst doch auch lieber frischen Fisch."

Maria zog an seinem Arm. Sie wollte nicht stehen bleiben. Der Geruch behagte ihr auch nicht. Sie standen unschlüssig vor dem Restaurant. Plötzlich spürte Thomas ein Kitzeln am Bein. *Schlangen*, schoss es ihm durch den Kopf. Mit einer heftigen Bewegung wollte er das Tier abschütteln. Aber er blickte in treue Hundeaugen, die ihn freundlich ansahen.

„Was für ein Quatsch. Natürlich gibt es hier in der Stadt keine Schlangen", sagte er und bückte sich hinunter zu seinem vierbeinigen Besucher.

„Was hast du gesagt?" Maria hatte nicht mitbekommen, dass sie zu dritt waren. Thomas streichelte den Hund und der bedankte sich mit einem freudigen Bellen.

„Ach, lass doch den Kläffer", sagte Maria genervt.

Thomas ließ sich nicht stören und wollte etwas erwidern.

Er kam nicht dazu und hörte von der nächsten Straßenecke nur: „Idefix! Komm! Wir müssen weiter."

Der weiße Hund sprintete davon und Thomas konnte nur einen kurzen Blick auf die schlanke Silhouette seines Frauchens erhaschen. Er hielt kurz inne, wollte etwas Freundliches hinterherrufen. Aber er kam auch hier nicht dazu.

Maria wollte weiter, als ein dunkler Typ den beiden einen Zettel in die Hand drückte. Sein zahnloses Grinsen sah etwas gruselig aus. Aber er war sehr freundlich und flötete seine

Worte: „Heute Salsa und Merengue in The Loft, Frauen zahlen keinen Eintritt und ab 22 Uhr alle Cocktails für den halben Preis."

Maria hielt den Flyer fröhlich in die Luft. „Da müssen wir hin! Wir waren schon lange nicht mehr tanzen."

Thomas überlegte nicht lange. Er bewegte sich rhythmisch zu imaginärer Salsamusik.

„Ich bin etwas eingerostet. Aber ja, lass uns hingehen. Doch jetzt muss ich etwas essen. Mir knurrt der Magen und ich könnte ein ganzes Schwein vertilgen."

Der Mond schien in seiner ganzen Pracht vom Himmel und die beiden kehrten in ein etwas feineres Restaurant ein. Sie bestellten Fisch. Es gab Rotbrasse mit einer vorzüglichen Zitronensahnesoße. Dazu wurde gedünstetes Gemüse gereicht. Die obligatorische Portion Reis rundete das Mahl ab. Genussvoll schlangen die beiden Auswanderer ihr Essen hinunter. Sie tranken gut gekühlten Weißwein und stießen herzlich auf ihre Zukunft an.

„Ich liebe dich, Maria! Ich liebe dich so sehr. Ich bin einfach nur glücklich. Danke nochmal für deine Hilfe. Ich freu mich so, dass wir hier sind."

„Gerne, mein Schatz. Du brauchst mir nicht zu danken." Maria machte eine leicht abwehrende Geste, schnappte sich die Speisekarte und lenkte die Freude ihres Freundes auf die köstlichen Nachtische. Nach einem herzhaften Stück Käsekuchen und einem Espresso zahlte Thomas die Rechnung, ohne am Trinkgeld zu sparen. Er war pappsatt und zufrieden. Er konnte sich kein besseres Leben vorstellen.

Zwei Stunden später stand das Pärchen auf der Tanzfläche im The Loft, einer der angesagtesten Clubs in Jacó. Die Merengue-Rhythmen schallten aus den Boxen. Maria und Thomas wackelten mit ihren Hüften und bewegten sich harmonisch zur

Musik. Der Laden war gut besucht und die Scheiben waren trotz oder gerade wegen der Klimaanlage beschlagen. Die Tanzfläche war voll und die Stimmung bombastisch.

„Sorry!"

Thomas stieß immer wieder mit seinem Ellbogen an den Rücken einer sehr knapp bekleideten Latina, die versuchte, mit ihrem etwa zwanzig Jahre älteren Begleiter zu tanzen. Thomas fühlte den Schweiß der Frau an seinem Arm. Sie quittierte die leichten Zusammenstöße nur mit einem breiten Grinsen. Wahrscheinlich war sie betrunken. Ihr nordamerikanischer Freund hatte ihr schon ein halbes Dutzend Cocktails ausgegeben.

„Gringos und Nutten!", schrie Thomas Maria ins Ohr.

Sie tat so, als ob sie ihn nicht gehört hätte und lächelte nur. Der DJ legte einen alten Salsahit auf. Die Menge tobte und jubelte laut auf Spanisch und Englisch. Alle sangen lauthals mit zu den Rhythmen des Klassikers *La Vida es un Carnaval* von Celia Cruz. Thomas' T-Shirt klebte an seinem gut durchtrainierten Körper und er wirbelte Maria um ihre eigene Achse. Sie waren glücklich und zeigten ihre Freude beim Tanzen. Der Sugardaddy und seine Beute waren nicht mehr zu sehen. Entweder war der Alkohol zu viel oder die sexuellen Triebe meldeten sich. So oder so landeten sie im Hotelbett.

Ich arbeite bald hier, wo andere Urlaub machen, dachte sich Thomas und musste grinsen. Er zog Maria näher an sich heran. Er roch ihr Parfum. Exotische, alkoholische Getränke versüßten ihren Atem. Er genoss die Party und die gute Musik. Er vergaß alles um sich herum und lebte einfach nur im Hier und Jetzt.

Drei Lieder später trennten sich die beiden. Maria musste auf die Toilette und Thomas sorgte für Flüssigkeitsnachschub. Es waren kaum fünf Minuten vergangen. Thomas beobachtete zufällig von der Bar aus, wie seine Freundin wild fuchtelnd vor einem blonden Typen stand. Es war ein Tourist mit schlecht gemachten Tätowierungen am Arm und am Hals. Er ließ sofort die 20-Dollar-Note auf den Tresen fallen und drängelte sich durch die Menge.

„Du Arsch! Was glaubst du denn? Ich bin doch keine Nutte!", schrie Maria den Gringo an. Thomas zählte schnell eins und eins zusammen. Der Betrunkene hatte Maria ein eindeutiges Angebot gemacht und sie für eine Professionelle gehalten. Das konnte die stolze Latina nicht auf sich sitzen lassen und das Drama nahm seinen Lauf. Thomas baute sich zwischen seiner Freundin und dem Störenfried auf. Der wiederum plusterte sich wie ein eitler Gockel auf und machte Anstalten, handgreiflich zu werden. Zum Glück kannte Maria die Türsteher der Diskothek. Sie waren gute Bekannte ihres ältesten Bruders Francisco.

„Ich war zuerst da! Die gehört mir! Son of a Bitch!", brüllte der Betrunkene und holte mit seiner Faust aus.

Thomas duckte sich und der Angreifer schlug ins Leere. Es sah fast komisch aus, wie er eine Pirouette vollzog, das Gleichgewicht verlor und mit dem Gesicht voran auf dem schmutzigen und feuchten Boden landete.

Danach ging alles ganz fix. Die Türsteher griffen sich den Streithahn und setzten ihn vor die Tür. Der Schock verging schnell. Thomas und Maria genossen ein alkoholisches Beruhigungsgetränk und feierten weiter. Morgen wollten sie eigentlich früh aufstehen, um weiter nach Tamarindo zu fahren.

Tag 07 Gringos tauchen auf

Die Schlange neugieriger Besucher war lang, aber nicht ungewöhnlich lang für den berühmtesten aller Nationalparks in Costa Rica: Manuel Antonio. Auf gut sieben Quadratkilometern kamen sowohl die Pauschal- als auch die Individualreisenden auf ihre Kosten. Herrliche Strände, endlose Wanderpfade, immergrüner Dschungel und die üppige Flora und Fauna versprachen viel Spaß und lockten jedes Jahr über 100.000 Besucher an. Die Betreiber hatten sogar barrierefreie Wege angelegt. Auch Rollstuhlfahrer und Familien mit Kinderwagen mischten sich hier unter das bunte Volk der Naturfreunde.

Michael wunderte sich, warum er viel mehr Eintritt bezahlen musste als die Einheimischen. Erst wollte der freundliche Kassierer nur 1.600 Colones, umgerechnet drei US-Dollar, von ihm. Er hatte die Zahlen nicht so gut verstanden und fragte auf Englisch noch mal nach. Eine teure Frage. Die Parkangestellte bemerkte erst jetzt, dass er trotz seiner braun gebrannten Haut und seines dunklen Teints Ausländer war. Sie berechnete ihm den üblichen Preis für Nicht-Costaricaner in Höhe von 16 US-Dollar und gab ihm sein Ticket. Michael kam sich überrumpelt vor, wollte noch etwas sagen, aber ließ dann davon ab. Hinter ihm standen über dreißig weitere aus allen Poren schwitzende und triefende Besucher und er wollte den Tag nicht mit einer nervenaufreibenden Diskussion beginnen. Seine Spanischkenntnisse waren nicht ausreichend, um seinem Unmut entsprechendes Gehör zu verleihen. Er vergaß rasch diese kleine Ungerechtigkeit, auch wenn er hier pekuniärem Rassismus zum Opfer gefallen war. Seine Laune war einfach zu gut, um sie sich wegen ein paar Dollar vermiesen zu lassen. Er hatte viel gehört über das grüne Kleinod in Costa Rica und war sehr gespannt, was ihn auf seiner Wanderung erwartete. Bisher hatte er nur die Gegend um das Staudammprojekt in Diquís kennengelernt. Obwohl er stets im Stress gewesen war, hatte ihn das satte Grün im Tal sehr beeindruckt. Er fühlte sich hilflos und er war wütend, dass das Land der Indianer zukünftig überflutet und von der Landkarte getilgt werden sollte. Etwas Wehmut überkam ihn. Hatte er das Richtige getan? Die Umweltberichte besagten eindeutig, dass es ein nicht wiedergutzumachendes Verbrechen an Menschen und Natur sei, dieses Megaprojekt zu bauen. Er seufzte und versuchte, sich auf das Hier und Jetzt zu konzentrieren. *Das muss gehen*, dachte er und schaute auf seine Flip-Flops. Eine kleine Wanderung stand ihm bevor und er war sich nicht sicher, ob er das richtige Schuhwerk anhatte. Er gab seinen Zweifeln keinen Raum, zog die Schnalle seines Rucksacks enger und schritt entschlossen zum Eingang. Dort kontrollierten die Parkmitarbeiter und eine Reihe Freiwilliger den Inhalt seiner Tasche. Mitgebrachte Speisen wurden sofort konfisziert, da die vielen Affen, Waschbären, Faultiere und andere Kreaturen völlig überfüttert waren von Chips, Gummibärchen und anderen kulinarischen, aber sehr ungesunden Mitbringseln. Ein argentinisches Backpacker-Pärchen regte sich über die strengen Regeln auf. Michael erkannte den weichen, spanischen Akzent sofort. Mit stoischer Ruhe blickte der Parkmitarbeiter die beiden Touristen an und bestand darauf, dass sie die Lebensmittel in eine extra dafür vorgesehene Tonne warfen. Es wurden keine Ausnahmen zugelassen. *Das ist schlimmer als im Sicherheitsbereich in Houston am Flughafen,* dachte sich Michael. Er war froh, dass er gut gefrühstückt und sich lediglich eine Flasche Wasser eingepackt hatte. Getränke waren erlaubt. Viel später sollte ihm auffallen, dass es etwas widersprüchlich war, so strikt mit mitgebrachten Lebensmitteln zu sein. Die Betreiber des natürlichen Erbes in Manuel Antonio hatten es irgendwie geschafft, ein Café und einen Souvenirshop mitten auf dem Gelände zu errichten. Dort gab es Eis und Speisen, die auch nicht sehr gesund für die Tierwelt waren.

Endlich war er drin. Voller Erwartungen lief er los, wurde jedoch von einem älteren Herren in khakifarbener Kleidung gestoppt. *Was war denn jetzt schon wieder los? Ich habe nichts gemacht,* dachte er.

„Muchacho, kannst du ein Foto von uns machen?"

Der Mann deute auf eine Ansammlung von Kindern und Erwachsenen, die sich zu einem Gruppenbild aufgestellt hatte und lächelnd zu Michael blickte. Sie hatten allesamt ähnlich aussehende Uniformen an. Die braunen und grauen Farben waren aufeinander abgestimmt und Michael erkannte, dass es sich hier um eine Einheit einheimischer Pfadfinder handelte. *So komme ich nie voran*, schoss es ihm durch den Kopf. Aber er lächelte zurück. Er wollte schließlich nicht unhöflich sein.

„Natürlich, gerne."

Sie reichten ihm ein Handy im Bildaufnahmemodus und er fokussierte den Zoom. Ihm gefiel die Rolle als Fotograf und sein kreativer Geist flammte auf. Er hielt kurz inne. Dann wischte er sich den Schweiß von seiner Stirn und trocknete etwas umständlich seine Hände an seinem locker sitzenden Hemde ab. Er war so weit.

„So, jetzt denkt mal alle an Urlaub."

Der Pulk lachte laut auf und Michael drückte den Auslöser. Mehr Schweiß lief ihm den Nacken herunter. Seine Hände waren immer noch feucht. Der Park war schon früh morgens drückend heiß. Er wollte weiter, doch die Menge vor ihm schrie: „Noch eins, noch eins!"

„Jetzt denkt alle mal an etwas Schlechtes, macht ein böses Gesicht."

Die Kinder schauten verdutzt und die Erwachsenen verwirrt.

„Das kann die Schwiegermutter sein oder Hausaufgaben. Denkt an Hausaufgaben."

Michael hatte sie soweit, sie guckten böse. Er drückte erneut den Knopf. Das Motiv war verewigt.

„Jetzt ganz klassisch: Cheeeeese! Oder wie sagt ihr hier? Whiskeeeeeey!"

Ein Meer schneeweißer Zähne blitze auf. Er drückte hastig auf das Telefon.

„Für die Kinder natürlich nur: Lecheeeee!"

Wieder hörte er nur Gelächter. Michael drückte schnell den Auslöser. Die Fotosession war vorbei. Er gab das Mobiltelefon an seinen dankbaren und fröhlichen Besitzer zurück. Der

Pfadfinderführer stimmte eine Dankesgeste an: „Jetzt alle, ein rhythmisches Geklatsche für unseren tollen Fotografen."

Beim Weggehen hörte Michael den tosenden Applaus und die dankbaren Stimmen: „Gracias, gracias!"

Er war froh. Er hatte seine gute Tat für den Tag vollbracht. Es sollte nicht seine letzte für heute sein.

Es war viel los an diesem Morgen. Ein Pulk von überwiegend US-amerikanischen Touristen folgte dem nächsten. Alle zwanzig Meter stand ein costaricanischer Fremdenführer und leierte seine auswendig gelernten Sätze herunter. Gespannt folgten die adipösen Ausländer den eher schlecht formulierten, englischen Ausführungen. Immer wieder glotzten sie durch ein aufgestelltes Fernrohr. Viel war nicht zu sehen. Hunderte Besucher machten viel zu viel Lärm und Getöse auf der breiten Schotterstraße im Park.

Michael entdeckte einen schmalen, geteerten Weg etwas abseits der Menschenmassen. Plötzlich war er mitten im Wald. Nur eine Handvoll weiterer Touristen folgte ihm. Seine dunklen Locken waren schon ganz feucht vom Schweiß. Es war stickig. Das störte ihn aber nicht. Er war glücklich über die gewonnene Ruhe und bewegte sich langsam vorwärts immer tiefer in den Dschungel hinein. Er blieb kurz stehen, nahm einen Schluck Wasser zu sich und wollte gerade sein Fernglas aus dem Rucksack ziehen, als eine Hand seine Schulter von hinten fasste. Er erschrak und drehte sich schnell um. Er war überrascht, wen er sah.

Eine freundlich dreinblickende Rentnerin hielt sich den Finger vor den Mund und bedeutete ihm, leise zu sein. Langsam hob sie ihre andere Hand und zeigte in den dichten Wald. Michaels Puls hämmerte wie wild, doch er folgte der gestenreichen Anweisung. Er traute seinen Augen nicht. Vielleicht fünfzig Meter entfernt schlich eine Wildkatze durch das Dickicht. *Ist das ein Puma*, schoss es ihm durch den Kopf.

„Was für ein Glück", flüsterte er.

Die Rentnerin lächelte und brabbelte leise etwas auf Französisch, was Michael nicht verstand. Er war völlig hin und weg von dem Raubtier, das sich vorsichtig seinen Weg durch den Wald bahnte. Michael zog geschwind sein Handy hervor und versuchte, ein klares Foto von seiner Trophäe zu machen. Noch nie hatte er einen Puma in freier Wildbahn gesehen. Inständig hoffte er, dass das Tier nicht gefährlich für Menschen war. Die dunklen Streifen und Zeichnungen des Fells waren klar zu erkennen. Später würde er einfach behaupten, dass er einen Tiger gesehen hatte. *Etwas Übertreibung darf doch erlaubt sein*, fand er amüsiert.

Stolz zeigte er das Foto seiner neuen, französischen Begleiterin. Sie wagte es kaum, ihren Blick von dem haarigen Besucher abzuwenden. Sie blickte auf den kleinen Bildschirm und flüsterte: „Ocelot."

Michael verstand nicht auf Anhieb, was sie meinte. Doch dann ging ihm endlich ein Licht auf. Sie standen vor einem Ozelot.

„Also doch kein Tiger oder Puma", stellte er grinsend fest.

Plötzlich entglitt ihm sein Mobiltelefon aus der vom Schweiß feuchten Hand. Rasch bückte er sich. Trotz seiner hervorragenden Reflexe krachte das kleine Gerät mit einem ohrenbetäubenden Knall auf den Betonweg. Der Leopardus pardalis, wie der Ozelot in der Fachsprache hieß, nahm sofort Reißaus. Michael verstand gar nicht, wie ihm geschah. *Warum knallte das so laut*, dachte er. Er nahm das Telefon auf und schaute in das geschockte Gesicht der betagten Französin. Sie guckte hinter ihm zum nächstgelegenen Baum. Er war gesplittert und hatte ein Loch. Es handelte sich hierbei um ein Einschussloch. Verdutzt und verwirrt standen die beiden Touristen für ein paar Sekunden herum. Ihnen war das Ausmaß des Vorfalls nicht bewusst. In Sichtweite stand ein Parkranger. Sein dunkles Gesicht zeigte eine Mischung aus Wut und Angst. Er brüllte auf Englisch: „Aufpassen! Wilderer!"

Das französisch-amerikanische Paar fackelte nicht lang und rannte los. Die Situation war ihm nicht geheuer. Der Parkmitarbeiter plapperte aufgeregt in sein Funkgerät. Michael hörte ein Raunen von der Schotterpiste, wo die große Mehrheit der Besucher stand. Der Krach war auch für sie nicht zu überhören gewesen. Die Parkmitarbeiter riefen sich Befehle zu und wollten für Ruhe und Ordnung sorgen. Doch wie so oft erreichten sie genau das Gegenteil. Panik brach aus.

Michael und die Rentnerin erreichten den Hauptweg, der völlig verstopft von flüchtenden Urlaubern und Einheimischen war. Sie drängten in die Menge. So sah keine geordnete Evakuierung aus. Es erinnerte eher an ein Pogo-Festival. Überall wurde nur geschubst, geknufft und gedrängelt. Michaels Leidensgenossin fiel hin und die nachkommende Meute trampelte unachtsam die alte Frau nieder. Sie versuchte, die Tritte abzuwehren und lag zusammengekrümmt auf der Erde. Die spitzen Schottersteine bohrten sich in ihren Körper von unten und von oben stiegen die stolpernden Menschen einfach über sie hinweg. Sie schrie auf vor Schmerzen.

Energisch stellte sich Michael der menschlichen Tsunamiwelle entgegen und schaffte es, irgendwie der alten Dame auf die Beine zu helfen. Der Lockenkopf zog sie mit aller Kraft hinter sich her. Die Tritte und der harte Untergrund hatten ihr ganz schön zugesetzt und sie stöhnte. Ein schmales, rotes Rinnsal floss aus ihrer zierlichen Nase und ihre Beine hatten wohl auch einiges abbekommen. Sie humpelte. *Bloß weg hier*, wiederholte Michael immer und immer wieder in seinen Gedanken, während er ihnen einen Weg durch den Pulk verschaffte. Sie erreichten erschöpft den Parkeingang. Der Schock stand ihnen beiden ins Gesicht geschrieben. Der völlig verschwitzte Michael stützte die humpelnde Frau und brachte sie aus der Gefahrenzone. Überall standen aufgeregte Besucher und schnatterten in allen erdenklichen Sprachen durcheinander. Eine Gruppe von Polizisten und Parkmitarbeitern drängten in den Park. Die Feuerwehr und eine Ambulanz waren auch schon zugegen und halfen den Verletzten.

Eine besorgt dreinblickende Frau stand plötzlich vor ihnen. Mit Tränen in den Augen und überglücklich nahm sie Michael das menschliche Häufchen Elend aus der schützenden Umarmung. Sie sprach hastig auf Französisch zu der geschundenen Frau und deutete zu einer Reisegruppe grauhaariger Männer und Frauen, die betrübt um sich blickten. Michael erhielt einen Schwall aus Dankesworten und tausend Mercis. Wie durch ein Wunder hatte er nichts abbekommen. Zufrieden, aber völlig geschafft, ließ er seine neue Bekannte in der Obhut ihrer Leute und sie verabschiedeten sich herzlich von ihm. Jetzt hatte er schon zwei gute Taten vollbracht. *Aber was war passiert*, fragte er sich.

*****

Am Strand auf der anderen Seite des Nationalparks ging Darby energischen Schrittes, aber geordnet mit einer Gruppe Touristen zu einem Notausgang. Sie mussten, wie alle Besucher, das Gelände schnell verlassen. Eine lange, schmale, grüne Campingstuhltasche hing um die Schulter des ehemaligen Berufssoldaten. Die uniformierten Mitarbeiter von Manuel Antonio geleiteten alle Besucher aus dem Park. Darby war verärgert, aber beugte sich der unfreiwilligen Räumung.

Sein Plan war nicht aufgegangen. Er war Michael gefolgt und kam auf die Idee, Wilderern den Mord an Michael durch einen vermeintlichen Querschläger anzuhängen. *Zu dumm, dass er sich gerade dann bücken musste,* dachte Darby ernst.

Er versuchte vergeblich, Michael in der Menge zu entdecken. Es war zu chaotisch und die Flut aus Menschen endete hier am Notausgang. *Vielleicht ist er zum Haupteingang zurückgelaufen.*

Darby überlegte und setzte sich in den Schatten. Vor sich legte er die Campingstuhltasche. Niemand kam auf die Idee, dass dort ein tödliches Gewehr auf seinen erneuten Einsatz wartete. Immer mehr Menschen verließen den Nationalpark und gestikulierten wild. Etwas ratlos und geschockt standen viele vor dem rettenden Zufluchtsweg, der direkt am Strand lag. Vom öffentlichen Teil der Bucht eilten sehr viele Schaulustige und gute, hilfsbereite Seelen herbei. Sie waren aus ihrer Lethargie gerissen worden. Surfen im viel zu ruhigen Meer, baden und einfach nur die Sonne genießen, waren gerade nicht mehr wichtig. Der Anschlag der Wilderer und die daraus resultierende Panik waren das Gesprächsthema Nummer eins in Manuel Antonio.

Darby war genervt. Er beobachtete das Treiben und die aufgeregten Touristen, als ihm zwei Gestalten auffielen, die nicht richtig ins Bild passten. Sie hatten lange Hosen an, ihre Anzugjacken dabei und trugen altmodische Sandalen. Das nützte nichts, sie stachen eklatant hervor unter den knappen, bunten Bikinis, kurzen Shorts und Marken-Polohemden der anderen Besucher. Er meinte, bei einem der Männer eine Pistole unter dem zusammengerollten Jackett erkannt zu haben. Sie diskutierten leidenschaftlich. Der Kopf des Größeren drohte zu zerbersten, so rot war er im Gesicht. Durch den vielen Schweiß klebten seine Haare förmlich an seinem Haupt. *Es war viel zu heiß für die overdressed people,* analysierte Darby. Er musste seine sichelförmig verformten Augen richtig anstrengen, während er den elegant gekleideten Typen hinterherschaute und sich ihre Gesichter hinter den teuren Sonnenbrillen einprägte.

*****

Maria und Thomas gönnten sich eine kleine Pause. Der gestrige Tag und das ausschweifende Nachtleben hatten ihre Spuren beim deutsch-costaricanischen Pärchen hinterlassen. Sie standen an der Strandpromenade in Puntarenas und blickten auf das ruhige Meer. El Paseo de los Turistas war die Hauptattraktion in der Gegend und lud zum Flanieren ein. In den costaricanischen Sommermonaten von Dezember bis April war hier immer viel los. Und der Paseo verwandelte sich ironischerweise in den Parqueo de los Turistas, den größten und längsten Parkplatz in Costa Rica. Staus ohne Ende gehörten zur Tagesordnung. Hier ging einfach nichts mehr, wenn die Städter in Scharen kamen, um bei Gegrilltem dem hektischen Leben zu entfliehen. Das ewige Warten und Schlangestehen-Spielen im Auto störten die Ticos keineswegs, solange der Alkohol in Massen floss und die Sonne schien.

Das Pärchen blieb vor einem der kleinen Stände mit der Aufschrift Churchill stehen. Das klang für den Urlauber sehr komisch. Winston Churchill war doch ein Kriegsminister. Hier standen überall Buden, die nach ihm benannt waren. Die Ticos tranken gerne sehr süße zuckerhaltige Getränke und so ein Churchill reihte sich in der Beliebtheit bei costaricanischen Kindern und Erwachsenen ganz oben mit ein. Der Churchill, eine Mischung aus Kondensmilch, viel Eis, anderen gelatineartigen Ingredienzien und süßer Schlagsahne wurde von vielen getrunken. Es war ein sehr zuckerhaltiges Ritual und selbstverständlich ein Muss für jeden, der nach Puntarenas kam. Die Josefinos, wie die Bewohner San Josés hießen, fuhren extra die ganze Strecke von der Hauptstadt bis an den Strand, um das traditionsreiche Getränk mit der ganzen Familie zu genießen.

Thomas guckte etwas ungläubig zu seiner Freundin: „Ich kriege nur vom Zusehen schon Diabetes."

Maria musste laut lachen. Sie ging zu einem der Verkaufsstände und kaufte zwei dieser breiigen Getränke. Sie dachte an ihre Kindheit und fühlte sich in die Vergangenheit versetzt. Sie schlürften die für die Gegend typische Erfrischung. *Zähflüssiger Babybrei,* ging es Thomas durch den Kopf und er zog heftig an seinem Strohhalm. Hier gab es noch die Trinkröhrchen aus Plastik, obwohl die costaricanische Regierung viel dafür tat, umweltschädliche, zur einmaligen Benutzung ausgelegte Kunststoffprodukte zu verbannen. *Wie soll der ungeübte Besucher denn den Churchill oder besser Anti-Smoothie runterbekommen,* blieb in diesem Fall ungeklärt. Nach und nach leerte Thomas den immensen Becher. Er musste kurz aufstoßen und Maria kriegte sich nicht wieder ein vor Lachen.

„Ich werde nie wieder etwas essen können. Was hast du mir da angetan?"

Maria machte einen gequälten Gesichtsausdruck. Sie hatte den Churchill bis auf den letzten Tropfen heruntergeschluckt. Und ihr war auch schlecht.

„Du siehst so aus, wie ich mich fühle. Aber selbst schuld. Du wolltest doch etwas Neues von meiner Kultur kennenlernen, oder?"

Unweit des Pärchens stand eine ältere Dame mit ihrem Enkel. Der zeigte ungeniert mit seinen Fingern auf Thomas: „Mira, Abuela, der Gringo mag wohl keinen Churchill."

Die Oma fing an zu lachen. Ihr kleiner Begleiter stimmte in das fröhliche Gelächter mit ein. Das deutsch-costaricanische

Liebespaar konnte auch nicht mehr an sich halten. Das Quartett erheiterte die ganze Umgebung.

Thomas fasste sich an den Bauch, der vom Lachen und dem süßen Getränk weh tat. Er wollte etwas sagen, als plötzlich Marias Handy klingelte. Ihr Bruder Rodrigo war am Apparat. Sie entfernte sich ein bisschen von ihrem Freund und machte einen ernsten Gesichtsausdruck, als sie sprach. Thomas ließ sich derweil die Sonne ins Gesicht scheinen. Es war ein wunderschöner Sommertag, obwohl das neue Jahr gerade erst angefangen hatte. Es grummelte verdächtig in seiner Magengegend und er musste mehrmals aufstoßen. Pappsatt und zufrieden blickte er auf den Pazifischen Ozean. Er dachte an Tamarindo und seine Surfschule. Endlich war er der Erfüllung seines langersehnten Traumes so nah.

Das Telefongespräch dauerte nicht lange und Maria legte mit besorgter Miene auf.

„Was ist denn?", fragte Thomas.

„Ach nichts. Nichts Besonderes." Sie lächelte und deutete zum Auto.

Thomas und Maria setzten ihre Fahrt in dem gemieteten Auto, einem geräumigen Toyota RAV4, fort. Thomas kontrollierte nochmal das Navigationsgerät. Ihr Ziel für heute war eigentlich nicht mehr fern: Tamarindo, Guanacaste, 182 Kilometer, Fahrzeit drei Stunden und 54 Minuten. Es musste mit mehreren Verkehrsbehinderungen gerechnet werden.

„Das dauert wohl ein bisschen länger heute," seufzte Thomas und kurbelte das Fenster herunter. Das Meer in Puntarenas war nicht so schön. Der nahegelegene Hafen versprach eher Schmutz und Verunreinigung. Aber das hielt die Einheimischen nicht davon ab, trotzdem hier zu surfen und zu baden.

Der Weg führte ganz nah an der Pazifikküste vorbei und das Pärchen bog auf eine schmale, zweispurige Landstraße ab. Es war wie gewohnt sehr voll auf dem Weg, viele Autos und LKWs waren unterwegs. Thomas saß am Steuer und Maria guckte aus dem Fenster. Sie fuhren weiter nach Norden auf der mit Schlaglöchern durchsiebten und mit vielen, schönen Bäumen umsäumten Fahrbahn. Erst nach einer halben Stunde fiel ihnen auf, dass es sich um die berühmte Autobahn Interamericana handelte. Die wichtigste Nord-Süd-Achse Zentralamerikas. Sie reichte von Guatemala bis Panama und verband all die kleinen Länder auf dem Isthmus. Thomas konnte es nicht glauben.

„Das ist alles? Das ist doch keine Autobahn?"

Er schüttelte den Kopf und fuhr langsam einem in die Jahre gekommenen LKW hinterher. Die Richtgeschwindigkeit sollte bei 60 Stundenkilometern liegen. Sein Vordermann brachte es bestimmt auf satte 25. Es knatterte und ratterte verdächtig. Lange sollte es das noch fahrbare Ungetüm nicht mehr machen. Es stieß in regelmäßigen Abständen immer wieder pechschwarze Rußwolken aus seinem verrosteten Auspuff. Die Straße war so eng, dass ein Überholmanöver eher einem Suizidversuch ähnelte. Also übte sich Thomas in Geduld und blieb hinter der eisernen Schildkröte auf vier Rädern.

„Ist hier nicht schonmal Che Guevara mit dem Motorrad lang gefahren?", fragte Maria ungläubig ihren Freund.

Sie war genau so erstaunt wie er. Etwas melancholisch fiel ihr auf, wie wenig sie ihr Heimatland kannte. Sie hatte sich die Interamericana immer als einen großzügig angelegten Highway vorgestellt. In den vielen Hollywoodfilmen wurden immer die berühmten Routen im Süden der USA gezeigt. Breit, gut ausgebaut und leicht befahrbar. Aber hier sahen die Straße und die vielen Schlaglöcher eher wie eine Mondlandschaft voller Krater aus. Das hatte nichts von Freiheit, Glamour und Abenteuer. Es war schlicht und einfach nur langweilig.

„Peng!"

Ein Knall riss Thomas aus seinem Tagtraum. Das Fahrzeug vor ihm kam zum Stehen. Der Kühler im Motor hatte wohl seine Lebenszeit um mehrere Jahre überschritten. Ein letztes Aufheulen und der Fahrer musste notgedrungen mitten auf der Straße anhalten. Er wollte so gerne rechts ranfahren, aber das ging nicht. Es war schlicht und einfach kein Platz auf der wohl berühmtesten Autobahn Mittelamerikas. Der Verkehr kam zum Erliegen und Thomas brauchte etwas Geduld, um das klobige Hindernis zu passieren. Der Gegenverkehr ließ es nicht zu. Fast schon fahrlässig und mit viel Wagemut erzwang sich Thomas den nötigen Platz um weiterzufahren. Rücksicht wurde auf costaricanischen Straßen eher klein geschrieben. Der gemeine deutsche Autofahrer wäre längst ausgerastet. Nicht auszudenken, was passieren würde, wenn so ein unnötig zeitfressendes und den durchoptimierten Ablauf störendes Fahrzeugmonster den Arbeitsweg von beispielsweise Köln nach Frankfurt versperren würde. Wahrscheinlich hatte es schon sehr lange nicht mehr die heiligen Hallen von der Revisión Técnica Vehicular-RTV, dem costaricanischen TÜV, von innen gesehen. Sein Fahrzeughalter würde auf jeden Fall aufgrund gehetzter, teutonischer Arbeitszombies in Lebensgefahr schweben. Aber hier in Costa Rica war das ganz anders und die Menschen hatten anscheinend viel mehr Zeit – und weniger Stress. Niemand scherte sich um den Störenfried.

Geschafft, dachte Thomas. Er konnte seinen Vordermann endlich überholen. Das Navi machte ein fieses Geräusch. Eigentlich war es nur ein dumpfer Klingelton. Aber er kündigte weitere Verspätungen an und korrigierte die voraussichtliche Ankunft auf einen späteren Zeitpunkt. Thomas schüttelte langsam den Kopf und verdrehte die Augen.

Marias Handy klingelte schon wieder. Sie drückte den Anrufer weg und schrieb dafür ein paar Nachrichten. Seufzend tippte sie hastig mit ihren grazilen Händen auf dem kleinen Bildschirm herum.

„Warum gehst du nicht ran?"

„Ach, das Netz ist hier nicht so gut", log sie.

*****

Michael war immer noch etwas benommen von dem Erlebten. So viele Eindrücke. Schon wieder eine Gefahr, der er unfreiwillig ausgesetzt war. Die Panik im Nationalpark glich einer Stampede wildgewordener Büffel. Zum Glück war nichts wirklich Schlimmes passiert und es gab keine Toten. Die schießwütigen Schützen wurden nicht gefasst. Aber wer hatte schon damit gerechnet, dass sie wirklich von der Polizei geschnappt werden konnten? Michael war etwas mulmig zumute. Die Kugel im Baum hätte auch seine neue Bekanntschaft oder ihn selbst treffen können. Er dachte an die alte Französin und hoffte inständig, dass es ihr gut ginge. Er beruhigte sich etwas und versuchte, seinen Urlaub zu genießen. Die leckeren Imperial-Biere zum Abendessen zeigten ihre Wirkung. Ihm war einfach alles egal: G&WE, die Umweltberichte und sein Leben als Ingenieur. Der heutige Tag zeigte ihm mal wieder, wie schnell es vorbei sein konnte. Er wollte einfach nur frei sein und sein Leben leben. In den Nachrichten spekulierten die Reporter wild, was in Manuel Antonio passiert war. Er konnte den Ausführungen nicht folgen, aber er hörte immer wieder das Wort Cazadores.

Also doch Wilderer, ging es ihm durch den Kopf. Er legte sein Spanisch-Englisch-Wörterbuch beiseite. Er war erschöpft. Das Adrenalin der Rettungsaktion und die Panik der Menschen gingen doch nicht spurlos an ihm vorüber. Aber er war glücklich. Er beruhigte sich und flüsterte zu sich selbst: „Es ist nichts passiert. Alles ist in Ordnung."

Er wollte sich lieber nicht ausmalen, wie er sich fühlen würde, wenn ein paar Leute bei der Panik umgekommen wären. Das hätte einen riesigen Schatten auf seinen Urlaub geworfen. Er verwarf rasch den Gedanken und verzog sich in sein Schlafgemach. Sein Hotelzimmer war altmodisch eingerichtet, aber gemütlich. Es roch etwas streng nach Baygon, dem hochgiftigen Anti-Insektenspray. Die Zimmermädchen hatten es wohl gut gemeint, damit keine Handteller-großen Kakerlaken Einkehr hielten.

Morgen sieht die Welt anders aus, dachte der Ingenieur.

Er wollte sich gerade bettfein machen, als es zaghaft an seiner Zimmertür klopfte. Eine der Angestellten trat ein und quasselte wild drauflos: „Hola. ¿Cómo estás? Nos conocíamos en el hotel hoy. Lavo su ropa. No puedo dormir y me gustaría quedarme con usted. ¿Te parece que me queda contigo y dormimos juntos? ¡Por favor!"

Seine Spanischkenntnisse waren zu rudimentär und er verstand nur Kauderwelsch. Er identifizierte das Wort *dormir* und lächelte gequält. Er erkannte die Angestellte vom Nachmittag. In der Hotellobby hatte sie mit einer Touristin Englisch geübt und ein paar Mal zu ihm hinübergeblickt. Jetzt stand sie in seinem Zimmer und leckte provokant ihre Lippen. Sie war nur mit einem leichten Nachthemd bekleidet und ihre wunderschönen braunen Augen funkelten ihn gespannt an. Sie war kleiner als US-amerikanische Frauen, aber dafür schlank und sehr schön. Der leichte Stoff ihres Nachtgewandes ließ einen festen, muskulösen und grazilen Körper erahnen. Ihre kleinen Brüste fielen Michael auf. Ihre Brustwarzen traten hervor.

Er versuchte mit ihr zu reden. Aber sie verstand kaum Englisch. Langsam schob er sie wieder zur Tür. Michael war völlig verwirrt und erkannte nicht, dass sie sich ihm anbiederte. Er war einfach nur müde und dachte an die morgige Busfahrt nach Tamarindo.

„Dormir? Ah, sí claro. I will dormir now. Wir sprechen morgen Spanisch und Englisch. Gute Nacht!" Schroff schloss er die Tür und ließ die Hotelangestellte völlig perplex stehen. Ihr gut gemeinter, aber zu plumper Annäherungsversuch war fehlgeschlagen.

*****

Währenddessen saßen Lindsay und John vor dem Kamin in Lindsays Wohnung in Boston. Die Flammen zehrten an den Holzscheiten und gaben eine wohlige Wärme von sich. Die beiden Arbeitskollegen merkten nichts von der eisigen Kälte vor der Haustür. Sie war ihnen auch egal.

„Das kann doch alles nicht wahr sein. Wie konnten sie nur eine Panik im Nationalpark auslösen?", zeterte John. Mit angestrengter Miene nahm er einen Schluck aus seinem Rotweinglas. Das Bouquet verströmte einen lieblichen Duft im gemütlichen Wohnzimmer. Aber John interessierte auch das nicht. Er meckerte einfach nur.

Lindsay versuchte ihn zu beruhigen. Aber John redete sich in Rage. Immer wieder fing er von den Terraba-Indianern an. Er wollte sie alle deportieren oder gar umbringen lassen.

Er stand hastig auf, zog sein Handy aus der Tasche und telefonierte.

„Was seid ihr nur für Stümper! Wofür bezahle ich euch eigentlich? Macht ihr da unten Urlaub oder was?"

Er ließ, wie gewohnt, seinen Gesprächspartner kaum oder gar nicht ausreden. Er schrie in das Telefon in seiner Hand: „Ich will Ergebnisse! Und zwar schnell!"

Er legte auf und schmiss sein Handy auf die Couch. Wie ein kleiner Junge setzte er sich beleidigt wieder hin und stieß einen Seufzer aus. Er schmollte.

„Ach Johnnie," flüsterte Lindsay in sein Ohr.

Er wollte sie wegstoßen. Aber eine für ihn unbeschreibliche Magie ging von seiner Angestellten aus. Sie rückte an ihren Boss heran wie eine Schlange, die langsam ihrer Beute näherkam. Das war ihre Stärke: In den aussichtslosesten Momenten konnte sie immer etwas Positives wenigstens für sich selbst herausschlagen. Sie lächelte verschmitzt und geizte nicht mit ihren weiblichen Reizen. Das schwarze Negligé, das sie extra für John angezogen hatte, tat seine betörende Wirkung. Der dicke Energiemogul war gefesselt von Lindsays Schönheit und starrte erwartungsvoll in ihren Ausschnitt. Ihr blondes, langes Haar war offen und gab ihrem Gesicht den erotischen Rahmen, den die Männerwelt so sehr an ihr schätzte und liebte.

„Mach dir keine Sorgen. Sie finden ihn bald und dann ist es vorbei. Ich habe alles vorbereitet. Das wird ein gefundenes Fressen für die Presse", hauchte sie.

Plötzlich konnte John ihr, den Indianern, seinen Angestellten und Michael gar nicht mehr böse sein. Er hatte nur noch Blicke für Lindsays vom Wein gefärbten, knallroten Lippen. Es knisterte nicht nur zwischen den Holzstücken in der Feuerstelle. Vor Erregung stieß John einen Grunzlaut aus. Lindsay hatte ihn genau da, wo sie ihn haben wollte. Die beiden Turteltauben küssten sich heftig und John vergaß für einen Moment, dass sein Imperium und die gesamte Zukunft von G&WE auf dem Spiel standen.

Tag 08 Blut ist dicker als Wasser

Thomas fröstelte ein wenig. Die Klimaanlage in der Bank in Tamarindo lief auf Hochtouren. Schlimmer konnten die Gegensätze nicht sein. Vor dem Gebäude wirbelte bei über 35 Grad Celsius, im Schatten wohlgemerkt, der Staub auf, wenn ein Fahrzeug vorbeikam. Das waren nicht gerade wenige während der Urlaubszeit. Passanten und Anwohner litten immer wieder unter starken Hustenattacken. Aber sie fanden sich mit den unzumutbaren Bedingungen ab. Niemand beschwerte sich darüber oder tat etwas gegen die staubtrockenen Fahrbahnen in dem Urlaubsort. In der Filiale hatte es ein Mitarbeiter wohl sehr gut gemeint und die Räumlichkeiten auf frische 15 Grad Celsius heruntergekühlt. Wer schon mal eine Kneipp-Kur gemacht hatte, wusste, wie es sich anfühlte, von draußen hereinzukommen. Thomas musste zwei Mal hinsehen. Aber die Finanzberaterin am Schalter hatte einen dicken Strickpulli an.

Was für eine Energieverschwendung, dachte er kopfschüttelnd. Er schweifte schnell ab und besann sich auf seine Wurzeln. Seine Eltern und Freunde waren gerade in Berlin und froren. Trotz oder vielleicht gerade wegen des Klimawandels zeigte sich Väterchen Frost in der Hauptstadt immer öfter von seiner harten und eiskalten Seite. Thomas musste lächeln. Er war im Wetter-Elysium. Costa Rica und speziell Guanacaste versprachen fabelhafte Temperaturen das ganze Jahr über. Sicherlich regnete es mal etwas übertrieben im September und Oktober, den schlimmsten Monaten der sogenannten costaricanischen Winterzeit. Aber das war zu verschmerzen. Die Äcker und dörren Landschaften brauchten dringend Wasser. Es gab sowieso nicht genug vom kühlen Nass im Norden des Landes. Die Wasserknappheit führte manchmal zu Rationierungen. Auch hier zeigte der Klimawandel seine unnachgiebige Seite. Auf diesem Fleckchen Erde kämpften die Einheimischen gegen extreme Trockenheit und Hitze. Das hielt selbstverständlich den hiesigen Städter und ausländischen Touristen keineswegs davon ab, die costaricanische Trockenzeit von Dezember bis April in vollen Zügen zu genießen. So auch Thomas. Er war begeistert von Tamarindo. Gleich nachdem er das Ladenlokal gesehen hatte, hatte er seine Eltern angerufen. Jacó hatte er als Domizil verworfen und er wollte gar nicht mehr nach Samara fahren. Er war angekommen. Sein Traum wurde nun endlich wahr. Er wollte das Lokal mitten im Zentrum von Tamarindo mieten. Es war genug Platz da für Surfbretter, eine Theke und ein paar Tische für das Café. Es gab sogar einen kleinen Innenhof.

Obendrein war es auch noch schön hell. Er war glücklich und bekam nicht gleich mit, dass die Kassiererin mit ihm sprach.

„25.000 Dollar in bar. Gut, dass ihre Freundin vorher angerufen hat. Ich habe genug Scheine."

Er blickte sie grinsend an: „Ja, bitte." Auf der Fahrt nach Tamarindo hatte er alles mit Maria besprochen. Er wollte das gesamte Geld abholen und dann nach und nach in bar bezahlen. Der Dollar-Wechselkurs zum Euro stand gerade sehr gut und so konnte er locker ein paar hundert Euro sparen, wenn er jetzt gleich alles abholte. Außerdem hatte er extra ein Hotelzimmer mit Safe gemietet. Bald würden sie in ein schnuckeliges Appartement in dem kleinen Dorf ziehen. Aber Maria hatte Recht, alle Anschaffungen konnte er am besten cash bezahlen, um teure Kreditkartengebühren und andere Kosten zu sparen.

„Das ist schon eine Stange Geld", flüsterte Thomas ehrfurchtsvoll.

Die Bankangestellte verstand ihn nicht. Sie schaute ihn fragend an. Er lächelte nur, nahm die Geldbündel und verstaute sie sorgfältig in der Geldkatze unter seiner Kleidung. Der Platz reichte nicht aus und er stopfte weitere Bündel in die Hosentasche.

Draußen vor dem Gebäude wartete Maria. Sie war nicht allein. Thomas zögerte für einen Moment. Drei Männer standen bei seiner Freundin. Die Sonne blendete ihn trotz der abgedunkelten Scheiben des Bankgebäudes. Er ging langsam näher und erkannte die drei Personen, die bei ihr standen: Francisco, Carlos und Rodrigo - Marias Brüder warteten mit ihr vor der Eingangstür.

Das ist ja nett, dachte Thomas. Strahlend kam er auf das Quartett zu und freundlich umarmten alle den Blonden. Er war froh, dass er mit der Unterstützung der Geschwister rechnen konnte. Er fühlte sich sicher.

„Ich freue mich, dass ihr extra aus San José hergekommen seid."

Ihr Bruder Rodrigo wollte gerade etwas sagen, aber Maria schnitt ihm das Wort ab.

Sie sprach mit Thomas auf Deutsch: „Ja, die sind so lieb, nicht? Jetzt haben wir sogar eine Eskorte für den Schatz."

Sie deutete auf die verborgenen Geldscheine, die eng an Thomas´ Körper lagen. Alle fünf stiegen in den alten VW von Francisco. Es war etwas eng und die Luft war stickig. Aber Thomas störte das nicht. Er quasselte auf Spanisch drauf los und erzählte vom Ladenlokal, den Surfbrettern und der Espressomaschine, die sie schon angezahlt hatten. Aufgeregt malte er sich seine Zukunft in glühenden Farben aus. Er war so euphorisch, dass seine Zuhörer fast den frisch gemachten Kaffee riechen und die Brandung der Wellen hören konnten. Es war einfach toll! Er bedankte sich freundlich bei Carlos für den Kontakt in Jacó. Nächste Woche wollte er die Surfbretter abholen. Er konnte es gar nicht erwarten, endlich loszulegen. Bald würden seine Eltern kommen und dann konnte er ihnen voller Stolz seine neuen Errungenschaften zeigen und ihnen beweisen, dass er eine solide Existenz in Costa Rica aufgebaut hatte. Die Ticos lächelten ihren Schwager in spe freundlich an, sagten aber nichts. Francisco saß konzentriert am Steuer. Auch Maria konzentrierte sich auf die Straße.

Nach etwa fünfzehn Minuten hielten sie und der Motor des in die Tage gekommenen Vehikels tuckerte vor sich hin. Erst jetzt bemerkte Thomas, dass sie gar nicht zum Hotel gefahren waren. Sie waren ein Stück aus Tamarindo herausgefahren und in einen Feldweg abgebogen. Sie standen an einer einsamen Kuhweide. Weit und breit war keine Menschenseele zu sehen. Carlos und Rodrigo stießen die Türen auf und stiegen aus. Thomas schwitzte. Er saß hinten in der Mitte und blickte verblüfft seine Freundin an: „Was machen wir hier?" Maria schaute etwas betreten zu Boden.

Francisco antwortete für sie: „Wir wollen dir etwas zeigen."

Thomas stieg aus dem Auto und stand vor den Geschwistern. Er wollte gerade fragen, was sie ihm hier so Dringendes zeigen wollten. Aber da hatte er schon eine Faust im Gesicht. Er war so überrascht, dass er keine Anstalten der Abwehr machte. Rodrigo holte wieder aus und traf Thomas in die Magengrube. Er sackte augenblicklich zusammen und landete unsanft auf seinen Knien. Der Schmerz schoss ihm durch die Glieder. Er wollte seine Qual herausschreien, aber es kam nur ein dumpfes Röcheln aus seinem Schlund. Carlos und Francisco traten ihm in die Seiten und er fiel einfach um. Ein Tritt traf auch seinen Kopf. Erst jetzt nahm der Blonde seine Hände schützend vor sein Haupt.

Ein paar Hände machten sich an seiner Hose zu schaffen und in Sekundenschnelle waren seine Taschen leer. Die Geldkatze war er auch los und insgesamt 25.000 Dollar fielen in die Hände seiner Peiniger. Das störte Thomas in diesem Moment nicht. Er lag leidend und zusammengekauert im Staub. Die Sonne brannte und er schmeckte Blut in seinem Mund.

Maria schrie: „YA, BASTA! Wir haben, was wir wollen."

Das Quartett ließ von dem geschundenen Körper ab. Sie stiegen schnell in den alten VW und brausten davon.

Thomas lag regungslos da. Er sah aus wie tot. Kein Mucks war zu hören. Er war mutterseelenallein und verstand nicht, was geschehen war. Auf dem Feld gab eine Kuh ein lautes Muhen von sich. Genüsslich käute sie ein paar Gräser wieder. Aber für den Auswanderer war das Tier ganz weit weg. Wie unter einer Glocke erschien ihm die Welt. Er lag einfach nur da und seine Gedanken fuhren Achterbahn. Sie hatten ihn bestohlen. Sie hatten ihn zusammengeschlagen. Sie hatten ihm seinen

Traum zerstört. Und vor allem: *Meine Freundin hat mich verraten*, dachte er in einer Endlosschleife. Bittere Tränen flossen aus seinen geschwollenen Augen. Das Salz brannte auf der aufgeplatzten Haut. Wimmernd lag er noch immer im Dreck und wagte nicht, sich zu rühren.

*****

Die Stimme am Telefon war kaum zu verstehen. Immer wieder hörte Isabela nur, dass sie schnell machen müsse. Ihre Dienste als Tierärztin wurden gebraucht. Ihr Kunde: Ein Hotelbesitzer und Pferdenarr hielt sich etwa ein Dutzend edler Rösser in einer Stallung auf seinem Grundstück in Guanacaste. Ihr Patient: Ein dreijähriger Schimmel wies eigenartige Symptome auf. Er war unruhig und scharrte ständig mit den Hufen. Ihr Ziel: Das Boutiquehotel lag zwischen Tamarindo und dem Strand Avellanas, gut viereinhalb Autostunden entfernt. Eile war geboten, damit das Tier nicht an Kreislaufversagen verstarb.

Geschwind packte Isabela ihre Tasche und Utensilien zusammen. Für Notfälle war sie immer gerüstet und musste nicht in ihre Praxis fahren. Sie instruierte schnell ihre Nachbarin, damit sie sich um ihre Hunde kümmerte. Sie knuddelte die beiden nochmal herzlich.

„Mach´s gut, Idefix. Sei artig und pass schön auf Obelix auf!", ermahnte Isabela den hechelnden Vierbeiner.

Die Termine für morgen würde sie auf der Autofahrt absagen. Wenn alles gut ginge, würde sie übermorgen wieder in San José sein. Sie hatte einen anderen Plan gehabt, aber sie kannte die Stallung und die Pferde gut. Darum konnte sie die Bitte des Hoteliers nicht abschlagen.

Guanacaste war um diese Jahreszeit extrem trocken. Die Sonne brannte unbarmherzig am Firmament. Dass hier noch keine Wüste entstand, grenzte an ein Wunder. In den nordwestlichen Gegenden Costa Ricas fehlten Brunnen, Frischwasserzufuhren und Aufbereitungsanlagen an allen Ecken und Enden. Heute wurde das kühle Nass schon wieder rationiert. Das war für viele Hotelbesitzer eine Katastrophe. Mitten in der Hochsaison mussten sie ihren Gästen erklären, dass sie mit der kostbaren Flüssigkeit sehr sparsam sein sollten. Mancherorts wurde die Trinkwasserversorgung einfach unterbrochen. Die costaricanische Wasserbehörde Instituto Costarricense de Acueductos y Alcantarillados, kurz AyA genannt, sah keine andere Möglichkeit und drehte die Hähne einfach zu.

Wohin man auch sah, es herrschte Dürre. Die Guanacastecos, wie die Costaricaner im Norden hießen, waren sehr kreativ, wenn es um die Erhaltung ihrer Lebensgrundlage ging. Leider manchmal auch ein wenig dumm, weil sie zu kurzsichtig dachten. Es roch stark nach Rauch, als Isabela die Brücke der Freundschaft überquerte. Die Taiwanesen hatten sie den Ticos aus politischen Gründen geschenkt. Da wollte sich wohl jemand Freunde machen. Das war lange her und eigentlich müsste die Brücke nach dem Bau des Stadions in San José durch die Chinesen in Brücke der Feindschaft oder zumindest in Brücke der Opportunisten umbenannt werden. Aber darüber grübelte Isabela nicht nach. Sie war angespannt und würdigte die herrliche Aussicht, die man eigentlich von der Brücke hätte, keines Blickes. Sie machte sich Sorgen um den Hengst. Sie schloss ihre Fenster und schaltete die Klimaanlage ein. Der Gestank nach Rauch wurde immer stärker.

Entweder wurde mal wieder Müll verbrannt oder ein Vollidiot setzte Teile seiner Felder in Brand.

Die sind so doof, dachte Isabela.

Dabei war es nicht unüblich, dass kleinere Waldbrände in der beliebten Touristenregion entstanden. Wer nachts mit dem Flugzeug über Costa Rica kreiste, eventuell sogar am internationalen Flughafen Juan Santamaria ankam, der konnte das Lichtermeer unter sich sehen. Welche Pyromantik spotteten die Zyniker. Pyromanen und Romantiker gab es leider zu viele in dieser trockenen Einöde.

Von oben sahen die Flammen wunderschön aus. Aber wer leibhaftig davorstand oder mit dem Auto hindurchfuhr, sah die grausame und übelriechende Realität. Es glich einem Inferno: Der Gestank nach Rauch und der Ruß waren nicht auszuhalten. *Ob die Feuer wirklich ihren Zweck erfüllen,* fragte sich Isabela in Gedanken. Sie fuhr zu schnell, aber abends war glücklicherweise nicht so viel los auf der Autobahn. Sie fühlte sich schrecklich und musste den sauren Brandgeruch aushalten. Auf ihrem Weg sah sie nur schwarz verbrannte Erde in der Dämmerung.

*****

Michael lief durch den Ort. Es war drückend heiß und die Luft stand förmlich in den engen Gassen und Straßen von Tamarindo. Er erreichte endlich den Strand und blickte auf die weitläufige Bucht des beliebten Ferienortes. Zu seiner Rechten konnte er den ganzen Playa Grande überblicken und freute sich über den beeindruckenden Ausblick. Das ehemalige Fischerdorf und sein vollgebauter Strand waren durch einen Fluss vom Nationalpark Marino Las Baulas getrennt. Zwei Mal im Jahr kamen Schildkröten hierher, um ihre Eier in den Sand zu legen. Wenn die kleinen Tierchen aus ihren Eiern schlüpften, besuchten Scharen von Natur- und Tierliebhabern die Strände in der Gegend. Die Costaricaner legten viel Wert auf den Erhalt der Artenvielfalt und das Umweltministerium verbot die weitere Bebauung des Playa Grande. So sollte garantiert werden, dass zukünftig die Baby-Schildkröten eine sichere Brutstätte hätten. Von offizieller Seite wurde das Areal und mehrere hundert Meter bis ins Inland zum Naturschutzgebiet erklärt. Die Pläne trugen sehr zur Freude von Umweltschützern und zum Unmut von einheimischen sowie ausländischen Investoren bei.

Michael gehörte zur ersten Gruppe und dachte: *Die Schöne und das Biest.* Playa Grande versus Tamarindo. Er blickte sich um und konnte dem Ferienort nichts abgewinnen. Der Ingenieur in ihm ging ein bisschen mit ihm durch und er befand den Ort für überdurchschnittlich hässlich. Überall hatten die Guanacastecos und Ausländer zu viel auf zu wenig Platz gebaut. Dabei war offensichtlich eine ganzheitliche Stadtplanung vergessen worden.

Warum war der Mensch so dumm und verschandelte diesen Teil der Bucht? Auf der anderen Seite des Flussufers sah er die Natur in ihrer vollen Pracht und Unberührtheit. Es gab Hotels, Restaurants, pompöse Villen und sogar einen Supermarkt in dem geschützten Gebiet. Aber sie wurden unter strengen Vorschriften und unter Einhaltung hoher Umweltstandards errichtet. Es war kein hässliches Dach zwischen dem der Trockenheit trotzendem, prächtigen Grün im Nationalpark zu sehen.

Nach seiner Erkundungstour saß Michael auf seiner Zimmerterrasse und schaute auf das strahlend blaue Meer. Es ging ihm richtig gut. Er atmete die frische Seeluft ein und schrieb etwas in sein Tagebuch: *Woher weiß ich, dass ich im Urlaub bin? Wenn ich abends sauer bin, dass ich meinen Schlafanzug nicht finde, weil ich ihn immer noch anhabe.*

Er schmunzelte und kritzelte weitere Notizen in das kleine Büchlein. Er plante die nächsten Tage und freute sich auf die berühmte Bootstour durch den Mangrovenwald. Er hatte schon viel Gutes davon gehört. Es sollten wilde Krokodile im Fluss leben. Er bekam eine Gänsehaut, als er sich die schuppigen Biester ausmalte. Bald wollte er auch unbedingt zum Strand Avellanas. Er hatte eine Menge über ihn in seinem Reiseführer gelesen und im Internet recherchiert: *Der beste Strand für ausgedehnte Surfsessions*, hieß es auf einer bekannten Webseite. Er war froh und klappte sein Tagebuch zu. Ihn plagte ein leichtes Hungergefühl und er machte sich auf Nahrungssuche. Das war nicht schwer in Tamarindo. Es gab nationale und internationale Küche in Hülle und Fülle.

Langsam ging er durch das Dorf. Es war einiges los. Einheimische und Touristen liefen kreuz und quer durch die Straßen und Gassen. An einer Ecke blieb er stehen und blickte in den azurblauen Himmel. Es war keine Wolke zu sehen. Es war ein wenig stickig, aber nicht unangenehm. Er fühlte sich wohl und atmete tief ein. Während er so vor sich hinträumte, belauschte er unfreiwillig ein paar Touristen in einem kleinen, typischen Restaurant an der Hauptstraße. Soda Buen Comer stand über dem Eingang. Die Gruppe, überwiegend Backpacker, wollte ihr Mittagessen bezahlen. Mehrere junge Landsleute aus Europa und den USA redeten ein Kauderwelsch aus Spanisch, Deutsch und Englisch.

„Ich mache das! Ich bestelle die Rechnung", rief ein blonder Junge. Er war gerade zwanzig Jahre alt und hatte sich nach dem Abitur auf den Weg nach Costa Rica gemacht, um Spanisch zu lernen und mit Freiwilligenarbeit etwas Gutes in der Welt zu tun. Michael konnte einen deutschen Akzent bei ihm ausmachen, während er mit zwei weiteren Landsleuten in der Gruppe redete.

Er räusperte sich, atmete noch mal tief ein und aus und sagte mit fester Stimme in Richtung des herbeieilenden Kellners: „La pregunta por favor."

Der Kellner blieb abrupt stehen und guckte den Abiturienten fragend an. Große und tiefe Falten bildeten sich auf der Stirn der Bedienung. Verunsichert schaute der Blonde zu seinen Freunden. Ein paar Sekunden herrschte Stille und dann prustete die Gruppe im Einklang los. Sie lachten schallend über den Fehler des vermeintlichen Sprachhelden. Er lief rot an und blickte verlegen zum Angestellten des Restaurants, der grinsend vor dem Esstisch stand.

„Mann, das heißt cuenta, du Loser! Cuenta ist die Rechnung. C – U – E – N – T – A", rief jemand dem Backpacker zu.

„Und du fragst nach der pregunta", machte sich ein anderer über das falsch gebrauchte Wort lustig.

Der Blonde murmelte vor sich, während er leicht mit der flachen Hand gegen seine Stirn schlug: „Stimmt. Pregunta heißt Frage."

Er musste selbst lachen, weil er so ernst und bestimmt gewesen war. *Wie das wohl aussah,* fragte er sich. Es muss an einen philosophischen Diskurs erinnert haben, als er dem Kellner ernst sagte: „Die Frage bitte!"

Michael konnte kein Deutsch, aber verstand alles auf Anhieb. Er schmunzelte und erinnerte sich an seine eigenen linguistischen Fauxpas´, die ihm im Laufe seines Lebens passiert waren.

*****

Isabela hatte die Verdauungsstörung des kranken Hengstes schnell diagnostiziert. Sie streifte sich den armlangen Handschuh ab und suchte in ihrer Medizintasche nach einem Weißdorn-Präparat. „Wo ist es denn?", sprach sie mit sich selbst. Mit ihrem Arm wischte sie sich eine Strähne aus dem Gesicht. Ihr Haar hatte sie zu einem Zopf zusammengebunden. Endlich hatte sie eine Schachtel mit dem Heilmittel gefunden und flößte ihrem tierischen Patienten die Medikamente ein. Sorgenvoll blickte sein stolzer Besitzer drein und plapperte ununterbrochen mit dem Stallburschen.

„Und wenn er stirbt? Wir brauchen ihn noch als Deckhengst. Was soll ich nur machen", klagte der Pferdebesitzer.

„Ganz ruhig. Er wird wieder gesund. Es hat nur eine leichte Kolik."

Isabela strahlte so viel Ruhe und Güte aus, dass sich die Gemüter aller Umstehenden beruhigten. Sie schaute zum Stallburschen: „Führ ihn langsam über den Hof, damit er etwas Bewegung hat. Ich bleibe besser noch bis Sonntag und schaue gleich morgen in der Früh nochmal vorbei. Aber es sollte jetzt gut sein."

Zufrieden streichelte sie den Hals des Hengstes. Dieser quittierte die Liebkosung mit zufriedenem Schnauben.

*****

„Das ist eure letzte Chance. Er muss jetzt in Guanacaste sein. Verbockt es nicht noch einmal. Ansonsten…", tönte die sehr ernste Stimme aus dem Handylautsprecher.

Die beiden grau angezogenen Männer standen an einer Raststätte und folgten den Ausführungen ihres Auftraggebers. Er musste den Satz nicht zu Ende sprechen. Sie waren sich über die möglichen Konsequenzen im Klaren und wollten auf keinen Fall wieder einen Fehler machen.

Nach dem Chaos in Manuel Antonio hatte der kleinere der beiden kläglich versucht, sich herauszureden und die Verantwortung den Wilderern im Nationalpark zuzuschieben. Aber seine haltlosen Schuldzuweisungen verschlimmerten die Wut ihres Auftraggebers. Er bedrohte sie und verlangte schleunigst Ergebnisse.

Das Gespräch war beendet. Die beiden US-Amerikaner standen schwitzend an der Interamericana und sahen sich müde an. Der Kleinere zog seinen schattenspendenden Hut tiefer ins Gesicht. Er hatte sich die Kopfbedeckung in Manuel Antonio gekauft. Für ein paar Minuten sagte niemand etwas. Sie fühlten sich elend und ausgelaugt. Scharenweise strömten Touristen an ihnen vorbei in das Restaurant und den angrenzenden Souvenirshop. Es kamen immer mehr Busse auf den Rasthof. Eine Gruppe von Studenten stand aufgeregt vor einem Baum. Zwei Aras saßen krächzend über ihnen auf einem Ast und mampften zufrieden. Das bunte Gefieder der Papageien strahlte in der Sonne und es sah fast so aus, als wenn sie die Aufmerksamkeit der Urlauber genossen. Sie posierten für unzählige Fotos und Selfies mit ihnen. Ungewöhnlicherweise zeigten sie keine Scheu und ließen in regelmäßigen Abständen ein zufriedenes Krächzen hören. Ihr größtes Hobby war Fressen.

Der große Scherge brach das Schweigen: „Ich habe Hunger. Sollen wir nicht etwas essen?"

Mit einem Nicken reagierte sein Partner auf die Frage und behäbig gingen sie der ausländischen Meute hinterher. Das rustikal eingerichtete Restaurant lud zum Verweilen ein. Schwere Holztische und -bänke standen für die Besucher bereit. Es roch verführerisch nach gebratenem Fleisch, das den anspruchsvollen Karnivoren das Wasser im Munde zusammenlaufen ließ.

Das Brummen des Handys zeugte von einer neuen Nachricht. Das mörderische Duo hatte weitere Hinweise erhalten, wo Michael sich aufhalten könnte. Es war ein Foto dabei, wie er vor dem Meer stand und glücklich in die Handykamera lächelte. Tamarindo, stand unter dem Bild.

„Am liebsten würde ich ihm alle Zähne ausschlagen. Nochmal kommst du nicht davon, Rodriguez", mit ernster Miene sprach der Kleinere zu seinem Partner.

Sie aßen ein Reis-Bohnen-Gemisch und frittierte Kochbananen, auch Patacones genannt. Hastig schluckte der Größere sein Gekautes herunter.

„Genau," erwiderte er augenzwinkernd. Er war sich der Wichtigkeit des Auftrages bewusst. Jedoch schmeckte ihm sein Essen so außergewöhnlich gut, dass ihm Michael in diesem Moment völlig egal war. Er nahm einen großen Schluck von seinem frischen Ananassaft und schmatzte zufrieden.

Die beiden lächelten und ihre Müdigkeit war wie verflogen. Sie wussten endlich wieder, wo sie ihre Zielperson ausfindig machen konnten.

Tag 09 Meer macht Tränen unsichtbar

Maria hatte Thomas das Herz gebrochen. Er fühlte sich elend, ausgelaugt und leer. Sie war doch seine große Liebe. Er hatte mehrmals versucht, sie anzurufen. Aber sie hatte ihn ignoriert und in den sozialen Netzwerken blockiert. Jeder Kontakt wurde abgebrochen. Es war aus und vorbei.

Während er so dasaß, spielte der Radiomoderator ein trauriges Lied. Er kannte den Text. Er hörte „Piano Man" von Billy Joel. Er blickte auf das Meer und das Plätschern der Wellen stimmte ihn nachdenklich. Der Liedtext untermalte seine Trauer. Es gab kein Halten mehr, Thomas brach in Tränen aus.

Seit gestern heulte er fast ununterbrochen. Seine Körperpflege ließ nach der gemeinen und abscheulichen Tat zu wünschen übrig. Er hatte immer noch dieselben verschwitzten und verstaubten Klamotten vom Vortag, seinem persönlichen Armageddon, an. Er durchlebte noch einmal die schrecklichen Minuten der Attacke seiner vermeintlichen neuen Familie. Dicke Tränen kullerten seine Wangen entlang, bahnten sich ihren Weg bis zum Kinn und fielen lautlos zu Boden. Sie hinterließen feuchte Spuren im Sand. Thomas wusste weder ein noch aus. *Was habe ich falsch gemacht*, ging es ihm durch den Kopf. Er war sich so sicher, die Frau für sein Leben gefunden zu haben. Er dachte an ihre Zeit in Berlin. Die letzten Monate waren sehr intensiv gewesen. Auch die letzten Tage kamen ihm unwirklich vor. Auf ihrer Reise durch Costa Rica hatten sie so viel Spaß miteinander gehabt. Sie hatten sich stürmisch geliebt und herzlich miteinander gelacht. Er hatte sich so auf die gemeinsame Zukunft gefreut. Des Öfteren hatte er an eine romantische Hochzeit am Strand gedacht.

Nun war es endgültig vorbei. *Aus und vorbei*, gab er in Gedanken ungläubig zu. Es blieben ihm nur noch die schönen Erinnerungen. Das Geld war ihm egal, die Surfschule war ihm egal und Costa Rica war ihm auch egal. Er wollte seine Freundin bei sich haben, sie küssen und ihr Lächeln noch mal sehen. Er fasste sich an die Stirn. Er spürte die Schwellung an der Schläfe und der Schorf auf seiner aufgeplatzten Lippe fühlte sich rau an. Der Geschmack von Blut erregte seine Geschmacksknospen. Sein rechtes Auge war auch angeschwollen und hatte eine dunkle Farbe angenommen. Es passte zu seiner Situation. Er war im wahrsten Sinne des Wortes geschlagen und wollte nur noch weiterheulen.

Plötzlich sprach ihn jemand an. Er hob seinen lädierten Kopf und hoffte auf etwas Zuspruch. Vielleicht ein paar warme

Worte eines Touristen, die ihm etwas Aufmunterung versprachen. Er wollte unbedingt sein Leid mit jemandem teilen.

„Do you want?"

Eine dunkelhäutige Einheimische stand mit selbstgemachten, bunten Tongefäßen vor ihm und bot sie ihm an. Sie interessierte sich nicht für den Gemütszustand ihres potenziellen Käufers. Sie wollte nur schnell ein paar Colones verdienen. Thomas guckte sie nur traurig an und schüttelte langsam den Kopf. Die fliegende Händlerin trollte sich und eilte zu einer Gruppe übergewichtiger Strandbesucher.

Thomas seufzte und stand auf. Die leichte Brise wehte ihm ins zerknirschte Gesicht. Das Häufchen Elend in Menschengestalt passte nicht so recht ins Bild der Touristenhochburg am Pazifik. Die schattenspendenden Palmen boten reichlich Platz für Urlauber aus der ganzen Welt. Nicht eine Wolke schmückte den Himmel über dem Blondschopf. In übertriebener Perfektion herrlicher Primärfarben wurden der knallig gelbe Strand und das schillernde Blau der Wellen von seinen geröteten Augen ergänzt. Sie waren noch ganz feucht. Der Deutsche lief langsam die letzten Meter zum Wasser. Die Wellen umspülten seine Fußknöchel. Er lief einfach weiter, ohne sich seiner Kleidung zu entledigen. Es war ihm egal, dass er nass wurde. Sein Leben war vorbei. Eine Frau wie Maria würde er nicht noch einmal finden. Sein Erspartes war weg, gestohlen und somit endete sein Traum hier und jetzt. Es war ein einziger Albtraum und Thomas wollte einfach nur aufwachen. Aber es ging nicht. Die nackte, harte Realität hatte ihn eingeholt.

Er schwamm in voller Montur, sein T-Shirt wabbelte im Rhythmus der Wellen und seine kurze Jeanshose schmiegte sich feucht an seine Haut. Er tauchte unter. Am liebsten wäre er nie wieder aufgetaucht.

Kann ein Mensch sich so umbringen, fragte er sich. Er sah schon die Schlagzeile vor sich*: Deutscher Tourist im Meer ertrunken*. Neben leicht bekleideten Mädchen und belanglosen Nachrichten schaffte er es bestimmt auf Seite eins in den Boulevardblättern.

Hoffentlich schrieben sie auch, dass seine Exfreundin schuld an seinem Tod war. Der Gedanke war weder Genugtuung noch Balsam für seine geschundene Seele. Thomas schrie laut unter Wasser und ließ seinem Schmerz freien Lauf. Das gurgelnde Geräusch vermischte sich mit dem Rauschen der Wellen. Er tauchte auf und schnappte begierig nach Luft. Er sah sich um. Das Meer war ruhig. Er wollte langsam zum Ufer schwimmen, als eine graue Masse etwa hundert Meter von ihm entfernt seine Aufmerksamkeit erregte. Er war sich nicht sicher, was da vor ihm schwamm. Die Tränen und das Salzwasser trübten ihm die Sicht. *Wahrscheinlich war es nur ein Baumstamm.* Plötzlich meinte er eine graue Flosse zu erkennen, die direkt auf ihn zu kam. Er nahm das Schlimmste an. Es konnte sich nur um einen Hai handeln. Jetzt war es doch vorbei. Sein Wunsch ging in Erfüllung. Er würde hier und jetzt sterben.

Die Schlagzeile musste dann wohl eher lauten: *Deutscher Urlauber von mörderischem Raubfisch gefressen*. Er unternahm keinen Versuch davonzuschwimmen. Er wollte sich einfach nur seinem Schicksal hingeben. *Danke, lieber Gott*, waren die letzten Worte in seinem Kopf. Er schloss die Augen und wartete auf die Attacke. Er spürte, wie das ein Meter fünfzig große Wassertier an ihm vorbeischwamm. Panik stieg in ihm hoch. Er schwamm eisern auf der Stelle und wagte nicht nachzusehen, was sich ihm da genähert hatte. Für eine Minute geschah nichts und die Warterei kam dem blonden Deutschen endlos vor. Er öffnete die Augen und sah direkt vor sich den Meeresbewohner auftauchen. Fassungslos und mit weit geöffnetem Mund konnte Thomas nicht glauben, was er sah.

Das Wassertier stupste ihn mit seiner langen, grauen Schnauze an und gab klickende, grunzende Töne von sich. Es war ein Delfin.

Thomas´ Leben sollte noch nicht enden. Er musste lachen. Sein Gelächter schallte bis zum Strand, wo mittlerweile ein Grüppchen aufgeregt grölend Fotos und Selfies von dem angenehmen Besuch schoss. Anerkennend warfen sie ihm Grüße und Sprüche zu, was für ein Glück er doch habe. Sie hielten ihn für etwas verrückt, da er mit seinen Anziehsachen im Meer schwamm. Aber das war egal. Delfine tummelten sich selten in der Badebucht vor Tamarindo, da die Menschenmassen mit ihren Surfbrettern, Wasserspielgeräten und Segelbooten viel zu viel Stress für die ursprünglichen Bewohner des Ozeans bedeuteten. Thomas wollte noch traurig sein, aber es ging nicht mehr. Er schwamm etwas benommen zurück zum Ufer. Sein neuer, grauer Freund war weitergezogen und sprang glucksend zwischen ein paar Jachten aus dem Wasser, um dann schnurstracks zu verschwinden.

Der Auswanderer hatte wieder Sand unter den Füßen. Er fühlte sich schlapp und legte sich bäuchlings in den Sand: Wie ein Schiffbrüchiger auf einer einsamen Insel. Mit geschlossenen Augen vegetierte er vor sich hin. Er schmeckte immer noch das Salzwasser auf seinen Lippen.

Eine Stimme störte seine Ruhe. „Alles in Ordnung? Brauchst du Hilfe?"

Will mir schon wieder jemand etwas andrehen?, war seine stille Reaktion.

Blinzelnd richtete er sich auf. Er musste sich erst wieder an die Helligkeit gewöhnen. Wenn er sich nicht irrte, hatte er einen texanischen Akzent herausgehört. Ein dunkler, lockiger Typ stand vor ihm und streckte seine Hand aus. Er wollte danach greifen, ließ aber davon ab.

„Mir ist nicht mehr zu helfen", seufzte er und ließ sich wieder in den Sand fallen.

*****

„Ja, Don Manuel. Kein Problem. Das mache ich doch gerne für Sie."

Der Mitarbeiter der costaricanischen Umweltbehörde legte auf. Er hatte seinen Urlaub unterbrochen, da der hochrangige Manager vom HICE ihn um einen Gefallen gebeten hatte. Normalerweise wurde in den zwei Wochen um den Jahreswechsel nicht gearbeitet. Aber in diesem Fall musste der Angestellte der Umweltbehörde der Bitte seines Bekannten nachgeben. Er war es ihm schuldig. Ganz allein saß er im Büro vor seinem Rechner und klickte sich durch die abgespeicherten Ordner. Etwas nervös zuppelte er an seinem roten Armbändchen, das von einem All-Inclusive-Hotel am Playa de Coco stammte. Sobald er hier fertig war, wollte er wieder zurück an den Strand und die letzten freien Tage mit seiner Familie genießen. Rasch fand er, was er suchte. Neben ihm lag ein Stapel Akten, den er eigenhändig vor ein paar Monaten ausgedruckt hatte. Ein Exemplar war an Lindsay Logan von der G&WE gegangen. Die Kopie hatte er sorgfältig abgelegt und die digitale Ursprungsdatei vor sich auf dem Bildschirm geöffnet. Er verglich die Version mit den Papieren auf dem Schreibtisch. Behände tippte er auf der Tastatur und änderte ein paar Sätze und Wörter. Er murmelte den Text vor sich hin: „...die Indianer würden ihr heiliges Land für immer verlieren. Die Tierwelt würde erheblichen Schaden erleiden."

Zwei Handgriffe später waren die Sätze gelöscht. Aus *sehr bedenklich* formte er eifrig *unbedenklich*. *Nicht zu empfehlen* veränderte er zu *wärmstens zu empfehlen*.

Im Nebenraum saß ein Wachmann nichtsahnend und schaute fern. Das Gerät war etwas zu laut eingestellt. Gespannt starrte er auf den Flachbildschirm an der Wand. Das spanische Gebabbel war kaum zu verstehen, da sich die Interviewpartner sehr aufregten. Der Fernsehmoderator von Kanal sieben, dem größten Fernsehsender des Landes, war redlich bemüht, sein Gegenüber zu beruhigen.

"Estos Hijos de...", meckerte der Einheimische lautstark. Er war sauer auf die Taxifahrer, die mal wieder eine Demonstration veranstaltet hatten. Die Fernsehbilder zeigten Autoschlangen über dutzende von Kilometern auf einer der meist befahrenen Straßen in Costa Rica: Die Autobahn 32. Nicht nur der Ausbau des wichtigsten Handelsweges zwischen Limón, der Hafenstadt auf der Karibischen Seite, und San José, sondern auch diese unnötige Straßensperre verlangsamten den Verkehrsfluss auf ein Minimum bis hin zum erdrückenden Stillstand. Und vorneweg fuhren ungefähr drei Dutzend Taxis im Schritttempo. Wie Lava aus einem aktiven Vulkan kroch die rote Blechlawine vor den Pendlern, LKW-Fahrern, Reisebussen mit vielen Touristen, aber zum größten Teil Einheimischen vor sich hin. Niemand kam vorbei. Alle waren in mehrstündigen Staus ohne Zugang zu Wasser und Getränken gefangen. Die Taxifahrer hatten die volle Aufmerksamkeit. Ihr Anliegen galt dem Transportriesen Uber. Mit aller Macht drängte der US-Konzern in den costaricanischen Markt und sein Erfolg sprach Bände. Zu Recht, wie viele meinten. Der klassische Fahrtservice der Roten hatte ausgedient. Allzu oft hagelte es Beschwerden über rauchende Taxifahrer, die auch noch dreist längere, unnötige Fahrstrecken in ihren unbequemen und schmutzigen Vehikeln durchgeführt hatten.

Jetzt war ihre Existenz einer realen Bedrohung ausgesetzt. Uber eroberte den Markt in rasender Geschwindigkeit und die

Regierung tat fast nichts dagegen. Die Regulierung hinkte dem technischen Fortschritt einfach hinterher.

Der Sicherheitsmann lauschte aufmerksam den Ausführungen. Aber die Fernsehbilder sprachen Bände: weinende Kinder, wütende Fahrzeugführer und verständnislose Busgäste manifestierten ihren Unmut über die Taxifahrer, die Schuld hatten am zu langen und völlig nutzlosen Ausharren im Stau. Der Reporter interviewte gerade zwei US-amerikanische Touristen. Der Bericht lief live im TV.

"What does *hijos de puta* mean?", fragte ein dicker Mann im Hawaiihemd ruhig ins Mikrofon. Der Fernsehmitarbeiter winkte nur ab, schüttelte mit dem Kopf und musste grinsen.

Der andere Ami sagte nur etwas gleichmütig: "Why don´t you create your own Costa Rican app for taxis?"

Der Journalist übersetzte etwas holprig auf Spanisch und musste über die Arroganz schmunzeln. Aber er fand die Idee nicht so schlecht.

Der uniformierte Zuschauer nahm einen großen Schluck Kaffee aus seiner Tasse, als es an seiner Tür klopfte. Der arbeitende Urlauber hatte sein Werk vollbracht und drückte seinem Kollegen eine Tüte mit Papierschnipseln in die Hand.

„Bitte vernichten."

Der Wachmann nickte nur.

Der Sachbearbeiter zog sein Handy aus der Tasche und schrieb eine kurze SMS an seinen Auftraggeber. Er hatte eine frisch gedruckte Version seiner Arbeit in der Hand, die er gleich ablegen wollte. Eine weitere wollte er sofort per Kurier in die USA schicken. Auf der Vorderseite des Pamphlets prangte in großen Lettern: UMWELTBERICHT STAUDAMM DIQUÍS.

*****

Der kühle, nasse Köder funktionierte. Michael hatte Thomas eine große Flasche Wasser in Reichweite gestellt. Nach etwa zwanzig Minuten lockte die Erfrischung den Gestrandeten aus seiner Lethargie. Gierig nahm er einen großen Schluck und guckte verklärt über den Strand. Sandreste klebten überall an Thomas' Körper und in seinem Gesicht. Er schüttete sich einen Schwall Wasser über seinen Kopf und langsam wurde ihm klar, wie lächerlich er sich gemacht hatte.

„Alles klar? Geht es dir besser?", tönte eine englische Stimme aus dem Schatten vor ihm.

Thomas schaute Michael direkt an. Etwas verlegen antwortete er: „Ja, danke."

Michael deutete auf den Platz neben sich. Der Texaner lehnte gemütlich an einem alten Baumstamm, den das Meer bei Flut angetrieben hatte.

„Magst du dich setzen?"

Thomas wollte die Einladung ablehnen, aber er zuckte nur mit den Schultern und setzte sich zu dem dunklen Lockenkopf. Er nahm einen weiteren Schluck aus der Flasche und atmete lang ein und aus.

„Ich heiße Michael."

„Thomas."

Sie wollten sich die Hand geben, aber Thomas' Hand war immer noch voller Sand und sie ließen es bleiben.

„Danke für das Wasser."

„Gern."

Die beiden Männer starrten auf das Meer. Die See war ruhig und es gab kaum Wellen an der Bucht von Tamarindo. Touristen und Einheimische spazierten vor ihnen hin und her. Sie sagten nichts und guckten einfach nur in die Ferne. Weitere fliegende Händler störten ihre Zweisamkeit. Dieses Mal boten sie ihnen entweder kleine, hölzerne Flöten in Vogelform oder billige Keramikschalen an. Sie lehnten jedes Mal dankend ab.

Ein Guanacasteco mit Rastazöpfen näherte sich ihnen. „Do you want a blow? Kokain?"

Verpiss dich, dachte Thomas. Aber er lächelte nur und signalisierte, dass er kein Interesse an dem weißen Pulver hätte. Michael schüttelte nur stumm den Kopf.

Thomas trank nach und nach die Flasche leer. Er war völlig ausgetrocknet und hatte es nicht gemerkt. Seit Maria und ihre Brüder ihn so zugerichtet hatten, hatte er nichts mehr gegessen und getrunken. Sein Magen meldete sich grummelnd und verlangte nach Nahrung.

„Komm, da vorne gibt es ein leckeres Ceviche", antwortete Michael auf das Magenknurren. Mit einer freundlichen Geste deutete er zu den Restaurants, die direkt am Strand lagen.

„Ich habe kein Geld dabei", sagte Thomas trocken.

Michael lächelte nur und sagte: „Ich lade dich ein."

Thomas war alles egal. Er ging einfach mit. Es war ihm unangenehm, doch er vertraute dem US-Amerikaner. Irgendwie komisch, aber seine warme, herzliche Art tat ihm gerade richtig gut.

Der Fisch-Krabben-Cocktail war genau das Richtige für die beiden. Michael bestellte noch zwei kühle Imperial-Biere dazu. Barfuß saßen sie auf bunten Holzstühlen und genossen den herrlichen Ausblick. Die gelbrote Scheibe näherte sich rasch dem Horizont und versprach einen spektakulären Sonnenuntergang direkt über dem Meer. Es wehte wie immer eine leichte Brise und der Strand füllte sich langsam mit immer mehr Schaulustigen. So fühlte sich richtiger Urlaub an.

Nicht für Thomas: Er fing wieder an zu weinen. Die romantische Stimmung erinnerte ihn an seinen Herzschmerz. Ein paar

Tränen flossen an seinen Wangen herunter und tropften auf den Boden.

„Was bin ich nur für ein Weichei?", fragte er sich leise und trocknete seine Tränen mit einer Serviette ab.

Michael tat so, als wenn er nichts mitbekam. Er wollte seine Begleitung nicht noch mehr in Verlegenheit bringen. Nach etwa zehn Minuten verschwand der hellste Stern unseres Sonnensystems unterm Horizont. Tausende Fotos beurkundeten, wie sich das Meer und der Himmel rosarot färbten. Die zahllosen Reiseführer für Costa Rica behielten Recht: Die Provinz Guanacaste ist über ihre Grenzen hinaus berühmt und *the place to be*, um die einzigartige Abendröte zu erleben. Die goldene Stunde ließ ihre Betrachter innehalten. Wenn die Dunkelheit den Tag besiegte und das Flammenmeer ein Juchzen durch die Adern schickte, waren alle Menschen gleich erfreut und hatten ein Lächeln auf ihren Gesichtern. Die Stille konnte so kraftvoll sein.

Michael bestellte noch zwei Flaschen kaltes Bier und fragte vorsichtig seinen Sitznachbarn:

„Magst du drüber reden?"

Thomas wiegelte ab. Ihm war nicht nach Reden zumute. Michael zeigte Verständnis und belästigte ihn nicht weiter. Als die kühlen, alkoholischen Getränke kamen, änderte Thomas seine Meinung und es brach ein Redeschwall aus ihm heraus. Es war ihm egal, was Michael von ihm dachte. Er hatte nachgefragt, also bekam er eine Antwort.

Sehr ausführlich beschrieb der Deutsche seinem Gegenüber die aktuelle Lage, seine Pläne und wie die Reise bisher verlaufen war. Er erzählte ihm von Berlin und seiner Wohnung, die er aufgegeben hatte. Ein breites Grinsen machte sich auf seinem Gesicht breit, als er von der Surfschule und dem Café berichtete. Michael hörte ihm geduldig zu. Die Nacht brach langsam über ihnen herein und die vielen Sterne am Himmel bildeten eine großartige Bilderbuch-Kulisse für Astronomie-Liebhaber.

Als Thomas am Ende der Geschichte ankam, musste er schluchzen. Er beschrieb jede Kleinigkeit des hinterhältigen Raubes. Er war fertig und trank einen Schluck schal gewordenes Bier. Erwartungsvoll schaute er Michael an.

„Weißt du, mein alter Herr pflegte immer zu sagen: Wer braucht schon Frauen?"

Der Lockenkopf machte eine Pause und nahm einen großen Schluck aus der Flasche. Er sah aus wie ein Philosoph. Seine zerzausten Haare und diese kunstvolle Pause trugen dazu bei. Der Alkohol bahnte sich seinen Weg die Speiseröhre herunter. Michael sprach endlich weiter:

„…Kolumbus hat sein Eheweib auch nicht auf seine Reise mitgenommen, als er Amerika entdeckte. Darum brauchst du Maria für die Umsetzung deiner Träume auch nicht."

Er setzte sein Getränk ab und schaute zu Thomas. Der Deutsche hatte seinen Blick abgewandt. Im Hintergrund funkelten unzählige Sterne. Er drehte sich zu Michael und prustete los. Etwas Bier lief sein Kinn herunter. Er konnte es nicht bei sich behalten vor Lachen. Michaels Miene war erst verwirrt, aber schlagartig bekam auch er einen Lachanfall.

„Was ist das denn für eine Machoscheiße", entgegnete Thomas kichernd.

„Ja, du hast vermutlich Recht", erwiderte der Texaner grinsend.

Sie bestellten noch eine Runde Gerstensaft und guckten zufrieden in den Himmel. Thomas dachte an Maria. Er bekam eine Gänsehaut, als er an ihr schönes Gesicht und die langen dunklen Haare dachte. Er war ihr immer noch verfallen. Es kam ihm unpassend vor nach allem, was passiert war. Doch er konnte seine Liebe nicht einfach per Knopfdruck ausschalten. Er dachte nach: *Irgendwie hat Michael schon Recht*. Er sollte sich nicht so leicht geschlagen geben, um seinen Traum zu verwirklichen. Er hatte immerhin die Surfbretter und die teure Espressomaschine schon angezahlt. Ihm war noch nicht bewusst, dass er dabei auch einem Betrug aufgesessen war. Er war etwas ratlos, wie es weitergehen sollte. Aber der Alkohol und das Gespräch mit Michael taten ihm gut. Er blickte durch seine geschundenen Augen mit leichter Zuversicht in die Zukunft.

Er bedankte sich, dass sein neu gewonnener Freund ihm so ruhig zugehört hatte. Er seufzte und fragte: „Und du? Warum hat es dich nach Costa Rica verschlagen?"

„Das ist eine lange Geschichte."

Tag 10 Sprung ins warme Wasser

Als Thomas erwachte, hatte er etwas Kopfschmerzen. Er wusste nicht, wie spät es war. Aber es war noch sehr früh. Er lag einsam in seinem Hotelzimmer. Immerhin hatte Maria nur ihre Sachen geholt und seine unangetastet gelassen. Sie hatte ihm keine Abschiedsnotiz geschrieben. Sie war einfach abgehauen und hatte ihn in Tamarindo zurückgelassen.

Das Gespräch mit Michael hatte gutgetan und Thomas wollte sich nun auf das Wesentliche konzentrieren. Er hatte das Hotel für mehrere Tage im Voraus bezahlt und das wollte er zumindest noch genießen. Den Mietwagen hatte er auch noch.

Wobei er keine Idee hatte, wo er hinfahren sollte. Resigniert lag er für ein paar Stunden einfach nur da und starrte an die Zimmerdecke.

Warum bin ich Idiot nicht selbst mit dem Auto zur Bank gefahren? Hätten sie mich dann nicht ausgeraubt, fragte er sich immer und immer wieder. Aber das hätte nichts an seiner Misere geändert. Es wäre nur eine Frage der Zeit gewesen, bis er seiner betrügerischen Freundin zum Opfer gefallen wäre. Thomas war traurig. Er schluchzte und rieb sich ein paar Tränen aus den verschlafenen Augen. Später wollte er seine Eltern anrufen und ihnen von der abrupten Wendung erzählen. Doch das hätte nur unnötige Aufregung bedeutet. Das Geld war weg, sein Traum war geplatzt. Es spielte ernsthaft mit dem Gedanken, nächste Woche nach Deutschland zurückzufliegen. Was sollte er noch in Costa Rica machen? Hier hatte er nichts mehr verloren. Zuhause konnte er dann immer noch ausführlich beschreiben, was los war. Thomas dachte nach: *Soll ich zur Polizei gehen? Aber was sollen die schon machen?* Seine Stirn lag in Falten und die Kopfschmerzen wurden schlimmer. *Wer war schon so doof und ließ sich 25.000 Dollar einfach so abnehmen*, fragte er sich kopfschüttelnd. Er würde trotzdem zur Polizei gehen. Der Fall musste registriert werden.

Seine Zweifel zermarterten sein Gehirn. Als plötzlich sein Handy klingelte. Freudig nahm er es auf und hoffte, dass sich Maria bei ihm meldete.

Es war Michael. Sie hatten gestern Telefonnummern ausgetauscht und sich für heute verabredet. Seufzend und enttäuscht nahm der Blonde den Anruf entgegen.

„Hey! Alles gut bei dir?"

„Ja, etwas Kopfschmerzen."

„Ich war schon in der Apotheke und habe mir ein paar Aspirin gekauft. Magst du auch eine?"

Thomas dachte nach und antworte langsam: „Ja, das kann nicht schaden."

„Pass auf. Ich frühstücke noch schnell und hole dich dann ab. Okay?"

„Gut. Ich bin hier. Du weißt wo, richtig?"

„Ja. Bis gleich."

Sie legten auf und Thomas starrte an die Zimmerdecke. Er zwang sich, nicht wieder in Tränen auszubrechen und stand auf. Er ging zum Kühlschrank und trank ein großes Glas Orangensaft. Er merkte langsam, wie die Lebensgeister zurückkehrten. Der kalte Saft prickelte an seinem Gaumen. Gespannt sah er auf sein Handy: Keine Nachrichten von seiner Freundin.

„Mann, das kann doch nicht wahr sein. Warum meldet sie sich nicht?", murmelte er resigniert.

Er war verzweifelt. *Gibt es wirklich keine Zukunft mehr für uns*, ging es ihm durch den Kopf. Sein Gesicht verzerrte sich vor Schmerzen. Er kannte sich so gar nicht. *Liebeskummer tut mehr weh als ein Bauchnabelbruch oder ein Tritt in die Eier*, dachte er. Er hatte noch nie wegen einer Frau gelitten. Es war das erste Mal für ihn und die seelischen Schmerzen machten ihn verrückt. Er hatte eine Idee. Entschlossen nahm er den Telefonapparat, der neben seinem Bett stand. Er wählte Marias Nummer. Es klingelte und Thomas wartete gespannt.

„Hallo?"

Er hatte es geschafft. Sie antwortete. Sein Herz schlug Kapriolen. Er wollte etwas sagen, aber es kam kein Wort über seine Lippen.

„Hallo? Wer ist da?"

Tränen schossen Thomas ins Gesicht. Er war gelähmt. Er durchlebte die Szene mit ihren Brüdern nochmal im Schnelldurchlauf. Er konnte sich nicht mehr bewegen und saß da wie versteinert. Er öffnete den Mund, aber kein Laut war zu hören. Er hielt die Luft an.

„Thomas? Bist du das?", fragte Maria müde und genervt.

Thomas legte auf. Er sackte in sich zusammen und kauerte sich in Fötusstellung auf sein Bett. Er konnte einen Schrei vor Schmerzen unterdrücken, fing aber jämmerlich an zu schluchzen. Er hatte alles verloren. Er wollte nur ein guter Freund und Partner sein. Jetzt wurde es ihm erst richtig deutlich, dass er es nicht mehr sein konnte. Er wollte eine gemeinsame Zukunft. Die gab es nun auch nicht mehr. Ein flüchtiger Suizidgedanke kam ihm in den Sinn.

Das Telefon auf dem Nachttisch klingelte. Thomas brauchte einen Moment, um zu verstehen, dass er angerufen wurde. Hastig nahm er den Hörer ab: „Maria?"

„Nein, leider nicht. Hier ist Michael", sagte der Texaner ruhig, aber verwirrt. Für ein paar Sekunden sagte keiner ein Wort. Michael brach das Schweigen: „Soll ich hochkommen oder kommst du runter?"

Enttäuscht ließ Thomas den Hörer sinken. Er wollte niemanden sehen. Mit allerletzter Kraft antwortete er: „Ich glaube, ich bleibe besser hier."

Er legte auf und schloss die Augen. Der Suizidgedanke wurde konkreter. „Habe ich das nicht schon hinter mir?", fragte er sich selbst flüsternd. *Vielleicht kann ich von einer Brücke springen*, dachte er.

Es klopfte an der Zimmertür.

*****

Lindsay öffnete nur mit einem Morgenmantel bekleidet die Tür ihres Appartements. Der gut gelaunte Postbote brachte ihr

einen wichtig aussehenden Umschlag. Auf ihm standen in großen Lettern *importante* und *urgente*.

„Na, haben wir noch verspätete Neujahrsgrüße erhalten?",
scherzte der Kurier.

Lindsay schüttelte den Kopf und sagte schroff: „Danke."

Sie unterschrieb schnell die Empfangsbestätigung und
schloss hastig die Tür. Sie öffnete noch im Stehen die große,
schwere Sendung aus Costa Rica. Konzentriert blätterte sie die
Seiten durch. Ihr Spanisch war nicht perfekt, aber reichte aus,
um die gemachten Änderungen zu verstehen. Sie lächelte zufrieden.

Erleichtert nahm sie ihr Telefon in die Hand, um eine Nachricht an John zu senden: *Manuel hat Wort gehalten. Es ist alles erledigt.*

*****

Sie wuchteten die beiden Surfbretter auf das Dach des Mietwagens und brausten los. Die Sonne stand schon sehr hoch am
Himmel und es war heiß. Die Vorfreude stand dem deutsch-
amerikanischen Duo ins Gesicht geschrieben. Sie wollten zum
Strand Avellanas etwa eine Viertelstunde von Tamarindo entfernt. Die Wind- und Wetterverhältnisse waren perfekt und
versprachen exzellente Bedingungen zum Wellenreiten. Michael hatte seine ganze Überzeugungskraft spielen lassen und
Thomas dazu gebracht, mit ihm surfen zu gehen. Er wollte natürlich nicht, aber der Texaner wusste, dass er seinen Liebeskummer am besten vom Meer wegwaschen lassen konnte. Michael sah auf seine Uhr: Es war kurz nach halb neun Uhr
morgens und es herrschte geschäftiges Treiben auf den Straßen
und in den Gassen von Tamarindo. Ein alter Mann schob einen

Handkarren vor sich her und klingelte laut mit einer Glocke. Immerzu rief er „Patí, Patí, Patí! Bien rico!"

„Was ist das denn?", fragte Michael.

„So eine komische Teigtasche mit Fleisch, Kräutern und scharfem Pfeffer. Eigentlich kommt das aus der Karibik. Komisch, dass er das hier anbietet."

Michael wollte probieren, aber Thomas brachte ihn davon ab.

„Du hast doch gerade erst gefrühstückt."

Das Frühstück war für den Deutschen eher karg ausgefallen. Es war ihm noch zu früh gewesen und er hatte einfach nichts essen können. Der Plan war, nach ausgiebiger, sportlicher Betätigung ihre Mägen zu füllen. Langsam fuhren sie durch das Dorf und kamen Stück für Stück ihrem Ziel näher.

„Also, wir haben gute vier Stunden Zeit. Die Flut hat ihren Höhepunkt so gegen 11 Uhr. Wir kommen genau richtig", erklärte Thomas seinem Beifahrer. Michael hatte ganze Überzeugungsarbeit leisten müssen, damit Thomas sich aus seinem Depressionsgefängnis befreien ließ. Mit Erfolg, wie sich noch zeigen sollte.

Die Ablenkung konnte der Deutsche gut gebrauchen. Endlich konnte er sich wieder auf sein geliebtes Hobby konzentrieren. Er tastete sein Gesicht ab und fühlte die Wunden. Aber das war ihm gerade egal. Meer und Wellenreiten waren genau das Richtige für ihn. Er sah schrecklich aus, lächelte aber den Umständen entsprechend.

Michael nickte wohlwollend und konnte es auch kaum erwarten, endlich auf dem Brett zu stehen. Er war gespannt, was der Strand und vor allem die Wellen zu bieten hatten. Immer wieder hörte er von eingefleischten Surfern, dass der Strand Avellanas zu den besten Surfspots gehörte. Die Line-ups waren sehr sauber. Es war für die Wassersportler einfach, die

Bruchkanten der Wellen im Meer zu sehen. Dementsprechend waren Michaels Erwartungen sehr hoch. Viel Spaß schien vorprogrammiert zu sein und der Ingenieur lächelte breit über sein ganzes Gesicht.

„Da sind wir endlich! Las Olas. Hier können wir parken und danach frühstücken."

Thomas konnte sich nicht mehr genau erinnern, wann er zum letzten Mal hier gewesen war. Es musste während seiner Praktikumszeit in Costa Rica gewesen sein. Viel hatte sich nicht verändert und das war auch gut so. Immerhin hatte die Gemeinde die Straße geteert und der Weg nach Avellanas war nicht mehr ganz so holprig. Mit geübten Griffen luden die beiden Surfer ihre Ladung ab und machten sich bereit.

„Hier."

Thomas hielt Michael Sonnenschutz hin.

Der Texaner nahm die Packung und fragte ungläubig: „Das ist doch für Babys?"

„Ja, meine Haut kann das ruhig vertragen. Ich bin froh, dass ich überhaupt Lichtschutzfaktor hundert bekommen habe."

„Das brauche ich nicht."

Michael legte die Tube weg und nahm sein Surfboard. Thomas streifte sich noch Schutzkleidung über seinen Oberkörper und folgte seinem Freund. Barfuß liefen sie über den langen Holzsteg, der vom Restaurant durch den Mangrovenwald direkt bis an den Strand führte.

Gruselig, ging es Michael durch den Kopf. Die komplette Vegetation war abgestorben und fauliger Geruch lag in der Luft.

„Das sieht hier aus wie in einem schlechten Horrorfilm", bemerkte Thomas.

Er neckte seinen Kumpanen: „Du hast wohl Schiss?"

„Quatsch! Warum?"

Thomas schubste Michael leicht zur Kante des Stegs. Ein paar Holzbretter waren morsch und löcherig. Beinahe verlor er das Gleichgewicht, konnte sich aber noch im letzten Moment halten. Sie lachten laut und liefen weiter zum Strand.

Die Mangroven sahen heruntergekommen aus. Ein Erdbeben hatte vor ein paar Jahren für eine so starke Erschütterung gesorgt, dass Berge von Sand den Zu- und Ablauf des Meerwassers während der Gezeiten verhinderten. Das Salzwasser wurde brach und verwandelte das Grün in einen stinkenden Sumpf. Viele Bäume starben ab und erholten sich nur schwer von den neuen Bedingungen. Nach Sonnenuntergang sorgte die Schreckenskulisse für Gänsehaut bei den Einheimischen und Besuchern des Strandes.

Als sie ihre nackten Füße auf den hellen Sand setzten und vor dem hellblauen Meer standen, verschlug es den beiden Touristen zunächst die Sprache. Es war einfach perfekt: Der Wind stand gut und blies vom Land zum Meer und öffnete so die makellosen Wellen. Tosend bahnten sich die Wassermassen ihren Weg zum Strand und ließen jedes Surferherz vor Freude schneller schlagen.

Thomas verrieb den letzten Rest der Sonnenmilch auf seinem geschundenen Gesicht. Er war sich nicht sicher, ob das Salzwasser auf seinen Wunden brennen würde. Es war ihm völlig egal. Seine Augen funkelten vor Glück. Die beiden Männer verstauten ihre Sachen im Schatten, wärmten sich auf und sprinteten über den Sand. Wuchtig schmissen sie sich auf ihre Bretter und paddelten elegant und kraftvoll auf das Meer hinaus. Michael hatte etwas mehr Probleme als Thomas, durch die Wellen hindurchzutauchen. Aber er schaffte es hinter die Bruchkante. Hier war die See ganz ruhig und glatt. Etwas außer Atem saßen sie zufrieden auf ihren Sportgeräten und starrten zum Horizont.

Thomas atmete tief ein und sagte: „Was für ein Leben! Ich liebe es."

„Ich kann mir gerade nichts Besseres vorstellen", pflichtete ihm Michael bei.

Die Ruhe währte nicht lang. Ein Set von Wellen näherte sich ihnen. Der blonde Deutsche paddelte konzentriert los und beobachtete ein paar Locals, die auch dem Wassersport frönten. Es war nicht voll, aber er musste aufpassen, nicht zufällig einem Lokalmatador ins Gehege oder vielmehr in die Welle zu kommen. Der Weg war frei. Hinter ihm türmten sich die Wassermassen auf. Thomas ruderte so schnell, wie seine muskulösen Arme es erlaubten. Perfekt! Kurz bevor die Welle am höchsten Punkt brach, stand er schwungvoll auf und ritt sie gekonnt ab. Er vollendete die Vorstellung mit einem glamourösen Kick out und sprang juchzend ins Wasser.

Gleich nochmal, dachte er und schwamm zu Michael.

Sie klatschten ab und schauten zu den Palmen und dem Todesmangrovenwald.

„Wahnsinn! Geiler Ritt!"

„Ich bin zufrieden", erwiderte Thomas grinsend.

„Jetzt du."

Michael machte sich bereit, wartete auf die nächstbeste Gelegenheit und stand dem Deutschen in Eleganz und Können in Nichts nach. Er glitt schnell über das Wasser und meisterte die Herausforderung mit Bravour. Wie Kinder brüllten beide vor Freude, als Michael am Ende über dem Wellenkamm eintauchte. Sie beherrschten das Spiel mit dem feuchten Element in ausgeprägter Perfektion. So ging das Treiben für mehrere Stunden weiter.

Touristen füllten nach und nach den Strand und schauten den Wasserakrobaten zu. Immer wieder war ein Raunen zu hören, wenn jemand geschickt durch eine *Tube* glitt. Die Menge quittierte das Surfen durch die schwere Wasserröhre mit Klatschen und anerkennenden Pfiffen. Es war gleichermaßen für die Athleten und Zuschauer ein unvergessliches Spektakel.

Aus sicherer Entfernung hatte ein Zuschauer den dunklen Lockenkopf durch das Zielfernrohr fokussiert. Es hatte ihn eine Stunde gekostet, ihn ausfindig zu machen. Es war gar nicht so leicht bei den vielen Surfern auf dem Wasser. Jetzt konnte er ihn gut erkennen: Michaels Haare lagen feucht an seiner Kopfhaut und sein von Natur aus gebräunter Körper glänzte in der Sonne. Ruhig saß er da und schaute einem blonden Surfer in blauer Wassersportkluft hinterher.

Darby lag bäuchlings im Sand und zielte mit seinem Gewehr auf den Wasserbauingenieur. Die paar Touristen um ihn herum hatten keinen blassen Schimmer, was vor sich ging. Außerdem war der nächste Mensch gute fünfzig Meter weit weg. Darby hatte ein großes Handtuch über seinen Kopf und die Schusswaffe gelegt. Nur die metallene Spitze lugte etwas hervor. Er hatte ein Loch in die Abdeckung für das Fernrohr geschnitten. Es war die perfekte Tarnung: Nur ausgesprochene Kenner konnten sehen, welch tödliche Darbietung vonstattenging. *Wer erwartet schon einen Killer am Strand*, hatte sich Darby bei seinen minutiös geplanten Vorbereitungen gedacht. Bei dem Rauschen und Tosen würde es einen Moment dauern, bis sie das Schussgeräusch als solches identifizieren konnten.

Sein Auftrag war gleich zu Ende. Genauso das Leben des Surfers. Zufrieden verfolgte er die Bewegungen seiner Zielperson mit dem Lauf und übte langsam Druck auf seinen Zeigefinger am Abzug aus. *Er stirbt glücklich*, ging es ihm durch den Kopf. Aber er scherte sich nicht wirklich darum.

„Entschuldigung Mister?", tönte eine Stimme.

Darby ließ von seinem Gewehr ab und kam langsam unter seiner Abdeckung hervor. Er schaute in große, braune Augen

180

eines kleinen Jungen. Seine Shorts und sein T-Shirt waren etwas abgewetzt. Er hatte keine Schuhe an.

„Darf ich die haben?", fragte er freundlich den Serienkiller und deutete auf eine leere Limonadendose neben Darby. Genervt schob er sie zu ihm.

„Hier nimm und hau ab."

Schnell nahm der Bettler seine Beute und lief davon. Darby hätte ihm am liebsten den Hintern versohlt.

„Warum musst du gerade jetzt stören", fragte er sich leise selbst und schaute dem zerzausten Kind hinterher.

Er ballte seine Fäuste. *Der müsste doch eigentlich in der Schule sein*, stellte er resigniert fest. Der Mörder ließ sich nicht beirren und wollte wieder seinem Tagewerk nachgehen, als ihm zwei Männer am Strand auffielen. Der eine hielt ein Longboard unter dem Arm und der andere hatte ein sehr teures Fernglas bei sich. Ihrem Outfit nach zu urteilen, waren es Touristen. Der weißen Haut nach zu urteilen, waren sie noch nicht lange in Costa Rica. Darby stutzte. *Wo habe ich die schon mal gesehen*, zermarterte er sich sein Gehirn.

Als der größere der beiden vermeintlichen Strandbesucher seinen Hut abnahm, fiel es Darby wie Schuppen von den Augen. Das waren die beiden Anzugtypen aus Manuel Antonio.

„Was machen die denn hier?", flüstere er mit sich selbst. Er ließ von seinem mörderischen Plan für einen Moment ab und beobachtete das Treiben der beiden Gestalten am Strand.

Darby fiel auf, dass sie mehr schlecht als recht versuchten, nicht aufzufallen. Das Surfbrett diente normalerweise als perfekte Tarnung. Aber die beiden Männer wussten nicht so recht, was sie damit anfangen sollten. Etwas unbeholfen stand der Größere mit dem zwei Meter zwanzig langen Ungetüm herum. Beinahe hätte er ein paar andere Strandbesucher mit der einlaminierten Finne verletzt. Die Touristen sprangen in letzter

Sekunde zur Seite und der große Hobbysurfer drehte sich erschrocken um. Dabei knallte wuchtig die Spitze seines Decks auf den Rücken seines Partners. Der brüllte etwas, was Darby aus der Entfernung nicht verstand. Obwohl die Situation todernst war, sorgte diese Slapstickeinlage für lautstarke Erheiterung aller Unbeteiligten am Strand. Schließlich legten die beiden Männer das Longboard in den weißen Sand und setzten sich darauf. Der Kleinere glotzte durch sein Fernglas und beobachtete die Surfer auf dem Meer. Niemand schenkte ihnen weitere Beachtung und sie konnten ihre Observation ungestört beginnen. Binnen weniger Minuten hatten sie Michael auf dem Wasser entdeckt. Darby interpretierte ihre Gestik richtig und war sich sicher, dass sie dieselbe Zielperson hatten.

Die sind so dumm, dass sie es beinahe schon wieder klug angestellt haben, dachte der ehemalige Berufssoldat und überlegte, wie er weiter vorgehen sollte. Er packte seine Sachen ein und verstaute sorgfältig sein Gewehr in der Campingstuhltasche. Er nahm sein Handtuch und setzte sich in sicherer Entfernung, aber noch in Hörweite hinter die beiden Männer.

„Ich bin mir sicher, dass er es ist."

„Echt? Welcher ist es?"

„Der Dunkelhaarige da vorne, der neben dem Blonden mit dem blauen Shirt."

„Er wohnt sicher hier am Strand oder in Tamarindo. Wenn er rauskommt, folgen wir ihm, wie wir es geplant haben."

„Gut."

Zufrieden lehnte sich der Größere zurück und schloss die Augen. Die Sonne schien warm in sein Gesicht.

Der Kleinere herrschte ihn an: „Häng hier nicht so faul rum und schreib dem Boss, dass wir ihn gefunden haben. Heute Abend ist die Sache hier erledigt."

Grunzend und grummelnd folgte er dem Befehl.

Darby hatte genug gehört. Aber er wollte wissen, wer ihr Auftraggeber war. Er ließ die beiden nicht aus den Augen und wartete ab. Es wurde immer heißer am Strand und er stärkte sich mit seinem mitgebrachten Proviant. Der ehemalige Berufssoldat wollte eigentlich nicht lange observieren, war aber auf alles vorbereitet.

Etwa eine Stunde später beendeten Thomas und Michael ihre Surfsession. Sie ritten jeweils noch eine Welle und trafen sich am Strand. Giggelnd und zufrieden wanderten sie zurück zum Restaurant Las Olas, um ein deftiges Mittagessen zu sich zu nehmen. Thomas hatte einen Bärenhunger und war endlich bereit, etwas zu essen.

In angemessener Entfernung folgten ihnen ihre Beobachter. Auf dem Holzsteg war mächtig was los. Immer mehr Menschen drängten zum Strand. Fast hätte der Größere mit seinem überdimensionalen Surfbrett seinen Partner in den stinkenden Sumpf gestoßen. Dieses Mal war er schneller und sprang beherzt zur Seite. Er maulte sofort drauflos. Dann besann er sich auf den Auftrag und ging schnell zum Restaurant. Sein Partner folgte ihm behäbig. Sie setzten sich an die Bar und beobachteten Michael und Thomas. Die ausgehungerten Wassersportler bemerkten ihren Anhang unter den anderen Gästen nicht und hatten schon frischen Fisch, Gallo Pinto mit Rührei und leckeren Salat bestellt.

Darby war die ganze Zeit in der Nähe geblieben. Er setzte sich in sein Auto, das auf dem Parkplatz vor dem Restaurant stand. Von dort hatte er einen guten Blick auf die Terrasse und die Bar. Diese ungeahnte Wendung nervte ihn. *Wer sind diese Vögel*, dachte er immer wieder. Er wollte Mario Alfaro anrufen, ließ es aber bleiben. Irgendetwas stimmte nicht und er wollte wissen, was los war. Den dicken Consultant wollte er später kontaktieren. Er musste auch noch Ricardo Bescheid geben. Er hatte eine ungelesene Nachricht von ihm. Aber das konnte warten. Er machte das Radio an und wartete. Was blieb ihm anderes übrig?

*****

Mario Alfaro saß auf seiner Terrasse und las Zeitung. Er war schnell zum Mittagessen nach Hause gefahren. Seine Haushälterin zauberte ein leckeres Gericht aus frischem Hühnchen, Reis, Bohnen und Salat, während er wartete. Der Zeitungsartikel fesselte ihn dermaßen, dass er fast seinen Bärenhunger vergaß. Das passierte nicht allzu oft. Zu den drei üppigen Mahlzeiten gesellten sich gerne diverse Kuchen, Schokolade und andere Snacks im Laufe des Tages. Sein Hausarzt hatte ihm mehr Bewegung und eine strikte Diät verordnet. Ansonsten könnte er bald mit den ersten Anzeichen von Diabetes rechnen. Mario pfiff auf den Gesundheitsapostel und steckte sich weiterhin alle möglichen ungesunden Leckereien in seinen speckigen Mund. Er genoss es in vollen Zügen. Sein Credo war: *Dann spritze ich mir halt Insulin. Was soll's.*

Heute war etwas anders. Der übergewichtige Costaricaner starrte gespannt auf das Papier. Zeile für Zeile inhalierte er wie ein Buchstaben-Staubsauger. Er schüttelte mehrmals den Kopf und leise Ah- und Oh-Laute kamen über seine Lippen. Angewidert legte er das Tagesblatt zur Seite. Das Essen war fertig und die gut gelaunte Köchin brachte das wohlduftende Mahl zum Hausherrn. Der winkte nur genervt ab und tippte hastig mit seinen dicken Knubbelfingern auf seinem Handy herum. Verdutzt machte die Haushälterin kehrt und lief wieder ins Haus.

Es klingelte. Ein Mal - zwei Mal - drei Mal. Nichts. „Komm schon, geh ran", fluchte er. Er wollte gerade auflegen, als sich eine Stimme meldete: „Was gibt´s?"

„Wir haben ein Problem. Hast du die Zeitung heute gelesen?"

„Nein, warum?"

„Die kommenden Proteste werden als die schlimmsten aller Zeiten angekündigt. Der Präsident hat sich auch eingeschaltet. Hochrangige UN-Mitarbeiter haben sich zu den fehlenden Umweltberichten geäußert. Amigo, Scheiße! Das nimmt mittlerweile Ausmaße an", seufzte Mario in den Hörer.

Sein Gesprächspartner sagte nichts. Er überlegte.

„Was ist los? Fällt dir nichts ein?"

Mario nahm die Zeitung wieder in die Hand und las laut vor: „Es ist davon auszugehen, dass hochrangige Beamte der Täuschung der indigenen Bevölkerung und des mehrfachen Betrugs angezeigt werden."

Immer noch nichts. Es gab keine Reaktion. *Warum antwortet er nicht*, dachte Mario. Er wurde sauer: „Rede ich mit einer Wand? Wenn wir auffliegen, gehen wir in den Knast. Sag endlich was."

Ricardo nahm einen Schluck Kaffee, atmete tief durch und antwortete ganz ruhig: „Mensch, Huevon, jetzt mach dir mal nicht ins Hemd. Das mit den Umweltberichten hat sich längst erledigt. Die sind im wahrsten Sinne des Wortes wasserdicht. Korruption? Täuschung? Ich bitte dich, Mario. Glaub nicht alles, was du in der Zeitung liest. Der einzige, der uns noch gefährlich werden kann, ist Rodriguez."

„Ja, aber…"

Ricardo unterbrach Mario sanft: „Kein *aber*. Rate, wer ihn gefunden hat? Ich denke, ach nein, Quatsch. Ich bin mir ziemlich sicher. Heute Abend sollte die Sache erledigt sein. Und die bescheuerten Indianer? Lass sie doch demonstrieren. Dabei können sie sich wenigstens austoben."

„Dein Wort in Gottes Ohr."

„Amen."

Sie legten auf.

*****

„Das war so geil!"

„Ja, hat Spaß gemacht."

Thomas verabschiedete sich von Michael und ließ ihn vor dem Eingang seines Hotels aussteigen. Sie klatschten ab und der Deutsche brauste weiter. Sie bemerkten weder den schwarzen SUV auf der gegenüberliegenden Straßenseite noch den gut fünfzig Meter dahinter parkenden grauen Pickup.

An seiner Herberge lud der blonde Surfer die Sportgeräte ab und ging lächelnd auf sein Zimmer. Er hatte den ganzen Tag nicht ein Mal an Maria denken müssen. Er stand im Bad seiner Behausung und bemerkte erst jetzt wieder die Blutergüsse in seinem Gesicht. Mittlerweile war die Schwellung am Auge deutlich zurückgegangen und hatte sich violett verfärbt.

„Mann, sehe ich scheiße aus", sagte er zu sich selbst in den Spiegel. Das Salzwasser hatte das Blut an seiner Lippe abgewaschen und es war nur noch ein kleiner Riss zu sehen. Der Heilungsprozess seines Körpers nahm seinen positiven Verlauf. Die Wunde in seinem Herzen riss dagegen wieder auf. Er schluchzte und konnte die Tränen nicht unterdrücken. Er verbot sich den Griff zum Handy und stellte sich unter die heiße Dusche. Er fühlte sich schlecht. Um nicht erneut in Depressionen zu verfallen, legte er sich hin. Er schlief sehr unruhig für ein paar Stunden, bis ihn sein texanischer Freund aufweckte.

Michael hatte ihn fast angefleht, mit ihm abends auszugehen. Das Klima war genial. Es wehte eine leichte Brise durch das Dorf und auf der Straße tummelten sich wie immer die Menschen. Thomas hatte sich in seinem Zimmer eingeschlossen, aber Michael holte ihn nach einem weiteren malerischen Sonnenuntergang ab und sie liefen durch Tamarindos Straßen. Der Deutsche hatte eigentlich genug und wollte sich lieber seiner Trauer hingeben. Aber Michael ließ einfach nicht locker.

„Lass uns zum Argentinier gehen. Ich habe im Reiseführer gelesen, dass es das beste Restaurant hier sein soll."

Thomas nickte nur und sie kehrten im Patagonia ein. Es war voll. Doch sie hatten nicht einmal zwanzig Minuten warten müssen, bis sie endlich an der Reihe waren. Trotz der ausgeprägten Popularität war der Platz für die Freunde der südamerikanischen Küche sehr begrenzt. Vor dem Restaurant standen in- wie ausländische Gäste an, um sich der Gaumenfreude aus feinstem Rindfleisch hinzugeben. Das sehr einfach gehaltene Interieur der Gaststätte ließ keine Rückschlüsse auf die Qualität des Essens zu. Sie speisten vorzüglich und tranken leckeren Rotwein.

„Ich glaube, ich brauche etwas Stärkeres", bemerkte der Deutsche.

Er leckte mit seiner Zunge über seine Lippe. Der Schorf vom verkrusteten Blut war nur noch minimal zu sehen. Die Surfsession und das Salzwasser hatten seinem Körper geholfen zu regenerieren. Ihm war auch klar, dass Michaels Gesellschaft gerade richtig gut tat. Der Ingenieur grinste ihn an und nahm noch genüsslichen einen Schluck von dem roten Traubensaft. Er ließ sich den Geschmack langsam auf der Zunge zergehen.

„Warum gehen wir nicht in den Club?"

„Welchen Club?"

„Hier gegenüber ist der Be-Club. Los komm, da bekommen wir sicherlich ein paar Cocktails", drängte Michael.

„Außerdem haben die heute zwei für einen und ein DJ aus meiner Heimatstadt Houston legt auf."

Thomas war nicht überzeugt, ließ sich aber breitschlagen und sie gingen in die Stranddisco. Rasch hatten sie ein paar alkoholische Getränke in der Hand und setzten sich in eine gemütliche Ecke. Es war noch nicht viel los. Aber die Bässe tönten brummend aus den Lautsprechern.

„Mann, war das lecker. Die Empfehlung war echt gut. Mein Reiseführer hatte Recht."

Thomas verstand aufgrund der Lautstärke nur die Hälfte, aber pflichtete dem Texaner bei.

„Eigentlich esse ich nicht so viel Fleisch. Meine Freundin…", Thomas stockte, aber riss sich zusammen, um seine Gefühle nicht zuzulassen. „Also, meine Ex-Freundin versuchte immer öfter mal, sich vegetarisch zu ernähren."

„Warum?"

„Mensch, Michael. Die übertriebene Rinderzucht ist eine der Hauptursachen für den Klimawandel. Wenn du weniger Fleisch isst, sparst du schädliche Emissionen ein," erklärte Thomas mit voller Überzeugung.

„Das war mir so gar nicht bewusst. Müssen wir jetzt alle vegan leben?"

Sein deutscher Freund grinste. Er hatte immer noch einen Knoblauch-Pfeffer-Geschmack auf der Zunge und fühlte sich genötigt, Kaugummis zu besorgen.

„Natürlich nicht. Aber etwas weniger Fleisch täte uns allen und der Umwelt gut."

An der Bar saß eine gut aussehende Frau. Thomas bemerkte sie erst jetzt. Er war sich nicht sicher, ob sie Costaricanerin war. Er meinte, dass er sie irgendwo schonmal gesehen hatte. Er konnte sich aber nicht erinnern. Sie hatte dunkles, langes Haar, war sehr schlank und ihre Haut schimmerte in edlen Karamellfarben. Er mochte ihre grazilen Gesichtszüge. Außerdem hatte sie eine süße Stubsnase.

„Was ist los? Glotz nicht so, sondern sprich sie an", neckte Michael seinen Freund.

Thomas guckte ihn entgeistert an. Er hatte nicht bemerkt, dass er sie anstarrte.

„Ich will doch nur einen Kaugummi. Dafür laber ich die doch nicht an."

Er guckte verlegen auf den Sandboden. Sein texanischer Freund hatte ihn ertappt. Das weibliche Wesen gegenüber am Tresen faszinierte ihn sehr und zog ihn magisch in seinen Bann. Ihm wurde schlagartig klar, dass er mehr als nur einen Kaugummi wollte. Der Deutsche war verunsichert und seufzte. *Was ist denn los? Wer ist das bloß*, fragte sich Thomas insgeheim. Michael schaute ihn prüfend an. Obwohl sie sich erst sehr kurz kannten, schien er seine Gedanken lesen zu können. Er guckte ihn schelmisch an und sagte: „Los! Finde es heraus."

Thomas dachte an Maria, aber verwarf den Gedanken sofort. Er nahm seinen ganzen Mut zusammen und ging zur Bar.

„Entschuldigung. Hast du zufällig einen Kaugummi für mich?"

Die Frau drehte sich zu ihm und schaute ihn durch große, warme Augen an. Sie lächelte und griff in ihre Handtasche.

„Klar."

Thomas schaute auf ihre zarten Hände. Ein kleiner Schauer erregte seinen Körper. Sie hielt ihm eine Packung mit in Alufolie verpackten, gummiartigen, nach Pfefferminz schmeckenden Streifen hin. Er nahm gleich zwei und deute mit einer Geste auf seinen Freund, der zufrieden die Szene beobachtete. Sie nickte und schmunzelte. Thomas bedankte sich und wollte sich umdrehen, blieb aber stehen.

„Ich bin übrigens Thomas."

„Isabela."

Sie streckte ihm ihre Hand hin.

Vorsichtig nahm er sie in seine und sagte: „Angenehm."

Für ein paar Sekunden schaute Isabela in Thomas' strahlend blaue Augen. Dass das eine geschwollen war, machte den Deutschen nur interessanter für die Tierärztin. Sie wollte etwas erwidern. Dann hatte sie eine Frage auf der Zunge. Sie kam nicht dazu, sie auszusprechen. Thomas' Handy klingelte und die beiden wurden unsanft unterbrochen.

Thomas starrte auf den kleinen Bildschirm und sagte schnell: „Danke noch mal und viel Spaß noch."

Er ließ die Hand los, drückte beim Gehen die grüne Taste und lief in Richtung Meer. Michael guckte ihm verdutzt hinterher. Isabela war mindestens genauso überrascht über den unerwarteten Besuch und den abrupten Abschied. Sie widmete sich aber wieder ihrem Getränk auf dem Bartresen.

Etwas abseits vom Geschehen blieb Thomas stehen. Er sprach in den Hörer: „Ja?"

„Wo bist du?"

„Im Be-Club."

Keiner sagte etwas. Es kam Thomas wie eine Ewigkeit vor.

„Gut", hörte er als Antwort und dann nur noch ein Klicken.

Das Gespräch war beendet. Verwirrt starrte der Deutsche auf den dunklen Horizont über dem Meer. Der Sternenhimmel strahlte in vollem Glanz. Wenn er genau hingesehen hätte, hätte er auch die Milchstraße sehen können. Wer schon mal in Guanacaste war, wusste, wie schön die Sonnenuntergänge und eben die funkelnden Nächte waren. Aber das war Thomas völlig egal. *Was wollte Maria? Warum ruft sie mich an?* Er schüttelte den Kopf und ging mit bedrückter Miene zu Michael. Isabela hatte ihren Platz an der Bar verlassen.

„Was ist passiert? Und wer hat dich angerufen?"

„Nichts ist passiert", erwiderte Thomas leise. Er atmete tief ein und schaute mit feuchten Augen den Texaner an: „Maria."

Der Abend war gelaufen. Sie tranken den letzten Schluck aus ihren Gläsern und verließen die Disco. Am Eingang hatte sich eine Schlange gebildet. Viele leicht bekleidete Touristen wollten mal wieder zu den Klängen und Beats vom weitgereisten DJ tanzen. Unter freiem Himmel und bei angenehmen Temperaturen versteht sich. *Es wird bestimmt voll heute*, dachte Michael. Aber er schob den Blonden vor sich her. Stumm liefen sie durch Tamarindo. Michael wollte Thomas in sein Hotel bringen und dann später noch mal im Be-Club vorbeischauen. Aber er wollte sichergehen, dass es Thomas gut ging.

Sie gingen durch eine dunkle Gasse. Große Bäume warfen Schatten. Es war stockfinster auf diesem Abschnitt der Straße. Vögel krächzten in den Baumkronen und der Boden war voller Kot. Man konnte ihn nicht gut sehen, aber riechen. Sie passierten eine der wenigen Laternen und hörten plötzlich eine Stimme: „Hey Aleman!"

Sie drehten sich um und vor ihnen stand ein muskulöser Tico mit einem Messer in der Hand. Mit nervöser Stimme sagte Thomas: „Francisco. Was machst du hier?"

Aggressiv funkelte dieser die beiden Touristen an: „Halt's Maul. Lass meine Schwester in Ruhe oder…"

Er sprach den Satz nicht zu Ende. Hinter Michael näherten sich zwei Gestalten. Thomas konnte sie aus dem Augenwinkel sehen. *Oh Scheiße, Carlos und Rodrigo sind auch hier*, dachte er. Thomas machte sich auf das Schlimmste gefasst.

„Hey Rodriguez! Wir müssen was klären."

Die beiden Männer näherten sich im Dunkeln und waren schon ganz nah. Es waren nicht die beiden anderen Brüder von Maria.

„Verpisst euch ihr Gringos!", erwiderte Francisco und machte eine abwehrende Geste mit seiner Hand.

Das große Messer funkelte bedrohlich im Laternenlicht. Er baute sich vor den Störenfrieden auf und zeigte ihnen seine Waffe. Das war keine gute Idee. Es kam zu Handgreiflichkeiten. Geschwind nahm der Größere den stämmigen Costaricaner in den Schwitzkasten. Francisco wollte losbrüllen. Der Kleinere nahm ihm das Messer ab und rammte es ihm mit aller Kraft in den Brustkorb. Er traf mitten ins Herz und Marias ältester Bruder sackte sofort zusammen. Das Entsetzen war ihm ins Gesicht geschrieben, als er röchelnd am Boden lag. Das Leben wich langsam aus seinem Körper. Das Letzte, was er sah, waren die beiden schäbig grinsenden Männer in grauen Anzügen. Seine Augen schlossen sich für immer.

Michael und Thomas hatten davon nichts mitbekommen. Sie hatten ihre Chance ergriffen und konnten fliehen, als die Schlägerei begann. Sie rannten in rekordverdächtiger Zeit dahin, woher sie hergekommen waren. Jeder olympische Goldmedaillengewinner im Sprint wäre vor Neid erblasst. Erst drei Straßenblöcke weiter, an einer von Imbissbuden dicht besiedelten Ecke kamen sie zum Stehen. Die Touristenschar um sie herum guckte sie entgeistert an, ließ sich aber trotzdem weiter durch das pulsierende Nachtleben treiben.

„Wer war das denn?", fragte Michael seinen Kumpanen.

„Du hast gerade einen von Marias Brüdern kennengelernt", stotterte Thomas völlig außer Atem.

„Alles okay?"

„Ja. Und du?"

„Ja."

„Zum Glück kamen die beiden Männer. Kanntest du die?", fragte Thomas ungläubig.

Michael schüttelte nachdenklich seinen Kopf hin und her. Die beiden setzten sich auf eine Bank und beruhigten sich langsam. Michael bestand darauf, dass sie zur Polizei gehen sollten. Aber Thomas wiegelte ab. *Was sollen die schon machen*, dachte er. Er war völlig fassungslos, dass Marias Bruder ihn angreifen wollte. Sie hatte ihn nur deshalb angerufen, um herauszufinden, wo er war. Thomas war sauer auf seine Ex-Freundin und hätte ihr am liebsten die Meinung gegeigt. Die beiden Freunde spekulierten, wie der Streit zwischen den grauen Männern und Francisco wohl ausgegangen sein mochte.

„Die haben deinen Namen gesagt", stellte Thomas fest.

Michael hatte keine logische Erklärung. Er erzählte seinem Freund von dem Angriff des Zuhälters und der Prostituierten in San José. Er dachte an die nette Rezeptionistin und ihre weisen Worte *ihr Gringos müsst aufpassen*. Das hatte sich heute mal wieder bestätigt. Aber die Aktion von Maria war mies. Thomas versprach, in San José zur Polizei zu gehen, bevor er wieder nach Deutschland flog. Schließlich war ihnen nichts passiert und sie taten das Erlebte als eine Verkettung unwahrscheinlicher Ereignisse ab. Es war ihnen egal, wer die Typen waren. Sie dachten an morgen.

„Scheiß drauf. Das ist hier ein Ort mit negativen Vibes."

„Sollen wir morgen zum Arenal fahren? Das liegt mehr oder weniger auf dem Weg nach San José."

„Ja, lass uns hier abhauen. Ich will keinen der Brüder und irgendwelche dunklen Anzugtypen wiedersehen. Ich pfeif auf die restlichen Tage hier in Tamarindo."

„The show must go on", sang Michael und lachte.

*****

Darby hatte die Auseinandersetzung mitbekommen. Er hatte die beiden grauen Männer seit der Aktion am Strand nicht mehr aus den Augen gelassen. Er war sich nun sicher, dass es sich hier um Profis handelte. Er hatte die Szene genau beobachtet und war leicht überrascht von der Kaltblütigkeit, mit der sie den Tico überwältigt hatten. Dass Michael und sein blonder Freund entwischen konnten, war nicht wichtig. Darby wusste genau, wo sie untergebracht waren und wie lange sie noch bleiben wollten. Er hatte große Lust gehabt, einfach alle auf der Stelle abzuknallen. Aber er musste vorher noch herausfinden, wer die beiden Verfolger von Michael waren. Und vor allem, für wen sie arbeiteten.

*****

„Mist! Er ist uns wieder entwischt. Ich kann es nicht fassen", zeterte der Kleinere.

„Und jetzt haben wir auch noch so eine beschissene Ticoleiche am Hals", fügte der Größere hinzu.

Sie hatten Franciscos toten Körper in den Kofferraum ihres SUV gelegt und fuhren wieder in ihr Hotel. Sie machten Pläne für später und wollten es auf die harte Tour erledigen. Noch vor dem Morgengrauen wollten sie bei Michael im Zimmer einbrechen. Ihn einfach kalt machen, während er schlief. Das war eine simple, aber zugleich todbringende Idee. Er war ihnen einfach zu oft durch die Lappen gegangen. Glück oder Zufall? Der Größere schüttelte nur ungläubig seinen Kopf.

Der Kleinere wollte gerade ihren Boss anrufen, um ihm die Hiobsbotschaft vom heutigen Abend zu überbringen. Zur Besänftigung jedoch plante er gleichzeitig, die Lösung für ihren Patzer zu präsentieren. Er dachte noch mal kurz nach, wie genau er seine Worte wählen wollte. Es musste sich plausibel und einfach anhören. Ansonsten würden sie wieder ein Donnerwetter von ihrem Auftraggeber hören. Während er überlegte, schaute er auf das einzige Gemälde im Raum. Ein überdimensionales Faultier lächelte ihn in den schönsten Ölfarben an.

Kitschig. Wer mag so etwas, fragte er sich. Er verwarf den Gedanken und konzentrierte sich auf das bevorstehende Telefonat. Er war bereit. Jetzt konnte es losgehen. Er stellte den Fernseher stumm, als es leise an der Hotelzimmertür ihres Bungalows klopfte.

Der Größere sah gespannt zu seinem Partner und zog seine Waffe. Vorsichtig näherte er sich der Tür. Er blickte durch den Spion. *Wer wollte sie hier besuchen? Vor allem um diese Uhrzeit.*

Er atmete erleichtert aus. Niemand war durch die kleine Öffnung zu sehen. Da hatte ihnen wohl jemand einen Streich gespielt. Er steckte seine Waffe wieder in das dafür vorgesehene Schulterhalfter und drehte sich grinsend zu seinem Partner um, als krachend die Tür aufsprang und ihn unsanft in den Rücken traf.

„What the fuck!", schrien die beiden Schergen fast gleichzeitig. Wie erschrockene Kakerlaken zuckten sie zusammen. Kriecher sind eigentlich schwer zu Fall zu bringen. Doch in diesem Fall verhielt es sich anders. Mit voller Wucht landete der Größere bäuchlings auf dem Boden. Die Tür hing halb aus den Angeln und eine dunkle Gestalt stand mit gezogener Waffe im Eingangsbereich und zielte auf den Kleineren. Völlig entsetzt blickte dieser vom Eindringling zu seinem stöhnenden Partner auf dem Boden und wieder zurück in kalte, blaue Augen.

Blitzschnell trat der Unbekannte ein, schmiss die lädierte Tür hinter sich zu und trat mit seinen schweren Armeestiefeln dem

Größeren heftig gegen den Hinterkopf. Der blieb sogleich bewusstlos liegen.

Er war fast fünf Minuten außer Gefecht gesetzt. Er fand sich mit Handschellen an einen Stuhl gefesselt auf dem Boden sitzend mitten im Raum wieder. Sein Kopf brummte wie ein Hornissenschwarm. Neben ihm auf dem Stuhl saß sein Partner und guckte sichtlich geschockt und panisch zu ihm herunter. Sie waren aneinandergebunden und konnten nicht weglaufen. Der Größere blinzelte und blickte auf den Aggressor, der ihn so unsanft in das Reich der Träume geschickt hatte. Er hatte seine Pistole im Anschlag und grinste grimmig.

Mehr flüsternd als sprechend kamen die Worte aus seinem Mund: „Wer bist du? Und was willst du?"

Anstatt zu antworten, bückte sich der Mann und schlug mit seiner Faust kräftig zu. Der Größere schmeckte Blut in seinem Mund und ein Zahn fühlte sich locker an.

„Schnauze! Ich rede hier." Er lud seine Pistole durch. „Wer seid ihr und was macht ihr hier?"

Der Kleinere antworte sofort: „Ich heiße Marcelo und der hier Jeremy."

Ohne Gegenwehr erzählten sie von ihrem Auftrag, Michael Rodriguez zu töten. Sie sprachen auch von dem Staudammprojekt Diquís und dass mächtige Investoren den Ingenieur lieber tot als lebend sehen wollten. Mit einer eindeutigen Geste brachte der Unbekannte die beiden zum Schweigen.

„Wer hat euch beauftragt?"

Ängstlich blickten sich die beiden grauen Männer an. Ihre Antwort ließ auf sich warten. Zu lange. Es ertönte ein leises Schussgeräusch und der graue Mann fiel zur Seite. Sein angeketteter Partner konnte einen dumpfen Schrei nicht unterdrücken.

„Halt's Maul, du Pussy oder ich…"

Der Kleine unterbrach ihn: „Ich sage alles, was du willst."

Nachdem der Kleine ihm gesagt hatte, wer sein Auftragge-
ber war, musste er ihn anrufen. Das hatte er sowieso vorgehabt.
Aber natürlich unter anderen Umständen. Das Klingeln des
Handys schien endlos, obwohl es nur drei Mal ertönte. Der
Schließmuskel seines toten Partners funktionierte nicht mehr.
Es stank nach Kot und Urin. Marcelo fühlte sich entsetzlich und
die Warterei kam ihm unendlich lang vor.

Endlich hob jemand ab: „Habt ihr ihn erledigt?"

„Hallo John."

„Wer spricht da?"

„Wir haben anscheinend gemeinsame Bekannte."

„Wer zum Teufel spricht da?"

„Darby Smith."

Für zehn Sekunden passierte gar nichts. Nur das Keuchen
des Kleinen und das Flattern des Deckenventilators waren zu
hören. Marcelo schaute traurig und angewidert auf die an ihn
gefesselte Leiche. Er wagte es nicht, sich zu rühren, da er immer
noch in die geladene Pistole des Mörders blickte. Er war sehr
nervös und kalter Schweiß zierte seine Stirn.

„Der Darby Smith?", fragte John ungläubig.

Der Serienkiller ging nicht auf die Frage ein. Wütend beschimpfte er den Energiemogul und ließ eine Reihe von Verwünschungen über Ricardo Cartin und Mario Alfaro los. John
war stinksauer, weil er nichts von dem anderen Killerkom-
mando gewusst hatte, aber er ließ den Anrufer ausreden. Es
war nicht seine Stärke, aber ihm blieb momentan nichts anderes
übrig. Darby beendete seine Hasstiraden und seufzte. John
nutzte die Chance und machte Darby ein Angebot.

„Warum arbeitest du nicht für mich? Ich kann den Lohn deiner Mühen locker verdoppeln."

Darby überlegte ein paar Sekunden. Marcelo guckte ihn fragend an. Der malträtierte, kleine Mann hatte weiße Speichelfäden im Mundwinkel, die etwas unschön aussahen. Er wurde immer unruhiger. Seine Hand schmerzte und er wollte etwas sagen. Doch Darby war schneller und er verstummte.

„Einverstanden." Darby rollte mit den Augen und sah, wie sein Gefangener erleichtert ausatmete. Er wusste, dass er doch noch heil aus der Misere herauskommen würde. Er leckte sich die Lippen. Er musste hier weg. Eine Mischung aus Freude und Wahnsinn ließen sein Herz schneller schlagen. Er hatte so sehr gehofft, dass sein Boss ihn nicht im Stich lassen würde.

„Gut", tönte die Stimme aus dem Handylautsprecher.

„Ich habe nur eine Bedingung. Ricardo und Mario gehören mir, wenn das hier vorbei ist."

„Meinen Segen hast du."

„Und John? Ich arbeite allein."

Darby drückte den Abzug seiner Pistole.

Tag 11 Wogen glätten sich nicht

Michael schaute aus dem Fenster und genoss die Aussicht. Thomas spielte seine spezielle Hitliste zum Autofahren und es lief „Simple Man", ein uralter Hit von Lynard Skynard. Ob er jemals eine Frau und die wahre Liebe finden würde, war ihm derzeit egal. Aber der Liedtext hörte sich einfach gut an und er summte die Melodie mit.

Die Bergspitzen der Vulkane am Horizont leuchteten in strahlenden Grüntönen. Die Sonne brannte vom Himmel. Michael vergaß für einen Moment all seine Probleme und atmete zufrieden ein und aus. Er klopfte langsam mit seiner Hand im

Rhythmus der Musik. Er war glücklich und konnte sich keinen besseren Ort vorstellen.

Er schaute zu seinem Freund, der konzentriert auf die Fahrbahn achtete. Michael glaubte, eine Träne hinter der Sonnenbrille des Fahrers wahrzunehmen. Die Musik machte Thomas traurig. Der Texaner wollte ihm etwas Nettes sagen. Aber der Deutsche sprach zuerst.

„Maria und ich haben das Lied auf unseren Trips durch Frankreich und Spanien öfter gehört", sagte er leicht schluchzend. Er machte eine wegwerfende Geste mit seiner Hand und nahm sich zusammen: „Sie soll sich zum Teufel scheren."

Michael antwortete nicht. Er nickte nur. Er hatte vollstes Verständnis für den kleinen Ausbruch.

Thomas wischte sich seine feuchten Augen trocken und wechselte das Thema: „Wir sollten tanken." Sie fuhren gerade durch ein kleines Dorf und hielten an der einzigen Tankstelle. Ein dicker Tico näherte sich in gemütlichen Schritten dem Fahrzeug und nahm die Wünsche von Thomas entgegen: „Voll machen, bitte."

„Claro, gerne."

Während sie warteten und die Uhr an der Zapfsäule lief, kam ein junger Bursche zum Fenster am Beifahrersitz. Er verkaufte Zeitungen. Michael war neugierig und kaufte sich das Tagesblatt La Nación.

Vorne auf der Titelseite war ein Indianer des hiesigen Stammes Boruca zu erkennen. Michael erkannte den Kopfschmuck. Er hatte sich etwas mit den Indianerstämmen in Costa Rica befasst, als er noch für G&WE arbeitete. Darunter prangte in großen Lettern: „Diquís – eine Frage der nationalen Sicherheit". Im Inneren gab es einen doppelseitigen Artikel zum großen Staudammprojekt.

„Was für Nichtsnutze. Können noch nicht mal Terraba- von Boruca-Indianer unterscheiden", sagte Michael.

„Was?", fragte Thomas.

Michael antwortete nicht. Er war dabei, den spanischen Artikel zu übersetzen. Sie bezahlten die Benzinrechnung und fuhren weiter. Nach gut fünfzehn Minuten legte Michael die Zeitung beiseite und seufzte.

„Was steht denn drin?", fragte der Blonde.

Michael seufzte abermals. Er war sich nicht sicher, wo er anfangen sollte. *Interessiert es ihn überhaupt*, dachte der Lockenkopf und sah in das gespannte Gesicht des Fahrers. Er fasste sich ein Herz und erzählte Thomas die ganze Geschichte von Anfang an. Er vertraute ihm und freute sich über das Interesse.

„Hier, guck mal. Da unten gibt es ganz viele davon," sagte Michael und zeigte Thomas ein paar Fotos von großen Steinkugeln.

„Was ist das denn?"

„Niemand weiß es genau. Wissenschaftliche Studien besagen, dass sie schon vor über 2.000 Jahren hergestellt worden sind. Ein paar Verrückte glauben sogar, dass Außerirdische sie nach Costa Rica gebracht haben."

Der Deutsche erinnerte sich, dass er schon mal so ein steiniges Monster in einem Museum in San José gesehen hatte. Damals hatte er nicht viel Aufhebens darum gemacht. Die bis zu fünfzehn Tonnen schweren Steinkugeln wurden Sphären genannt. Sie waren ein Phänomen und galten bei den Terraba-Indianern als heilig.

Michael erzählte weiter, ließ keine Details aus und berichtete von dem Wasserkraftprojekt und der wichtigen Beteiligung von G&WE. Er sparte die Affäre mit Lindsay aus, beschrieb aber den Fund der Umweltberichte und das Dilemma, in dem er steckte.

„Weißt du, ich habe ein grünes Herz. Ich kann das mit meinem Gewissen nicht vereinbaren. Am Anfang hieß es noch, dass die Umweltbehörde hier in Costa Rica alles geprüft hätte und die Umweltauflagen strikt eingehalten werden."

Michael schilderte den genauen Vorgang, ohne zu übertreiben. Thomas hörte gespannt zu und unterbrach den Texaner nicht.

„Aber dann wurde mir klar, dass Diquís gar nicht gebaut werden durfte. Um es kurz zu machen: Das Projekt ist eine einzige Katastrophe. Für Mensch und Tier. Von den immensen Kosten will ich gar nicht erst anfangen. Das HICE hat in der Vergangenheit gerne mal weit über Budget gebaut. So richtig rechnen konnte da wohl keiner. Wenn ich könnte, würde ich es verhindern?", schloss Michael betrübt die Ausführungen.

„Kannst du es denn nicht?", fragte der Deutsche.

Michael überlegte und kniff seine Augen zusammen. „Das ist nicht so einfach. Da sind viele Leute beteiligt. Und viel Geld ist auch im Spiel."

Er machte eine Pause und nahm die Zeitung wieder in die Hand und las Thomas eine wichtige Stelle vor, die er nicht ganz verstanden hatte: „...y no hay otra forma que respectar los derechos humanos de los indígenas. Según las informaciones de SETENA se cumple con los requisitos ambientales. En el caso contrario el gobierno debería parar el proyecto y abandonarlo para siempre."

Thomas übersetzte sinngemäß das Zitat des Politikers und erklärte Michael, dass sich die Aussage auf die Einhaltung der Menschenrechte der Indianer bezöge und dass das Projekt die Umweltauflagen der zuständigen Behörde SETENA erfülle. Es könnte nur gestoppt werden, falls dies nicht der Fall wäre.

Michael sagte schroff: „Sie erfüllen die Umweltauflagen nicht."

Thomas guckte ihn betroffen an und fragte: „Wer wurde da zitiert?"

Michael las den Namen laut vor und Thomas überlegte nicht lange: „Lass uns ihn anrufen. Wenn du ihm die richtigen Umweltberichte schickst, kann er bestimmt etwas gegen den Bau von Diquís unternehmen."

Der Texaner schüttelte langsam seinen Kopf: „Meinst du wirklich?"

„Klar, du gibst ihm, was du hast. Soll er sich doch darum kümmern. Dann bist du fein raus."

Michael wog die Idee in seinen Gedanken ab. Viel zu verlieren hatte er nicht. Seinen Job war er bereits los und wenn ein anderer G&WE anschwärzte, brauchte er sich keine Sorgen zu machen. Außerdem brauchten die Indianer jemanden mit Einfluss, der ihnen half und ihre Rechte ordnungsgemäß vertrat.

„Einverstanden", antwortete er zuversichtlich und notierte sich den Namen und Kontakt.

A, S, O, E war die Abkürzung der Institution, die sich für die Indianer einsetzte. Er hatte keinen blassen Schimmer, was das heißen mochte. Aber hatte er endlich seinen möglichen Erlöser von der schweren Bürde gefunden? Er trug sein schlechtes Gewissen schon viel zu lange mit sich herum.

*****

In San José machten sich einige Studenten bereit, um gegen den Bau von Diquís zu demonstrieren. Sie malten Plakate und gigantische Transparente. Morgen, am Montag, war der erste Arbeitstag nach den Weihnachtsferien und sie wollten gleich ihre Chance nutzen, um zur Casa Presidencial zu marschieren. Sie hatten extra einen sogenannten Caciquen eingeladen. Der Stammeshäuptling war nur ein Vertreter der hunderttausend

Mitglieder umfassenden indigenen Gemeinde in Costa Rica. Aber ein besonders hochrangiger und sehr wichtiger Mitstreiter für ihre Proteste. Ihr Plan war, durch das Zentrum von San José bis nach Osten zu wandern, wo der Präsident seinen Regierungssitz hatte. Sie rechneten mit mindestens eintausend Anhängern, die für die Rechte der Terraba-Indianer eintreten wollten. Neben den Studenten schlossen sich über ein Dutzend Umweltverbände den Protesten an.

In der offiziellen Erklärung hieß es: „Die rechtliche Grundlage beruht auf der International-Labour-Organisation-Konvention, die Costa Rica neben 169 anderen Staaten ratifiziert hat. Das Land verpflichtet sich, den Indigenen einen freien und frühen Zugang zu allen Informationen über die sozialen, ökonomischen und ökologischen Folgen von Wirtschaftsprojekten auf ihrem Territorium zu gewähren."

Die Indianer und viele Costaricaner waren sauer und enttäuscht, weil sie all die Jahre keine ausreichenden Informationen über das Bauprojekt erhalten hatten, geschweige denn wurden öffentliche Konsultationen durchgeführt. Es kam noch schlimmer, da ihnen ihre autonome Selbstverwaltung nicht nur gänzlich verwehrt worden war, sondern auch ihre Lebensgrundlage und kulturelle Identität sollten für immer verschwinden. Alles, was sie hatten, wofür sie als indigenes Volk standen, drohte in den Fluten des neuen Staudammes Diquís unterzugehen.

„Wir werden kämpfen, bis das HICE den vollständigen Abzug aus Terraba und den endgültigen Baustopp erklärt", sagte ein junger Student zum Caciquen.

Der nickte nur sanft und zog an seiner Pfeife. Er guckte betrübt drein. Sein dunkles, zerfurchtes Gesicht prägten viele Lachfalten. Aber zum Lachen war ihm heute nicht zumute. Viel zu lange hatten sie schon versucht, das zerstörerische Projekt zu stoppen. Bisher leider immer ohne Erfolg.

Der Schrecken saß immer noch tief, als das HICE schweres Gerät, Bagger und Dynamit angeliefert hatte. Sie wollten Straßen verbreitern und ein paar Berge wegsprengen. Der Stammesälteste hatte Tränen in den Augen. Er musste an die immer wieder ausufernden Ausschreitungen der letzten zwei Wochen denken. Er verabscheute die sinnlose Gewalt. Der Tod von Sergio Gutierrez war ein Tiefschlag für die Ureinwohner. Er hatte immer so viel für seine Leute und gegen das aggressive Vorgehen der Energieimperialisten getan. Jetzt war er tot, aber sein Geist lebte weiter. Der Cacique wusste, dass viel auf dem Spiel stand. Wenn sie es nicht schafften, das Projekt zu stoppen, würden sie alles verlieren - für immer.

„Der Großvater von meinem Vater hat schon dort gelebt. Wir brauchen das Land. Wo sollen wir sonst hin?", sagte er traurig.

Ein paar Studenten unterbrachen ihre Arbeit und sprachen aufmunternd auf ihn ein. Immer wieder rief jemand: „Sergio vive!"

Sie versicherten ihm, dass morgen ein denkwürdiger Tag sein würde und er sich keine Sorgen machen solle.

Tag 12 Der letzte Tropfen

„Hat er nichts mehr veröffentlicht?" Der CEO von G&WE starrte angespannt aus dem Fenster seines Büros. Er konnte gut die Longfellow Bridge erkennen. Sie führte über den Charles River und verband Beacon Hill mit Cambridge. Durch das Sicherheitsglas drang kein Laut. Nur das Klappern einer Computertastatur war zu hören. Der kalte Winter verursachte eine eigenartige Stille und verbreitete eine angenehme Ruhe über Boston. John war dagegen alles andere als ruhig. Er seufzte angestrengt und schaute zu seiner Mitarbeiterin.

Lindsay saß etwas ratlos vor ihrem Notebook und klickte sich durch die gängigen, sozialen Netzwerke. Sie wollte nicht zugeben, dass sie keinen blassen Schimmer hatte, wo Michael war. Er hatte schon länger nichts mehr gepostet. Noch waren sie sogenannte Freunde auf Facebook. So hatte Lindsay fast immer genau gewusst, wo sich ihr Verflossener aufhielt. Sie hatte nie geglaubt, dass ihr so eine Kinderspielerei mal nützlich sein würde. Sie hatte John über jeden Schritt und Tritt informieren können und war sich so sicher, das Thema Umweltberichte in Nullkommanichts lösen zu können. Sie lagen falsch und Lindsay zog ihre Gesichtshaut zwischen den Augen kraus. Die Falten ließen sie streng aussehen. *So ein Mist*, dachte sie.

„Nein, er ist gerade nicht sehr aktiv", musste sie ihrem Boss gegenüber zugeben. „Irgendwas muss passiert sein. Er stellt eigentlich immer Fotos von sich ins Netz. Er hat neue Kontakte geknüpft und er war am Strand Avellanas surfen. Aber danach?"

John ließ sie nicht ausreden und unterbrach sie schroff: „Dann ruf ihn an. Ich will das endlich vom Tisch haben."

Lindsay erklärte John, dass das nicht so einfach sei. Sie hatten seit Monaten keinen persönlichen Kontakt mehr. Es hatte nie eine offene Auseinandersetzung gegeben, aber ihr Verhältnis war sehr belastet. Seit Michael gekündigt worden war, hatten sie gar keinen Kontakt mehr gehabt. Sie hatten ihm einen offiziellen Brief geschickt und ihm eine kurze Frist gesetzt. Er wurde schroff vor die Tür gesetzt und stand ohne Arbeit da. *Jetzt soll ich ihn einfach so mir nichts dir nichts anrufen*, fragte die Managerin sich selbst in Gedanken.

„John, das geht nicht."

Das Kinn vibrierte, er stieß einen Zischlaut aus und wollte gerade seine lauthalsigen Einwände vorbringen, als das Handy klingelte. Sein Gesichtsausdruck wechselte von total genervt auf dreiviertel genervt, als er abnahm und den Lautsprecher einschaltete.

„Hallo John. Wie geht es dir?"

„Was gibt's? Ich hoffe, du hast gute Neuigkeiten?"

„Ich glaube schon. Rodriguez war…"

„Was soll das denn heißen? Du glaubst? Glauben ist nicht wissen, Mario. Was weißt du? Wo steckt der Penner?"

Der Consultant holte tief Luft. Er hatte versucht, freundlich zu sein. Aber der Vorstandsvorsitzende von G&WE machte es ihm wirklich nicht leicht. Er nahm sich zusammen und fing noch mal an: „Rodriguez war in Manuel Antonio und ist nun in Guanacaste. Wir haben ihn fast. Also ist es jetzt nur noch eine Frage der Zeit bis…"

„Quatsch! Einen Scheiß habt ihr. Er läuft immer noch quietschlebendig draußen rum."

John machte eine kurze Pause und sah zu Lindsay. Sie schüttelte nur mit ihrem Kopf.

„Hol Ricardo ans Telefon. Wir müssen reden."

John legte missgelaunt auf. Lindsay guckte etwas geschockt auf den Bildschirm ihres Laptops. Sie sah sich im Internet die costaricanischen Nachrichten auf Kanal sieben, dem großen lokalen Sender an: „…Lamentablemente se va a superar el récord de 603 homicidios registrados del año pasado, indican autoridades del *Organismo de Investigación Judicial*-OIJ. Este episodio se une a terribles casos de homicidios múltiples que han llenado de sangre el territorio nacional. El jefe de homicidios de OIJ, Álvaro Gonzáles detalló que cada vez se ven casos más violentos, donde aparecen cuerpos mutilados y torturados. Dos hombres de nacionalidad estadounidense fueron asesinados de balazos en la cabeza. El asesino o los asesinos utilizaron una pistola y las autoridades mantienen la investigación del caso. Se cree que fue una venganza contra una banda de narcotraficantes. El ministro de seguridad dijo como primera reacción: Hay que declarar el narcotráfico como "emergencia nacional…"

"Was faselt der da?"

John schaute mit ernster Miene zu seiner Geliebten. Lindsays Spanisch war nicht perfekt, aber sie verstand ungefähr, worum es ging. Außerdem sprachen die Bilder Bände. Die amerikanischen Fernsehsender und Zeitungen zeigten gerne die blutigen Ergebnisse mörderischer Aktivitäten. Gewaltverherrlichende Bilder, Leichenteile und jede Menge abscheuliches Zeug wurden ohne Weiteres und ohne Zensur dem sensationslüsternen Publikum präsentiert. Nur bei schlüpfrigen, leicht anrüchigen Fotos hielten sich die Medien etwas zurück. Sie wollten die Jugend und die Kinder nicht verderben.

„Jeremy und Marcelo sind tot."

Mit aufgerissenen Augen sah Lindsay zu ihrem Boss. Der grinste nur stupide vor sich hin. Er ging zu der kleinen Bar in seinem Büro und schenkte sich einen Whiskey ein. Keiner der beiden sagte etwas. Die Stille war gespenstisch und wurde durch das klirrende Geräusch der Eiswürfel in Johns Glas nur verstärkt. Er führte seine speckige Hand mit dem MacAllen-Whiskey an seinen Mund. Er nahm einen kräftigen Schluck und schaute in das fragende Gesicht seiner Geliebten.

„Ich weiß."

„Wie? Woher?"

John erzählte ihr von dem gestrigen Telefonat. Er erklärte ihr, woher er Darby Smith kannte und was er mit ihm vereinbart hatte. Marcelo und Jeremy waren Bauernopfer, die er machen musste. Er hatte keine andere Wahl. Er wusste nichts von dem Deal zwischen Mario Alfaro, Ricardo Cartin und Darby. Aber das war ihm jetzt auch egal. Lindsay hörte ihm gespannt zu. Sie war geschockt und zugleich beeindruckt, wie sich die Dinge fügten. Sie hatte John nicht zugetraut, dass er den Fall zu seinen Gunsten lösen könnte. Sie klappte ihren Rechner zu und fummelte etwas nervös an ihrer Handtasche herum. Sie fischte ihr Mobiltelefon heraus, tippte etwas und legte es vor sich auf den Tisch. Anscheinend erwartete sie einen Anruf.

„Wer ist dieser Darby Smith und woher kennst du ihn?"

„Ach, das ist eine lange Geschichte. Die Hauptsache ist, dass er jetzt für mich arbeitet. Seine Arbeitsbedingungen sind akzeptabel. Ricardo und Mario – diese Nichtsnutze - sind wir damit auch bald los. Sobald er Rodriguez erwischt hat, will er noch ein paar alte Rechnungen mit ihnen begleichen."

Zufrieden schaute er in sein Glas und trank genüsslich. Der Single-Malt-Whiskey brannte leicht auf seiner Zunge und floss über seinen Gaumen durch die Speiseröhre in den Magen. Ein wohlig-warmes Gefühl machte sich in seinem Körper breit. Der Alkohol löste seine Zunge und er sprach ausführlich über seine Pläne. John war zufrieden und extrem stolz auf sich, weil er einen so tollen Coup landen konnte. Er geriet fast ins Schwärmen. Nicht jeden Tag bekam er die Chance, einen der besten Auftragskiller für sich arbeiten zu lassen. Lindsay lächelte ihn diabolisch an. Sie wollte gerade aufstehen und ihn für seine tolle Arbeit mit einem Kuss belohnen, als Johns Handy klingelte. Es waren Mario Alfaro und Ricardo Cartin.

Das Gespräch war ein totales Desaster. Sie redeten über die morgendliche Demo und die Regierungserklärung, die eher für die Indianer und gegen Diquís abgegeben wurde. John schrie mehrmals so laut, dass seine Geliebte sich die Ohren zuhalten musste. Er drohte Mario und Ricardo, sie erschießen zu lassen. Der Ausbruch mündete in Raserei. Für einen Moment vergaß er sich. Seine Aggressionen kannten keine Grenzen. Am liebsten hätte er Lindsay an die Wand geklatscht, aber er hielt sich im letzten Moment zurück. Dafür flogen die Papiere mit dem

Umweltbericht, den Lindsay zugeschickt bekommen hatte, durch den Raum. Nachdem das Telefonat beendet war, waren alle vier fix und fertig. Der Druck stieg immens und sie mussten endlich eine Lösung finden.

*****

„Wahnsinn! Ich bin platt von so viel Schönheit. Das kannst du auf Postkarten oder Fotos nicht rüberbringen."

„Ja, ich bin auch beeindruckt. Ich hatte vergessen, wie schön es hier ist", gab Thomas zu. Die beiden Freunde saßen in einem heißen Whirlpool und guckten mit Ehrfurcht und viel Bewunderung auf den Vulkan Arenal. Es dämmerte bereits und kleine Lavarinnsäle bahnten sich ihren Weg. Die kegelförmige Spitze leuchtete durch die rote Glut. Sie hatten Glück. Keine Wolke verdeckte den Vulkan und der Architekt ihres Hotels hatte schlauerweise die Schwimmbadlandschaft mit Blick auf das steinige Monster bauen lassen. Michael und Thomas genossen die atemberaubende Aussicht und tranken Cocktails. Das warme Wasser blubberte vor sich hin.

„Man kann über die Costaricaner sagen, was man will. Aber sie wissen, ihre natürlichen Schönheiten in Szene zu setzen."

„Ja, hier haben sie alles richtig gemacht. Aber das HICE ist nicht immer so umweltfreundlich", musste Michael eingestehen. Die Ticos erzeugten ihren Strom fast ausschließlich aus erneuerbaren Energien. Aber zu welchem Preis? Auf der einen Seite waren die Stromtarife nicht wettbewerbsfähig und auf der anderen Seite wusste das HICE nur, wie man große Wasserkraftwerke und Staudämme baute. Der Mangel an Flexibilität und die Angst vor neuen Energiequellen brachten die Costaricaner in die Bredouille. Sie ließen es nicht zu, zum Beispiel mehr Solarenergie über dezentrale Systeme zu nutzen. Sie wollten lieber die Indianer vertreiben, große Naturreservate unwiederbringlich zerstören und die Strompreise weiter in die Höhe treiben. Diquís war zum Scheitern verurteilt. Es wusste nur keiner. Michael redete sich in Rage.

„Das ist doch pervers. Die Wassermassen zerstören dann alles. Das Projekt ist viel zu teuer und einen Gewinn werden sie nicht erwirtschaften. Wenn sie nicht aufpassen, verlieren sie ihre Vorteile als grünes Vorzeigeland und dann war es das mit dem Umweltschutz. Ökotourismus steht dann nur noch auf dem Papier."

Thomas nickte verständnisvoll. Aber er war den Ausführungen Michaels etwas überdrüssig. Fast genervt fragte er: „Hast du schon angerufen? Wenn wir hier nur rumlabern, passiert eh nichts."

„Nein. Die Nummer habe ich im Internet gefunden. Aber ich war noch nicht so weit", musste Michael zugeben.

Der Alkohol vernebelte ihm etwas die Sinne. Majestätisch thronte der Vulkan über ihnen und der Mond war mittlerweile aufgegangen. Thomas dachte kurz an Maria. Costaricanische Pärchen tummelten sich um sie herum und gaben sich der romantischen Stimmung hin. Die Grillen zirpten laut in den Büschen und hielten ihr nächtliches Konzert ab.

„Ey, bevor wir hier gleich knutschen, rufe ich da lieber an", scherzte Michael.

„Dann mach."

Der Texaner ließ es sich nicht zwei Mal sagen und stieg aus dem Whirlpool.

„Bin gleich wieder da," murmelte er und trank den letzten Schluck seines Cocktails.

Thomas nickte nur und schaute seinem Kumpel hinterher. Michael war im Dunkel der Nacht verschwunden und hatte feuchte Fußspuren hinterlassen. Es war gerade mal achtzehn

Uhr durch und schon stockduster. Thomas bestellte sich noch einen Cocktail. Der Kellner guckte ihn etwas mitleidig an, da er das Veilchen in dessen Gesicht bemerkte. Der Deutsche verstand sofort und grinste ihn nur an und sagte: „Pura Vida!".

Derweil stand Michael nur in Badehose in seinem Zimmer. Er hatte sich locker das Handtuch um die Schulter geworfen. Er starrte auf sein Handy und tippte langsam die Nummer ein, die er recherchiert hatte. *Es war noch nicht zu spät. Vielleicht arbeitet er noch*, ging es ihm durch den Kopf. Der Alkohol in seinem Blut tat seine Wirkung. Sein Hals war ganz trocken und seine Augen fühlten sich schwer an. Ein kleiner Schauer überkam ihn und seine Härchen am Körper richteten sich auf. Er schüttelte und räusperte sich zweimal. Er war sehr angespannt und überlegte kurz, doch nicht anzurufen. Die letzten Monate waren sehr anstrengend für ihn gewesen. Er war müde und ausgelaugt. Die viele Arbeit hatte ihn gezeichnet, die detaillierte Planung für den Bau des Wasserkraftwerks samt Staudamm und all der viele Papierkram. Jedes Mal hatte er Zweifel gehabt, ob er das Richtige getan hatte. Die Umweltberichte waren schließlich das i-Tüpfelchen gewesen, die sein emotionales Kartenhaus zum Einsturz gebracht hatten. Der Ingenieur hatte es die ganze Zeit geahnt, dass etwas nicht stimmte. Aber er hatte das mulmige Gefühl erfolgreich weggedrückt. Die Affäre mit Lindsay reihte sich nur zu gut in die Serie der üppigen Ablenkungen ein. Wenn er nicht arbeitete, betrank er sich oder suchte andere Freuden, die ihm halfen, sich vor der Wahrheit zu verstecken. Er war so blind gewesen - so naiv - so dumm. Das ärgerte ihn.

Er merkte erst jetzt, seitdem er mit Thomas unterwegs war, wie sein Humor wieder aufkeimte. Ein Hauch von Unbekümmertheit lag in der Luft. Es tat ihm gut, für jemanden da zu sein. Diese Symbiose zwischen ihm und dem Deutschen gefiel ihm und er hatte seinen neu gewonnen Freund echt gern. Der

Ingenieur hoffte inständig, Hilfe zu bekommen. Er brauchte sie dringend und musste unbedingt mit jemandem über die umweltzerstörerischen Pläne von G&WE reden. Thomas hatte vollkommen Recht. Es wurde Zeit, etwas zu tun und nicht nur zu reden. Seine Wut triumphierte über seine Lethargie und er drückte auf das grüne Anrufzeichen. Das Tuten klang dumpf in seinem Ohr. Hoffnung keimte in ihm auf. Es klickte und jemand nahm ab.

„Hallo?"

Michaels Hals war immer noch ganz trocken. Er wollte etwas sagen, aber seine Zunge folgte nicht den Befehlen seines Gehirns.

„Hallo? Wer ist denn da?"

Es verging eine gefühlte Ewigkeit. In Wahrheit waren es vielleicht fünfzehn Sekunden, aber Michael kam es unendlich lang vor.

Er fasste Mut und antwortete endlich: „Señor Alfaro?"

„Ja, der bin ich, was kann ich für Sie tun?

„Mein Name ist Michael Rodriguez und ich würde mich gerne mit Ihnen unterhalten."

Mario war völlig perplex. Er hatte Michael am Apparat. Er ließ sich seine Überraschung nicht anmerken, räusperte sich und bat um eine kurze Unterbrechung des Gesprächs, da er gerade unpässlich wäre. Michael willigte ein und hörte sich geduldig die Musik der Warteschleife an. Das Consulting-Büro von Mario war als Verein eingetragen: ASOE, Asociación de Energía. Das verwirrte Michael bei seinen Recherchen etwas, aber er ging darüber hinweg. Die Verantwortlichen des Vereins hatten sich etwas sehr Geschmackvolles einfallen lassen und „I got you" von Jack Johnson klang durch das Telefon.

Michael flötete die sanften Töne mit und fühlte sich besser. Er hatte auf jeden Fall das Richtige getan. Er hing seinen Gedanken nach, als das Klicken des Telefons das Lied unterbrach.

„So, Señor Rodriguez. Nun bin ich voll und ganz für Sie da. Worum geht es denn?"

Michael erzählte ihm, wie er auf ihn gekommen war und lobte ihn für den guten Zeitungsartikel. Die Terraba-Indianer waren ihm über all die Monate ans Herz gewachsen und er bekräftigte, dass die Wasserkraftanlage nicht gebaut werden sollte. Der Texaner sprach über die vertraulichen Informationen des Staudammprojekts und wollte unbedingt sein Wissen mit ihm teilen. Er erzählte von ein paar Fotos, die er von den Originalunterlagen der Umweltberichte gemacht hatte.

„Wo haben Sie die Fotos gemacht?"

Michael wollte darüber nicht am Telefon sprechen. Er hatte flink ein paar Aufnahmen gemacht, als er vor ein paar Monaten in Lindsay Logans Wohnung war. Er log und sagte, dass sie ihm bei der Arbeit in die Hände gefallen wären. Das Gespräch dauerte nicht lange. Sie vereinbarten einen Termin und wollten sich sehr bald in San José treffen.

„Gut, so machen wir das. Bitte bringen Sie die Fotos oder Ihr Telefon mit, wo Sie die Informationen gespeichert haben. Ich muss sie unbedingt sehen."

„Ich bin so froh, dass wir uns treffen können. Bis bald. Adiós"

„Hasta luego."

Beschwingt und erleichtert legte Michael sein Handy zur Seite. Er musste grinsen und freute sich. Optimismus machte sich breit und er war froh, dass er angerufen hatte. *Das Gute wird am Ende doch noch siegen*, ging es ihm durch den Kopf.

Tag 13 Gefahr unter Wasser

„Wo ist er?"

„In der Nähe vom Vulkan Arenal."

„Gut. Ich mache mich auf den Weg."

„Bitte mach nichts Unüberlegtes. Er sprach von belastenden Beweisen. Irgendwelche Fotos von den echten Umweltberichten. Wenn die der Presse in die Hände fallen, ist alles vorbei. Übermorgen ist er in San José. Hier ist es viel einfacher…"

Darby unterbrach Mario und sprach leise, aber sehr bestimmt: „Lass das mal meine Sorge sein."

Er legte genervt auf. Nochmal durfte ihm Michael nicht durch die Lappen gehen. Ein neuer, abscheulicher Tötungsplan formte sich in seinem Kopf und er musste unwillkürlich lächeln.

*****

„Los jetzt! Das kann doch nicht so schwer sein," brüllte Thomas.

Michael hielt sich an der Stange in der Mitte des großen Surfbretts fest und versuchte krampfhaft, das viel zu große Segel in den Wind zu halten. Es wehte kräftig. Die beiden Freunde hatten heute Windsurfen auf dem Programm. Die Sonne schien fast unbarmherzig und der Arenal-Stausee bot perfekte Bedingungen für ambitionierte Wassersportler.

Beim Frühstück hatte sich Thomas die Erklärung über alle technischen Details der Wasserkraftanlage, der Turbinen und des Staudamms anhören müssen. Michael war restlos begeistert und lobte ausnahmsweise mal das HICE und ihr tolles Projekt, das sie im Norden von Costa Rica vollbracht hatten. Der Arenal-Staudamm war aus Sicht des Ingenieurs eine technische Meisterleistung. Der Stolz der Costaricaner war begründet. Viele Jahrzehnte hatte der Stromkonzern hervorragende Arbeit geleistet und das Land zu fast hundert Prozent mit erneuerbaren Energien elektrifiziert. Thomas war erstaunt über so viel Weitsicht. Er hatte den See immer nur unter sportlichen Gesichtspunkten betrachtet. So auch jetzt:

„Luv oder Lee sind mir doch egal," schrie Michael und landete wieder tollpatschig im Wasser. Es war kühl, aber angenehm erfrischend. Thomas saß auf seinem Brett, hielt die Füße ins Wasser und lachte laut. Er genoss es, hier zu sein. Alles drehte sich um den Sport und er war voll fokussiert. Er verschwendete nicht einen klitzekleinen Gedanken an seine Exfreundin Maria. Das war auch gut so. Der wunderschöne Tag, die Natur und der See ließen ihm keine Zeit, Trübsal zu blasen. Im Gegenteil: Er war voll in seinem Element. Die letzten Jahre war er öfter mal zum Windsurfen zu den zahlreichen Brandenburger Seen gefahren. Der Arenal-Stausee bot ihm die Möglichkeit, sein ganzes Können mit dem Segel auszureizen. Michael dagegen war ein wenig frustriert und überfordert. Wellenreiten war ganz anders und er lag mehr im Wasser, als dass er sich dem Spiel mit dem Wind und seinem Brett unter den Füßen hingeben konnte. Der Wind blies kräftig in das Gesicht des Texaners.

„Los Michael, wir sind hier nicht an der Nordsee! Du musst schon das Segel in den Wind halten."

Der Texaner stand endlich mal aufrecht und hielt sich an der Stange fest. Er hatte die perfekte Ausgangsposition, um über das Wasser zu gleiten. Leider drehte er sich zu Thomas um. Verzweiflung machte sich auf seinem Gesicht breit, da er keinen Millimeter vorankam. Verwirrt fragte er: „Wo?"

Mit einem lauten Platschen krachte er wieder ins Wasser und das Segel auf ihn. Laut prustend tauchte er auf und fluchte: „Shit! Ich hasse Windsurfen."

Thomas musste lachen und kriegte sich gar nicht mehr ein. Dabei verlor er fast das Gleichgewicht. Michaels Locken hingen nass vor seinem Gesicht. Er nahm seinem deutschen Freund das Gelächter nicht übel. Im Gegenteil: Er stimmte in das Gegacker ein und machte ein paar lustige Synchronschwimmbewegungen.

„Wenn ich mal groß bin, trete ich bei Olympia an," witzelte er.

„Mit Eleganz und der nötigen Körperspannung gewinne ich bestimmt die Goldmedaille."

Thomas hatte vor Lachen schon Tränen in den Augen. Er winkte heftig mit seinen Armen: „Hör´ auf, hör´ auf." Es sah einfach zu komisch aus, wie der schlaksige Texaner seine improvisierte Kür aufführte.

Sie alberten herum und bemerkten nicht, dass sie vom Ufer aus beobachtet wurden. Mit stoischer Ruhe lag der gut getarnte Späher im Gras. Seine langsamen und präzisen Bewegungen ließen zerstörerische Absichten erahnen. Das interessierte Michael und Thomas nicht im Geringsten. Sie waren mit sich selbst beschäftigt.

Lässig schwamm Michael zu Thomas, der auf seinem Surfbrett saß. Er kicherte noch immer. Der Ingenieur hatte sich die nächste Bewegung genau überlegt. Mit viel Schwung stieß er Thomas von seiner Sitzgelegenheit. Obwohl er keinen Tauchschein besaß, vollzog der Deutsche eine perfekte Rolle rückwärts und das klare Wasser stoppte seinen Spott. Michael freute sich über seine kleine Rache und kraulte zufrieden zu seinem Sportgerät, das herrenlos etwas abgetrieben war.

„Das hast du davon, Mr. Supersurfer."

Der Texaner guckte zu der Stelle, wo der Blonde zuvor so abrupt verstummt und verschwunden war. Er war immer noch nicht aufgetaucht und Michaels Grinsen verwandelte sich in einen schmallippigen, angestrengten Gesichtsausdruck.

„Ey, das ist nicht witzig. Wo bist du?"

Es war kein Mucks zu hören, geschweige denn ein Blubbern oder ein Lebenszeichen seines Sportpartners zu sehen. Er dachte an einen Scherz, da es verdächtig ruhig war - zu ruhig. Aber mittlerweile waren bestimmt sechzig Sekunden vergangen, schätzte Michael.

„Thomas", rief er.

Etwa hundert Meter weiter glitt ein anderer Windsurfer elegant über das Wasser, schenkte aber dem Lockenkopf keine Beachtung. Er entfernte sich schnell wieder.

„Thomas," rief er wieder.

Nichts. Das Wasser blieb ruhig und nur die kühle Brise wehte ihm ins Gesicht.

Da. Nur fünf Meter vor ihm meinte Michael, etwas im Wasser gesehen zu haben. Aber es konnte auch ein Fisch gewesen sein. Die Zeit lief. *Zwei Minuten sind schon rum*, dachte er. Sorgen bahnten sich ihren Weg durch seine Gehirnzellen und Synapsen. Etwas planlos schwamm er in die Richtung, wo er Thomas das letzte Mal gesehen hatte. Die Sekunden verstrichen und aus Spaß wurde Ernst.

„Thomas, wo bist du? Verdammt!"

Panik machte sich breit. Etwas hektisch tauchte Michael unter, um in der Tiefe etwas zu erkennen. Es war nichts zu sehen. Lautstark atmete er an der Oberfläche ein. Kurz bevor er sich wieder in die H_2O-Welt begab, spürte er plötzlich etwas an seinem Bein entlang schwimmen. Es war etwas Großes. Michael konnte nicht erkennen, was da aus der Tiefe nach ihm griff oder nur auf seinem Weg zu ihm emporkam. Das Blut pochte in seinen Adern und mischte sich mit Adrenalin. Er schrie erschrocken auf und wollte nach dem Eindringling treten. Hektisch paddelte Michael auf der Stelle. Das Ding war schnell und schoss an die Oberfläche.

Es war Thomas, der kraftvoll einatmete und mit einem riesigen Grinsen vor Michael schwamm.

„Du Arschloch!", rief Michael ihm zu.

Aber er spürte Erleichterung.

Etwas außer Atem antwortete Thomas lachend: „Hast du dir etwa Sorgen gemacht?"

Die Antwort kam prompt und spritzig in Form von mehreren Litern Seewasser. Wie die Kleinkinder kabbelten sich die beiden und giggelten bei ihrer epischen Wasserschlacht. Einen besseren Urlaub konnten sie sich kaum vorstellen. Sie hatten alles um sich herum vergessen. Thomas dachte nicht eine Sekunde an seine Ex-Freundin und Michael hatte das Diquís-Wasserkraftprojekt in einen dunklen Winkel seines Gehirns verbannt. Sie hatten einfach nur Freude und genossen den Moment. Ihre Surfbretter trieben immer weiter ab. Aber das war ihnen egal.

Der ungebetene Gast am Seeufer blinzelte und machte sich bereit. Die niederen Instinkte aus Urzeiten übernahmen die Kontrolle über seinen Körper. Es sollte nicht mehr lange dauern. Gleich wollte er zuschlagen und einem der beiden Surfer den Garaus machen. Zu lange war es schon her, dass er jemanden getötet hatte. Seine Tarnung war nicht zu übertreffen. Über viele Jahre hatte er sie perfektioniert. Sehr zum Leidwesen unzähliger Opfer. Er bildete eine vollkommene Einheit aus Erde und buschigem Gras am Rand, gerade mal fünfzig Meter von den planschenden Wassersportlern entfernt.

„Los, lass uns noch eine Runde surfen," unterbrach Thomas seinen Kompagnon. „Wir sind ja nicht zum Spaß hier."

Mit kräftigen Schwimmzügen bewegte er sich weg vom Ufer in Richtung seines Surfbretts. Michael wollte es ihm gleichtun. Er wurde jedoch abgelenkt. Ein kleines Motorboot kam direkt auf ihn zu gefahren. Der Süßwasserkapitän der Nussschale gestikulierte wild und brüllte ihm etwas zu, das er nicht verstand. Thomas war auf´s Schwimmen konzentriert und bekam von alledem nichts mit. Es ging alles viel zu schnell: Die Schilfböschung wackelte verräterisch und gab das Versteck des Killers preis, Michael nahm jetzt die Bedrohung war und geriet in Panik und wollte schnell wegschwimmen. Thomas war bereits an seinem rettenden Surfbrett angekommen und bemerkte erst jetzt, was los war. Geschockt und starr vor Überraschung sah er das Motorboot. Nur wenige Meter trennten Michael von seiner Rettung oder dem sicheren Tod. Gerade noch rechtzeitig packte sein Besitzer den Texaner und zog ihn auf seine hölzerne Santa Maria. Stumm vor Schreck und triefend vom Wasser saß er zusammengesunken auf dem Boden und schüttelte nur mit dem Kopf, während sein Retter einen Bogen schlug.

Er fuhr zu Thomas und schrie immerzu: „Cocodrilo!"

Thomas saß bereits auf seiner schwimmenden Rettungsinsel und wartete ruhig, fast apathisch. Er zitterte. Er hatte die Szene beobachtet. Der große Beutejäger war untergetaucht. Er hatte mit allem gerechnet, aber nicht damit, dass der Arenal-Stausee von Krokodilen bevölkert war. Seine Überraschung paarte sich mit Angst. Zum Glück ergriff das vier Meter lange Tier die Flucht. Das Motorengeräusch hatte es vermutlich verschreckt. Der Schock saß dem Blonden noch in den Gliedern.

Juan hieß ihr Retter in höchster Not und erklärte den beiden Ausländern, wie sich die sogenannten Spitzkrokodile epidemisch in Costa Rica ausbreiteten. Das Umweltministerium hatte ein Abschussverbot erlassen und die schuppigen Biester vermehrten sich unkontrolliert. Sie erschlossen sich immer neue Reviere und eben auch hier den Stausee.

„Das war völlig bescheuert, hier surfen zu gehen. Oh Mann! Warum hat uns das keiner gesagt?"

Juan zuckte nur mit den Schultern. Die beiden Surfer wussten gar nicht, wie sie ihm danken sollten. Er hatte ihnen das Leben gerettet. Für den Costaricaner war das alles halb so wild. Er wirkte gelassen, machte sogar Witze und Michael musste lächeln. Er hatte sich etwas beruhigt und konnte sein Glück kaum fassen.

„Pura Vida, Mae!"

„Ja, alles klar."

Die Angst nagte noch an den Gemütern der beiden Ausländer. Aber sie ließen sich nichts anmerken. Der Stausee und der riesige Vulkan im Hintergrund strahlten Idylle und Ruhe aus. Michaels Innenwelt fuhr Achterbahn. Die Sonne schien kräftig und ließ das saftige Grün der Vegetation erstrahlen. Michael war dem sicheren Tod entgangen. Das wurde ihm jetzt erst richtig klar und er atmete tief die feucht-warme Luft ein. Etwas gequält lächelte er immer wieder zu Juan, der seine schlechten Scherze mit dem Texaner trieb:

„Ay hombre, was sagt ein Krokodil, das einen Clown gefressen hat?"

Michael und Thomas schüttelten nur resigniert mit dem Kopf.

„Schmeckt irgendwie komisch."

Die beiden Freunde verzogen zuerst keine Miene. Juan hielt sich seinen Bauch vor Lachen und sein Mund brachte ein lückenhaftes Gebiss zum Vorschein. Wenn jemand komisch aussah, dann der gut gelaunte Reptiliendompteur.

Es fühlte sich unwirklich an. Da saßen die beiden mit einem Fischer in seinem kleinen Boot mitten auf dem Stausee. Sie waren haarscharf einer Katastrophe entgangen und keine fünf Minuten später war alle Dramatik völlig verschwunden. Im Gegenteil: der Fischer scherzte mit ihnen. Es war ja nichts passiert. Juans rauchiges Gekicher, die noch vorhandenen schief stehenden, aber strahlend weißen Zähne und diese absurde Situation ließen bei den Surfern kein Auge trocken. Sie stimmten in das Gelächter mit ein. Es war besser so. Es war wirklich irgendwie komisch.

Tag 14 Wie gewonnen, so zerronnen

Das Wartezimmer des Energieverbandes ASOE war geschmackvoll eingerichtet. Die Stühle waren aus dunklem Holz und mit gemütlichen Sitzkissen bestückt. Der weiße Teppich wirkte etwas übertrieben, aber gab dem Interieur eine warme Note. Sowohl der Tisch in der Mitte als auch der Tresen, wo die Empfangsdame saß, waren Glas-Holz-Konstruktionen. An der Wand hingen Bilder von costaricanischen Naturschönheiten und in der Ecke durfte der Breitbildfernseher nicht fehlen. Kanal sieben, der immer und überall präsente, lokale Fernsehsender, zeigte mal wieder Nachrichten. Der Ton war ausgeschaltet.

Michael saß etwas verloren auf dem ausladenden Stuhl. Er fühlte sich nicht gut.

Die Fahrt von San Carlos nach San José war ruhig verlaufen. Die Serpentinen herauf und wieder herunter hatten ihm und Thomas weitere landschaftliche Hingucker preisgegeben. Sie hatten nicht enden wollende Kaffeeplantagen links und rechts vom Weg gesehen. Zwischendurch hatte der Texaner immer einen weiten Blick in die Täler erhaschen können. Es war ein wahrer Augenschmaus. *Hier kommt also der leckere costaricanische Kaffee her*, hatte er des Öfteren während der Fahrt gedacht. Ziemlich weit oben in den Bergen wurden sie von Nebelbänken erwischt. Die Sicht und das Ambiente waren schrecklich ungemütlich. Aber ein paar Kilometer weiter hatten sie bei strahlendem Sonnenschein die Fahrt entspannt fortsetzen können. Diese Mikroklimazonen in Costa Rica waren einfach unglaublich.

Nun war er hier: Bei Mario Alfaro. Der Funktionär, Consultant und Vertreter der Terraba-Indianer war noch in einer Telefonkonferenz, die gleich zu Ende sein sollte. So versicherte es dem Texaner die nette Sekretärin am Eingang. Sie hatte sich ihm mit ihrem Vornamen vorgestellt: Denisse. Ein eher ungewöhnlicher Name hier in diesen Breitengraden. Sie war sehr hübsch. Etwas zu doll geschminkt, aber Michael schaute immer mal zu ihr hinüber. Wenn ihre Blicke sich trafen, lächelten beide, wendeten aber den Augenkontakt schnell wieder ab und guckten verlegen woanders hin. Es hatte zwischen den beiden gefunkt. Das war deutlich zu sehen. Michael wollte sich auf sein Anliegen konzentrieren. Er hatte keine Zeit zum Flirten. Seit er mit Lindsay angebändelt hatte und ihre Affäre so schmerzlich beendet worden war, war er etwas vorsichtiger geworden. Sein Herz konnte er nicht einfach jeder beliebigen Weiblichkeit öffnen. Doch die großen, braunen Augen von Denisse zogen ihn in ihren Bann.

Er kniff sich ins Bein. Der Schmerz sollte ihn etwas zur Räson rufen. Er lenkte sich ab und starrte zur Wand und versuchte, die Angestellte des Lobbyisten zu ignorieren. Seine Aufmerksamkeit wurde von einem sehr schön fotografierten Bild des Nationalparks Rio Celeste eingefangen. Das türkis-blaue Wasser des Flusses sah aus wie gemalt. Es war anscheinend in der Realität genauso wie dargestellt, so hatte man ihm das schon des Öfteren erzählt.

Er träumte davon, dort spazieren zu gehen. Vielleicht mit Denisse - Hand in Hand. Seine Fantasie nahm ihren freien Lauf und er malte sich eine gemeinsame Wanderung durch den Wald aus - am pompösen Wasserfall vorbei. Er konnte fast das Rauschen der Wassermassen hören. Er hing seinem Tagtraum nach und bemerkte nicht, wie die polizeilichen Behörden über drei Tote in Tamarindo berichteten. Zwei Ausländer, vermutlich US-Amerikaner, wurden gefoltert und kaltblütig ermordet in ihrem Hotelzimmer gefunden. Ein weiterer Toter, ein Costaricaner, vervollständigte das Trio. Er war von Touristen zwischen Mülltonnen vor dem Hotel der ersten beiden Leichen entdeckt worden. Der örtliche Polizeichef gab gerade ein Interview. Es gab wilde Spekulationen, dass die Taten einen Zusammenhang hatten. Aber welchen? Das war nicht plausibel erklärbar. Die Fernsehbilder zeigten immer wieder die leblosen Körper der drei Dahingeschiedenen. Die Gewalt im Fernsehen machte den Costaricanern nichts aus. Im Gegenteil: Sie konnten so ihre Sensationslust befriedigen.

Michael war immer noch auf seiner Fantasiereise. Er atmete leicht erregt ein und aus. Er hatte die Augen geschlossen und hörte Denisse seinen Namen rufen. Er sah sie ganz deutlich vor sich. Sie waren am Fluss. Das Wasser hatte eine fast neon-blaue

Farbe im Sonnenschein angenommen. Die Empfangsdame stand leicht bekleidet vor ihm.

Sie sagte immerzu: „Michael."

Er wollte sie küssen. Er spürte ihre Hand auf seiner Schulter. Er schreckte auf und blickte in die Rehaugen der ein Meter sechzig großen, jungen Frau. Sie ließ von ihm ab. Er hatte alles nur geträumt.

„Michael. Sie sind jetzt dran. Mario hat nun Zeit für Sie." Lächelnd machte sie auf dem Absatz kehrt und ging zurück zu ihrem Schreibtisch.

Der Wasserbauingenieur war wieder in der Realität angekommen. Er nickte nur stumm und atmete tief ein. Er seufzte. In Sekundenbruchteilen war ihm wieder klar, warum er in diesem Büro in San José war. Er war hier, um mit Mario Alfaro über die Umweltberichte des wohl sinnlosesten Staudamms Zentralamerikas zu sprechen. Er ging in Gedanken seinen Text durch, was er dem Consultant sagen wollte: *Der Diquís-Staudamm war von Anfang an zum Scheitern verurteilt. Es war bei der Analyse sehr deutlich herausgekommen, dass sowohl die Wirtschaftlichkeit nicht gegeben als auch der Umwelteinfluss für Flora und Fauna zu groß war.*

Er stand auf und ging zur Tür, auf die Denisse deutete. Im Vorbeigehen erhaschte er noch ein Bild von den beiden grauen Männern Jeremy und Marcelo. Sie lagen tot auf dem Boden. Ein klitzekleiner Gedanke blitzte in ihm auf: *Habe ich die schon mal irgendwo gesehen?*

Aber bevor er sich die Frage beantworten konnte, ging schon die Tür auf und Mario Alfaro stand mit einem breiten Lächeln vor ihm und streckte ihm die klobige Hand entgegen.

„Señor Rodriguez, es ist mir eine Ehre, Sie hier bei uns begrüßen zu dürfen. Bitte kommen Sie doch herein und nehmen Sie Platz", empfing ihn lautstark der dicke Costaricaner. Seine tiefe Stimme wirkte beruhigend auf Michael. Denisse brachte den beiden Männern Kaffee und etwas Gebäck, während Mario die allgemeinen Höflichkeitsfloskeln herunterspulte. Der Texaner fühlte sich wohl. Es war die richtige Entscheidung, hierher gekommen zu sein. Die Ledergarnitur der Sitzecke im Büro fühlte sich geschmeidig unter seinem Körper an. Er hatte immer noch etwas Muskelkater vom Surfen, aber seine Anspannung ließ deutlich nach und er folgte den Worten Marios, der ihm wohlduftenden Kaffee eingoss. Michael nahm die Tasse in die Hand und schaute ihn erwartungsvoll an.

„…und dann hat das HICE mit der Firma G&WE das Diquís-Projekt aus der Versenkung gehoben. Damit hatte keiner gerechnet. Wir haben hier bald Wahlen und es sieht nach einem klaren Sieg der PLN, also der konservativen Partei aus. Andere Parteien, zum Beispiel von Fabricio Alvarado, irgend so ein Polemiker und christlicher Extremist, wollte gerne das Ruder übernehmen. Aber er hatte keine Chance. Die Mitte-links-Regierung musste eigentlich weg. Nun denn… Armes Costa Rica. Irgendwer muss die schwierigen Entscheidungen treffen und die Gewerkschaften vor den Kopf stoßen. Wir haben so viele Aufgaben vor uns. Der staatliche Schuldenberg nimmt schwindelnde Höhen an und von den klassischen Problemen im Gesundheitssektor, Bildungssektor und der inneren Sicherheit will ich gar nicht erst anfangen. So ein Mega-Projekt wie Diquís kommt einfach zur falschen Zeit. Die Costaricaner können sich das gar nicht leisten und die Vertreter der Terraba-Indianer nutzen jede Gelegenheit, um ihre Rechte durchzusetzen. Es ist total chaotisch. Also, um ehrlich zu sein. Für mich ist das alles ein Riesenschwindel und Betrug. Die aktuell veröffentlichten Umweltberichte besagen, dass alles seinen rechten Gang ginge. Das heißt, dass das HICE das Projekt unabhängig von den Empfehlungen der UN oder anderer Komitees in jedem Fall bauen wird. Wenn sie das wirklich durchziehen, gibt es hier Mord und Totschlag. Deshalb will und kann ich das nicht glauben", schloss Mario Alfaro seinen Monolog.

Er nahm einen Schluck von seinem heißen Getränk und blickte zu Michael: „Wie sehen Sie das?", fragte er etwas fordernd.

Michael setzte die Tasse ab und runzelte die Stirn. Etwas verlegen kratzte er sich am Kinn. Die Stimmung war etwas angespannter als noch am Anfang. Mario wollte Antworten von ihm.

„Also, vorweg schonmal. Die Umweltberichte sind gefälscht", begann Michael seine Rede. Mario machte Pustebacken und blies erstaunt die Luft heraus, unterbrach den Ingenieur aber nicht. Er lauschte konzentriert den Ausführungen seines Gegenübers. G&WE hatten offensichtlich eine Reihe von wichtigen Leuten bestochen, um ihre Interessen durchzusetzen. In erster Linie ging es um die Finanzierung und dann später um das technische Know-how für das Projekt. Irgendwo mussten ja die Turbinen zur Stromerzeugung herkommen. Michael kannte sich besser mit dem zweiten, technischen Teil aus. Aber die finanziellen Interessen des CEO John Hans Hamilton waren eindeutig. Der Konzern stand unter starkem Druck und das Geschäft mit dem HICE kam ihm gerade recht. Die großen Energiefirmen hatten weltweit Probleme, solche Groß-Anlagen zu bauen oder bauen zu lassen. Kleinere Wind-, Solar und Biomasseanlagen liefen den Etablierten den Rang ab. Anfangs wusste Michael nicht, dass es sich um einen Schwindel handelte. Er beteuerte mehrmals seine Unschuld und sein Unwissen über die diabolische Handhabung der Umweltberichte. Er erzählte alle Details, die er aus den richtigen Papieren kannte. Das Land der Terraba-Indianer war heilig, die Biodiversität des siebentausend Hektar großen Areals war in akuter Gefahr und auch technisch standen sowohl G&WE als auch das HICE vor einigen Herausforderungen. Ein sechshundert Megawatt großes Projekt ließ sich nicht mal eben an das vorhandene Stromnetz anschließen. Seit Längerem hatte das HICE großen Ärger, seine bisher größte Wasserkraftanlage mit voller Kapazität in Betrieb zu nehmen. Die war nur halb so groß wie Diquís. Michael ging auf die technischen Schwierigkeiten ein. Aber er kam zu den Umweltberichten zurück: Die Umsiedelung von über eintausend Indianern war nur die Spitze des Eisbergs. Große Teile des hiesigen Urwaldes und seiner darin lebenden Tiere waren in Gefahr. Der Mensch stellte sich mal wieder über die Natur. Die costaricanische Umweltbehörde SETENA nahm ihre Analysen normalerweise sehr genau. Aber in den offiziellen Berichten ging es nur um minimalen, menschlichen Einfluss. Er war sauer, weil alles gelogen war. Er hatte viel Zeit in eine Illusion investiert. Der Lockenkopf bedauerte sehr, dass es überhaupt so weit kommen musste. Er schütte Mario sein Herz aus, erzählte ihm, dass er gekündigt hatte und nun auf Reisen war, um Costa Rica von seiner anderen, natürlichen und idyllischen Seite kennenzulernen.

Er fuhr fort: „Ich muss Ihnen nicht sagen, dass es sich hier um erheblichen politischen Sprengstoff handelt. Wenn die richtigen Berichte mit allen Einzelheiten publiziert werden, ist das Projekt sofort gestorben und die Verantwortlichen kommen in Erklärungsnot, warum sie schon so viel Geld für die Vorbereitungsmaßnahmen ausgegeben haben. Das müssen Millionen Dollar sein. Ich vermute auch, dass G&WE all die Jahre schon sehr viel Geld über dunkle Kanäle investiert hat. Wenn Diquís nicht gebaut wird, dann…"

Michael schüttelte nur mit dem Kopf und sog langsam und hörbar Luft durch die Nase ein. Sein Gesicht gab Sorgenfalten preis.

Der politische Funktionär und Aktivist hatte die ganze Zeit gespannt zugehört und nicht gewagt, Michael zu unterbrechen. Er verzog keine Miene, deutete nur auf die Kaffeetasse vor sich und wollte dem Texaner noch etwas einschenken. Der winkte ab und schaute erwartungsvoll zu Mario.

„Das sind ziemlich harte Anschuldigungen, Mister Rodriguez. Sie wissen, was das bedeutet, nicht nur für G&WE, das HICE, das Ministerium. Da sind sehr viele Leute involviert. Wir versuchen schon seit Jahren, das Projekt zu stoppen. Das politische und wirtschaftliche Interesse ist trotz der widrigen Umstände gigantisch. Ich wiederhole nochmal: Diquís soll gebaut werden. Auch wenn die jetzige Regierung etwas hin- und herschwankt bei ihren Aussagen. Costa Rica braucht diese Investition und die Arbeitsplätze. Wir haben viel Zeit und Leidenschaft hineingesteckt, es zu verhindern. Sie wissen, wie schwierig es hier ist. Wir hatten sehr viel Gegenwind. Und jedes Mal, wenn wir endlich jemanden hatten, der einen haltbaren Einwand vorbringen konnte, wurde er mundtot gemacht. Hier sind sehr dunkle Kräfte am Werk, Mr. Rodriguez. Es vergeht kaum eine Woche, in der ich nicht einen Drohanruf erhalte", sagte Mario ruhig.

Er nahm einen Schluck aus seiner weißen Porzellantasse. Es wirkte etwas aufgesetzt, fast theatralisch, wie er Michael warten ließ, bevor er fortfuhr: „Also, was haben Sie konkret für mich. Wo sind die Beweise?"

Michael reichte Mario sein Handy und deutete auf den kleinen Bildschirm. Die Fotos vom richtigen Umweltbericht sagten deutlich, dass das Wasserkraftprojekt Diquís aus Umweltsicht ein riesiges Desaster war: Es wurden alle Pflanzen- und Tierarten aufgezählt, die unwiederbringlich in den Wassermassen des geplanten Stausees untergehen würden. Es waren mehr als dreihundert. Es wurde auch über die Unmöglichkeit der

Umsiedelung von einzelnen Spezies berichtet. Der Umzug der Indianer wurde auf einer anderen Seite behandelt. Der Bericht machte sehr deutlich, dass keine Empfehlung für den Bau des Diquís-Staudamms vorlag. Der soziale und ökologische Schaden war einfach zu groß.

Mario las gespannt und sprach Verwünschungen über G&WE, das HICE und das Ministerium aus. Er war fassungslos und konnte erst nicht glauben, was er las.

„Können Sie mir die Fotos irgendwie zukommen lassen?"

Michael deutete auf einen Memorystick, den er aus der Tasche zog. Er überreichte ihn Mario.

„Wer weiß sonst noch davon? Und wo haben Sie die Fotos noch gespeichert?"

Michael erklärte ihm, dass er alles auf seinem Laptop gespeichert hätte. Der lag im Hotel Ave del Paraiso in San Pedro im Osten von San José. Er wollte ursprünglich wieder im Kekoldi absteigen, aber das war aus unerfindlichen Gründen zu. Also folgte er der Empfehlung seines deutschen Freundes und sie waren beide in der Nähe der UCR, der größten costaricanischen Universität, abgestiegen. Ansonsten wusste niemand Bescheid, log er. Er wollte Thomas nicht mit ins Spiel bringen. Er war der einzige Mitwisser außerhalb von G&WE. Michael entschied sich bewusst dagegen, seinen Freund gegenüber Mario zu erwähnen.

Der Funktionär stellte Michael einen Plan vor, wie sie am besten mit dem Fall umgehen und an die Öffentlichkeit gehen konnten. Er wollte nicht nur einfach die Berichte an die lokale Zeitung *La Nación* übergeben und dann mal schauen, was passieren würde. Er hatte mehr vor und erklärte dem Ingenieur alle Details. Köpfe sollten und mussten rollen. Das war ein Riesending und die Verantwortlichen sollten alle zur Rechenschaft gezogen werden. Immer wieder erwähnte er die Vereinten Nationen und Sanktionen in hohem Maße für alle Beteiligten.

„Tropical Watergate", sagte Mario immer wieder. So einen Skandal gab es noch nie.

„Einige Leute wandern dafür in den Knast oder verlieren zumindest ihre Reputation und müssen ihre Stelle räumen." Mit ernster Miene endete Mario, um sofort noch einen Schluck Kaffee zu trinken. Er war etwas außer Atem von dem ganzen Gerede.

Michael war mit allem einverstanden. Er freute sich, dass er so einen aktiven und kompetenten Alliierten gefunden hatte. *Die Indianer, Tiere und Pflanzen sind gerettet*, dachte er hoffnungsvoll.

Mario geleitete Michael zur Tür und verabschiedete sich von ihm: „Machen Sie sich keine Sorgen. Genießen Sie Ihre Ferien und ich kümmere mich um den Rest. Aber eine Bitte habe ich noch, Señor Rodriguez, sprechen Sie mit niemandem über unser Treffen und die Berichte."

Mit einem festen Händedruck trennten sich die beiden Männer. Michael konnte gerade noch einen Blick auf Denisse erhaschen. Sie lugte verlegen hinter ihrem Schreibtisch hervor und lächelte sanft. Michael war zufrieden und wollte nicht auf den Aufzug warten. Er sprang förmlich die Treppenstufen hinunter und trat lächelnd auf den Boulevard Paseo Colón. Der Texaner war glücklich und wollte vom Zentrum aus nach San Pedro laufen. Wie weit sein Hotel weg war, war ihm völlig egal. Er musste sich bewegen. Er war so froh, dass er hierhergekommen war. Endlich hatte er sich jemandem anvertrauen können. Beschwingt und erleichtert trottete er los.

Währenddessen war Mario wieder in seinem Büro und unterhielt sich mit einem anderen Gast. Der hatte während der

Unterhaltung im Nebenraum gewartet und alles mitgehört. Es war Darby.

*****

Thomas lief durch die Avenida Escazú in San José und machte ein paar Besorgungen. Die Wolkenkratzer spendeten wohltuenden Schatten. Dieser Teil in San José ähnelte vom Stadtbild her ein wenig Miami im Sonnenstaat Florida. Seine breiten Boulevards, Einkaufsmöglichkeiten und teure Autos erzeugten ein gewisses Flair. Thomas war sich nicht sicher, ob er diese Ecke der Stadt mochte oder nicht. Auf der einen Seite schätzte er die Ordnung und die Sicherheit im Vergleich zum Zentrum. Aber auf der anderen Seite störte ihn dieses nordamerikanische Ambiente. Das war einfach nicht costaricanisch.

In der Hand hielt er ein paar Einkaufstaschen. Keine war aus Plastik. Er hatte artig Stoffbeutel mitgebracht, um nicht noch mehr unnötigen Kunststoffmüll zu fabrizieren. Es schmerzte sein Surferherz, dass so viele Schildkröten und andere Meerestiere ständig mit Strohhalmen, Plastiktüten und -flaschen sowie anderem Verpackungsmüll in ihrer natürlichen Umgebung zu kämpfen hatten. Er war einfach zu gerne am Strand und genoss die Sonne und das Meer. Natürlich nur an den sauberen Meeresufern. Er konnte sich nicht wirklich vorstellen, dass die Menschen schnell eine Lösung für die Umweltprobleme finden würden. Aber die Massen an Müll im Meer machten ihm Sorgen und er wollte seinen Teil dazu beitragen, damit nicht noch mehr Abfall dort landete. *Irgendwann fressen wir nur noch Plastik*, ging es ihm durch den Kopf. Er machte eine ernste Miene. Sie hellte sich sogleich auf, als er vor einer Zoohandlung stehenblieb und mindestens einem Dutzend Hundewelpen beim Spielen zuschaute. Die Rasse konnte er nicht identifizieren. Das war auch egal. Die fünf Wochen alten Racker tapsten durch ihren Käfig. Sie zerrten und bissen an ihren Geschwistern und allem herum, was nicht niet- und nagelfest war. Es war ein komisches Schauspiel, während die kleinen Hunde sich aufgeregt auf dem Boden hin und her wälzten. Thomas musste lachen und vergaß für einen Moment das weltweite Abfallproblem. Seine Aufmerksamkeit galt voll und ganz dem idyllischen Spiel der unschuldigen Tiere im Schaufenster. Doch plötzlich wurde er abgelenkt. Er schaute hoch und konnte erst nicht fassen, was oder vielmehr wen er vor sich sah. Die wunderschönen Augen einer ihm bekannten Frau starrten ihn an. Es dauerte eine Sekunde, bis er sich erinnerte, wo er sie das letzte Mal gesehen hatte. Sie stand vor dem Hundekäfig in der Zoohandlung und hatte einen weißen Kittel an. Der Kontrast aus gebräunter Haut und der schimmernden Kleidung zogen Thomas magisch in ihren Bann - schon wieder. Sie war mindestens genauso überrascht wie Thomas und lächelte ihn freundlich an. Sie bedeutete ihm hereinzukommen. Das Herz des Deutschen schien kurz auszusetzen. Er konnte sein Glück nicht fassen und schritt mit großen Schritten auf die Eingangstür zu.

„Was machst du denn hier?", sagten beide gleichzeitig im Chor.

„Thomas, richtig?", sagte die Tierärztin, die ihm ihre schlanke Hand zur Begrüßung hinhielt.

„Ja, richtig, Isabela," hauchte Thomas seine Antwort. Er hatte ihren Namen selbstverständlich nicht vergessen.

Für einen Moment vergaßen die beiden das Tohuwabohu um sie herum. Das Knurren und Rascheln aus dem Käfig waren plötzlich ganz weit weg. Sie freuten sich, einander wieder zu begegnen und erzählten kurz, wie es ihnen nach dem ersten Treffen in Tamarindo ergangen war. Es knisterte heftig zwischen den beiden. Das merkten auch die Kunden und der

Besitzer der Tierhandlung, die sich vielsagende Blicke zuwarfen. Davon bekamen Isabela und Thomas aber nichts mit. Sie waren in ihr Gespräch so vertieft, dass der beleibte Mann hinter der Theke sie unterbrechen musste: „Isabela, mi Amor, entschuldige bitte die Störung. Ist die Impfung für die kleinen Monster abgeschlossen? Wenn ja, was bin ich dir schuldig?"

Isabela und Thomas wurden aus ihrer trauten Zweisamkeit gerissen. Die Spanierin wandte sich lächelnd dem Eigentümer zu. Er grinste sie seinerseits schelmisch an. Ihr war die Situation etwas peinlich und das Blut schoss ihr in den Kopf. Etwas verwirrt antwortete sie: „Ähm, ja, ich…"

Thomas wollte sie nicht in Verlegenheit bringen. Offensichtlich hatte er sie bei der Arbeit gestört. Um die Situation zu retten, streckte er seine Hand dem korpulenten Latino hin: „Hallo, mein Name ist Thomas. Sie haben hier einen wirklich wunderschönen Laden. Die Welpen sind ein Traum. Was ist das denn für eine Rasse?"

Der Costaricaner ließ sich gerne ablenken und stellte sich mit seinem Vornamen Enrique vor. Professionell beantwortete er die Frage und gab detaillierte Auskunft über seine Tiere, die er verkaufte. Der Verkäuferinstinkt war geweckt und er wollte dem Blonden einen seiner Welpen sogleich für einen unschlagbar günstigen Preis verkaufen.

Isabela hatte sich mittlerweile gesammelt und lauschte dem Verkaufsgespräch. Enriques dunkle Bassstimme dröhnte freundlich, aber bestimmt durch das Ladenlokal. Sogar die Hündchen hatten ihr Spiel etwas eingeschränkt und schenkten ihrem Noch-Herrchen ihre Aufmerksamkeit, als wenn sie wüssten, dass es um sie ginge.

Thomas nickte freundlich und wäre gerne auf das Angebot eingegangen. Aber er winkte ab. Er hatte gerade leider andere, wichtigere Dinge im Kopf und konnte sich nicht noch um einen

Hund kümmern. Isabela fiel auf, dass sein blondes, etwas ausgebleichtes Haar unter der Leuchtstoffröhre verführerisch funkelte. Sie mochte Thomas. Sie war förmlich hin und weg von ihm. Sehr zu ihrer Freude beteuerte er immer wieder, wie sehr er Hunde mochte und gerne einen gehabt hätte. Enrique ließ nicht locker und sein Lachen klang wie Baritongesang.

Nun war Isabela an der Reihe, einzuschreiten und dem Gespräch eine andere Wendung zu geben. Sie hatte verstanden, dass Thomas keinen der Welpen wollte und es reichte jetzt. Sie mischte sich ein, lenkte geschickt ab und konnte mit ihrem Kunden über die Impfungen sprechen. Thomas war erleichtert und entfernte sich etwas von den beiden. Isabela packte ihre Arbeitsutensilien ein, überreichte Enrique ihre Rechnung und verabschiedete sich herzlich. Thomas stand am Ausgang und wartete geduldig. Sanft fasste sie seinen Arm und gemeinsam traten sie auf die Straße.

Thomas brachte noch schnell ein *Adios* heraus und sah den dicken Costaricaner mit seinen Augen zwinkern. Ein anderer Kunde forderte dessen Aufmerksamkeit.

Die beiden schlenderten langsam auf dem Gehweg entlang. Sie waren nicht allein, aber ungestört und konnten ihre Unterhaltung fortsetzen. Thomas wollte Isabela auf einen Kaffee einladen. Sie musste leider ablehnen, da sie noch weitere tierische Patienten zu versorgen hatte. Aber sie zückten ihre Handys, tauschten ihre Nummern aus und verabredeten sich für später im Café Krakovia in San Pedro. Mit einem für die Costaricaner üblichen Kuss auf die Wange verabschiedeten sie sich. Thomas stand noch einen Moment da und guckte der Spanierin hinterher. Er hatte noch ihr Parfum in der Nase und konnte sich nicht loseisen. Er stand einfach nur da und starrte ihr hinterher. Er war wie gefesselt, seine Gefühle spielten verrückt und er konnte sein Glück kaum fassen: Er hatte wahrhaftig ein Date mit Isabela.

*****

Das Klopfen an der Tür unterbrach die Stille zwischen Darby und Mario Alfaro. Sie hatten sich nicht viel zu sagen. Der Fall war nun bald abgeschlossen. Darby machte keinen Hehl aus seinem Hass gegenüber seinen Auftraggebern. Aber er war Profi. Er wollte nicht zickig sein und auf gar keinen Fall etwas Unüberlegtes machen. Seine Pläne waren bisher immer aufgegangen. Warum nicht auch dieses Mal?

Die Tür ging auf und dort stand die schöne Denisse mit drei Herren im Schlepptau. Es waren Ricardo und seine Leibwächter, die zur Beratschlagung ins Büro von Mario gekommen waren.

Denisse zog sich zurück und als erstes traten die Leibwächter ein und gingen auf Darby zu. Mario sagte leise: „Bitte steh auf. Du weißt, wie das Protokoll ist."

„Soll ich jetzt Angst haben oder was?", fragte Darby ironisch und starrte auf Ricardo, der noch vor der Tür im Warteraum stand. Die beiden Männer warfen bösen Blicke auf den ehemaligen Berufssoldaten. Ein Leibwächter wollte Darby am Arm anfassen, damit er endlich aufstand.

Der Serienkiller zischte nur leise: „Du fasst mich nur einmal an," und machte eine abwehrende Geste.

Der andere Leibwächter sagte nichts und zeigte nur auf seine Pistole im Gürtelhalfter.

„Was für ein Affenzirkus", stöhnte Darby.

Etwas unwillig stand er auf und streckte seine Arme zur Seite aus. Sie kontrollierten ihn auf Waffen. Zufrieden stellten sie fest, dass er sauber war und nickten ihrem Chef wohlwollend zu. Ricardo verzog keine Miene und trat in das Büro. Er begrüßte Mario herzlich und setzte sich neben Darby. Er schnipste mit den Fingern und die Leibwächter verließen leise den Raum und schlossen die Tür hinter sich.

„Und? Was habt ihr? Können wir das jetzt endlich erledigen?" fragte er ruhig und schaute Mario erwartungsvoll an.

Der dicke Funktionär erzählte ihnen die Einzelheiten von Michaels Besuch. Er schüttelte zwischendurch seinen massigen Kopf und musste über die Naivität des Ingenieurs lachen. Sein Hemd spannte sich ächzend über seinem Bauch. Aber die Knöpfe hielten Stand. Darby saß ganz still da und hörte zu. Er filterte die wichtigen Informationen für seinen Auftrag heraus. Das dämonische Vorhaben formte sich in seinem Kopf. *Es ist fast geschafft und ich kann mich endlich dieser Würmer entledigen,* dachte er. Ein leicht schelmisches Grinsen zog über sein Gesicht.

Ricardo dagegen war außer sich. Er haute mit der Faust auf den Tisch.

„Warum weiß er davon? Die müssen in den USA geschlampt haben," sagte er mit fester Stimme.

Trotz seiner 64 Jahre wirkte er sehr kraftvoll und agil. Sein weißes Haar passte nicht zu seinem energischen Auftreten. Ricardo Cartin machte noch mal dringlich darauf aufmerksam, warum die echten Umweltberichte und Mitwisser von dieser Erde getilgt werden mussten. Es war einfach zu viel Geld im Spiel. Ricardo selbst hatte eine Million US-Dollar von G&WE auf sein Konto in der Schweiz erhalten. Jahrelang hatte er das doppelte Spiel mitgemacht. Er wurde geschätzt unter den costaricanischen Wissenschaftlern und bei der Regierung. Es war nicht das erste Mal, dass er seine Expertise als Umweltwissenschaftler in die Dienste der großen Energieunternehmen und Projektierer gestellt hatte. Der zurzeit größte costaricanische

Staudamm Reventazón ging auch auf seine Kappe und er hatte die umfangreichen Untersuchungen für dessen Bau geleitet. Die Umweltbehörde SETENA hörte blind auf ihn und das hatte er sich nun beim Diquís-Projekt zu Nutzen gemacht. Jahrzehntelang hatte er sich immer korrekt verhalten. Korruption lief im zuwider und er verurteilte die Verantwortlichen vergangener Skandale. Dieses Mal hatte er seine Prinzipien über Bord geworfen. Er konnte dem Geld nicht widerstehen. Es war das erste Mal, dass ihm jemand so viel geboten hatte. Die Indianer waren ihm egal. Der Weißhaarige hasste dieses Pack abgrundtief. *Sollen sie doch woanders ihren Unfug treiben,* dachte er. Der Universitätsprofessor echauffierte sich immer mehr und wurde lauter in seinen Ausführungen. Nur das Klopfen an der Tür konnte ihn stoppen und seinen Hasstiraden gegenüber den Terraba-Indianern Einhalt gebieten. Einer der Leibwächter linste durch den Türspalt und guckte zu seinem Boss. Dieser winkte nur ab und schon war die Tür wieder geschlossen.

Mario nickte verständnisvoll und wollte etwas sagen. Aber Ricardo setzte seinen Monolog fort. Darby war das alles zu langweilig und er guckte genervt auf die Uhr.

Etwas harsch unterbrach er seinen Nebenmann: „Ich gehe mal kurz auf die Toilette."

Ricardo achtete nicht auf ihn und redete einfach weiter bis Mario die Hand hob. Er legte wortlos Michaels Memorystick auf den Schreibtisch. Ricardo verstummte und hörte seinem Gegenüber zu:

„Warte mal kurz. Darby ist gerade nicht da. Lass uns sie auch informieren. Hier sind alle Informationen drauf. Wir brauchen nur noch seinen Laptop."

„Okay. Aber noch haben wir ihn nicht."

„Schreib ihr einfach nur eine Nachricht, dass wir den Auftrag heute erledigen. Danach rufen wir sie dann an. Sie wird sich bestimmt über das Ergebnis freuen."

Während Ricardo auf seinem Handy herumtippte, schlüpfte Darby wieder in das Büro. Er sah erleichtert aus. Mario war etwas erstaunt, da er Darby selten so friedlich, fast freundlich erlebt hatte.

„So, fertig." Ricardo steckte sein Mobiltelefon weg und fragte: „Wie ist nun der Plan? Wo ist Rodriguez abgestiegen?"

Mario holte tief Luft und wollte gerade antworten, als ein stummer Schrei seine Worte unterdrückte. Er wurde ganz bleich und konnte nicht glauben, was er sah. Ricardo blickte ihn fest an und verstand nicht, was geschah.

Darby hatte eine Pistole mit Schalldämpfer gezogen und richtete sie auf Ricardos Kopf. Ein breites Grinsen bestimmte die Gesichtszüge des Serienkillers. Mario wollte seinen Kompagnon warnen. Aber es war zu spät. Darby drückte einfach ab. Ricardo war auf der Stelle tot und fiel seitlich auf den Teppichboden. Spritzer von Blut und Gehirnmasse hatten den Schreibtisch gesprenkelt. Mario rang nach Luft und konnte nicht seine Fassung, aber seine Stimme wiederfinden.

„Bist du irre?", rief er laut.

Er sprang auf und hechtete zur Tür. Er war sich der Gefahr bewusst. Darby hatte nur mit ihnen gespielt und wollte sich nun ihrer entledigen. Wie der personifizierte Racheengel Raziel saß er da und grinste. Marios Magen krampfte sich zusammen. Hoffnungsvoll riss er die Tür auf. Da waren Ricardos Leibwächter: Seine heißersehnte Rettung vor dem sicheren Tod.

Darby war ganz ruhig geblieben, stand langsam auf und stupste mit seinen schweren Armeestiefeln den Toten an, der mit dem Gesicht nach unten den teuren Teppich mit seinen Körperflüssigkeiten besudelte. Er fummelte Ricardos Handy und Brieftasche aus der Jacketttasche und nahm beides an sich. Den Memorystick packte er auch ein. Darby war zufrieden mit sich und seiner Arbeit, die noch nicht ganz zu Ende war.

Er richtete seinen Lauf auf den davonstiebenden Mario, der mit dem Rücken zu ihm an der Tür abrupt stoppte. Er zitterte und Darby meinte, ein leichtes Jammern zu hören.

„Bleib stehen", sagte er ruhig.

Mario tat, wie ihm befohlen wurde. Er hob die Hände, drehte sich aber nicht um. Er konnte seinen Blick nicht von den beiden Leibwächtern abwenden. Da saßen sie auf der Ledergarnitur. Es sah friedlich aus. Wären da nicht die roten Rinnsale, die aus ihren Köpfen auf die teuren Anzüge flossen. Im Hintergrund erkannte Mario seine hübsche Assistentin. Sie saß etwas schief auf ihrem Schreibtischstuhl. Ein Gläschen mit rotem Nagellack war heruntergefallen und vermischte sich mit ihrem Blut auf dem Boden. Denisse und die Leibwächter waren tot. Darby hatte alle drei umgebracht, als er die Toilette aufgesucht hatte. Dem Funktionär war der einfache, aber tödliche Plan aufgegangen. Der ehemalige Berufssoldat hatte seine Waffe dort versteckt und nun war sie auf ihn gerichtet.

„Wo ist er?"

Nichts. Mario hatte einen dicken Kloß im Hals. Er hörte sich selbst wimmern. Er wollte reden, konnte aber nicht.

„Wo ist er? Ich frage nicht nochmal."

„Ave del Paraiso", flüsterte Mario und schloss die Augen. Er hörte noch ein leises Klicken und ein Zischen. Der Stoßdämpfer hatte seinem Herrn mit Bravour gedient und die Schussgeräusche erfolgreich isoliert.

*****

Das Restaurant war gemütlich eingerichtet. Über zwei Etagen hinweg hatten die polnischen Besitzer keine Mühen und Kosten gescheut, um eine angenehme und freundliche Atmosphäre für ihre Gäste zu schaffen. Das Menu ließ keine Wünsche offen. Hier gab es sowohl ostpreußische Leckereien als auch typisch costaricanische Landesgerichte. Die Nähe zur Universität lockte viel junges Publikum an, aber auch der ein oder andere Weißhaarige mischte sich unter die stets zahlreichen Gäste.

Michael und Thomas saßen schwafelnd im Hinterhof des Café Krakovia und warteten auf Isabela. Sie tranken Bier und Thomas konnte gar nicht aufhören, von der Tierärztin zu erzählen. Er wollte sie mit Michael unbedingt bekannt machen. Nach der Vorstellung sollte der Texaner unter einem Vorwand gehen, damit er ungestört mit Isabela den Abend verbringen konnte.

Der Kellner brachte Bier einer kleinen costaricanischen Brauerei. Ein wohlschmeckender Red Ale-Gerstensaft. Segua zeigte das Etikett und Michael stutze über den Namen und das Bild, das eine attraktive Frau und einen Pferdetotenkopf zeigte. Etwas argwöhnisch probierte er einen Schluck und musste zugeben, dass es ihm sehr gut schmeckte. Thomas hatte das Bier extra bestellt und die Bedienung erzählte ihnen von der Legende einer wunderschönen Frau. Sie war eines Tages verhext worden, weil sie ihre Hand gegenüber ihrer Mutter erhoben hatte. Der Fluch hatte schwer auf der Schönen gelastet, die vor mehr als zweihundert Jahren in Costa Rica gelebt haben sollte. Jedes Mal, wenn ein Jüngling sie aufgrund ihrer Reize angesprochen hatte, hatte sich ihr Kopf in einen wiehernden Pferdeschädel verwandelt und die Männer hatten sogleich wieder von ihr abgelassen.

Michael lauschte gespannt den Ausführungen und Thomas nickte zustimmend, da er die Geschichte schon kannte.

„Oh boy, das ist krass. Meinst du, dass es wirklich Hexerei in Costa Rica gab?"

Michael erhielt keine Antwort, nur ein prustendes Gelächter von seinem deutschen Freund.

„Quatsch, ich glaube so etwas nicht. Aber lustig finde ich es trotzdem."

Sie prosteten sich zu und nahmen einen großen Schluck von dem köstlichen, kalten Getränk. Was oben hinein ging, musste unten wieder heraus. Die Blase des Blonden drückte und er machte eine eindeutige Geste, dass er mal musste. Hastig stand er auf und ging zu dem mit Liebe hergerichteten Toilettenhäuschen, das draußen im Garten an der Einfahrt stand. Das Café Krakovia war direkt neben dem Hotel, wo sie abgestiegen waren. Er schaute hinüber zu der weiß gekalkten Wand vom Ave del Paraiso. Es kam ihm wie eine Sinnestäuschung vor, aber er meinte, Licht in Michaels Zimmer gesehen zu haben. Aber beim genauen Hinsehen, konnte er nichts ausmachen. Er schob die Illusion auf den Alkohol. Endlich erreichte er das kleine Häuschen mit der Aufschrift Baño und voller Vorfreude auf die Erleichterung stapfte er durch den Eingang mit der Schiebetür. Er wollte gerade loslegen, als sein Handy piepte. Er nestelte an seiner Hose und zog es aus der Tasche. Isabela hatte geschrieben: „Bin gleich da. Du weißt, der Stau."

Er atmete zufrieden ein und konnte endlich seine Blase entleeren.

Michael blickte sich um und sah mehrere Pärchen im überdachten Hinterhof sitzen. Verliebt guckten sie sich an, scherzten, aßen und tranken. Er war zufrieden. Der Termin bei Mario Alfaro im Büro des Energieverbandes ASOE hatte ihm endlich die gewünschte Ruhe gegeben. Er freute sich für Thomas, der die ganze Zeit nicht ein einziges Mal über Maria gesprochen hatte. Stattdessen redete er ununterbrochen über Isabela. Der Alkohol stieg dem Texaner etwas zu Kopf und er fühlte sich rundum wohl. Die Lichterketten und die Dekoration um ihn herum hielt er für etwas kitschig. Aber die lauwarme Nacht und die Menschen passten einfach perfekt zusammen. Er trank weiter sein Bier.

Thomas ließ sich Zeit auf dem Klo. Der nutzte die Gelegenheit und checkte noch mal seine Frisur und seine Kleidung. Alles war an seinem Platz. Er war ein bisschen nervös. Aber seine Freude, Isabela gleich wiederzusehen, überwog. Er zwinkerte sich selbst im Spiegel zu. Dann sah er sein Veilchen. Er zögerte kurz und ein kleiner Stich in seinem Herzen erinnerte ihn an die schrecklichen Ereignisse in Tamarindo. Er musste an Maria denken. *Ist es richtig, was ich hier tue,* fragte er sich. Er war wütend. Er schloss die Augen, konzentrierte sich auf das Wesentliche, auf das Hier und Jetzt. Er schaffte es mit Mühe und Not, Maria und ihre Brüder aus seinem Kopf zu verdrängen. Er zählte langsam bis zehn und erinnerte sich an die hübsche Isabela. Gleich würden sie sich wiedersehen. Sein Herz schlug Kapriolen. Er konnte es sich nicht erklären. Es war auch egal. Er verließ fröhlich das kleine Häuschen.

Er brauchte einen Moment, um die Situation richtig einzuschätzen. Gut dreißig Meter entfernt saß Michael auf seinem Stuhl und blickte auf die anderen Tische. Ein paar Meter hinter ihm näherte sich dem Texaner eine wuchtige Gestalt. Thomas konnte sie im Dunkeln nicht genau identifizieren. Außerdem trug sie eine dünne Skimaske und hielt ein großes Messer in der rechten Hand.

„Michael!", schrie er.

Ohne zu zögern spurtete er auf ihn los. Der Ingenieur hörte seinen Namen und guckte erschrocken zu Thomas. Er verstand nicht, was los war.

Was danach passierte, ereignete sich in Sekundenbruchteilen. Michael begriff, dass etwas hinter ihm war und sprang auf. Durch den Ruck konnte er den wuchtigen Arm mit dem Messer ungewollt abwehren und das Messer fiel zu Boden, ohne ihn zu verletzen. Er hörte einen Fluch auf Englisch von seinem Angreifer.

Thomas schrie immer lauter: „Lauf weg!"

Die Gäste im Lokal blickten sich panisch um und wussten nicht, wie ihnen geschah. Erschrocken ließ sich der Lockenkopf das nicht zwei Mal sagen. Er rannte zur Einfahrt, wo Thomas gerade noch pinkeln war. Thomas blieb stehen und wollte sich umdrehen. Michael rannte an ihm vorbei. Sie wollten beide abhauen. Michael hatte schon gut vier Meter Vorsprung und er sprintete weiter.

Plötzlich fiel ein Schuss. *Was war das für ein Knall*, fragte sich Michael, ohne stehen zu bleiben. Gläser fielen um und Panik brach aus. Die Gäste sprangen von ihren Sitzen und setzten sich in Bewegung. Einige rannten zum Eingang, andere warfen sich nur Deckung suchend auf den Boden. Michael war alles egal. Er rannte weiter, hinaus auf die Straße, links um die Ecke. Da war eine große Zufahrtsstraße. Der Eingang zum Universitätscampus. Da gab es viele Verstecke für ihn und Thomas. Er war sich so sicher, dass sein Freund hinter ihm war.

War er aber nicht. Thomas lag zusammengekrümmt auf dem Boden. Die Kugel aus Darbys Pistole hatte ihm gegolten. Er spürte ein heftiges Brennen am Arm und kam ins Stolpern. Um ihn herum herrschte das reinste Chaos. Er sah nur viele rennende Beine und hörte das Geklirre von zerborstenem Glas.

„Wo ist er?", flüsterte er.

Er hatte Angst. Man hatte auf ihn geschossen. Er sah sein Ende nahen. Sein Leben war vorbei. Schon wieder. Hatte er das nicht gerade hinter sich gelassen? Er musste an seine Eltern denken. Dann streifte Maria seine Gedanken und zu guter Letzt dachte er an Isabela. Er hielt sich seinen Arm. Er tat ihm weh. Er sah Blut an seiner Kleidung. Viel Blut. Er schloss die Augen. Er lag mindestens eine Minute auf dem Boden und atmete schwer. Er spürte, dass sich eine Gestalt über ihn beugte. *Es ist vorbei*, dachte er.

„Thomas?", fragte die Gestalt aufgeregt.

Es war eine Frauenstimme, die er kannte. Er öffnete schlagartig die Augen und sah in Isabelas wunderschönes, aber sehr besorgtes Gesicht.

„Bin ich tot?", fragte er sie.

Sie hatte feuchte Augen und deutete auf seinen Arm. Er nahm seine Hand weg und der blutdurchtränkte Ärmel seines Hemdes kam zum Vorschein. Vorsichtig inspizierte Isabela die Verletzung.

„Du musst sofort in ein Krankenhaus."

Thomas nickte nur. Ihm wurde klar, dass er noch nicht tot war. Aber bald, wenn er sich jetzt nicht in Bewegung setzte. I-sabela half ihm auf und führte ihn zu ihrem Auto, verfrachtete ihn auf den Rücksitz des Toyotas, schloss krachend die Türen und gab hupend Gas.

„Michael?", flüsterte Thomas.

„Wer?"

Isabela erhielt keine Antwort. Thomas war ohnmächtig geworden. In der Nähe war ein Krankenhaus. Da wollte sie hin.

Währenddessen hatte sich Michael in einer dunklen Ecke auf dem Campus der UCR versteckt. Seine Halsschlagadern traten deutlich hervor. Sein Puls lag mindestens bei 180. Er konnte sich nicht beruhigen und atmete heftig.

Wo war Thomas? Verdammt, dachte er. Er hörte Schritte und Hoffnung keimte in ihm auf. Sein Freund war in Sicherheit. Der Ingenieur wollte sich zeigen, sein Versteck verlassen und Thomas einfach nur umarmen. Aber seine Angst siegte über seine Hoffnung und er wartete ab. Die Schritte kamen näher. Sein Atem hatte sich etwas beruhigt und er lauschte. Die Schritte waren ganz nah. Er wollte aufstehen und sich unbedingt bemerkbar machen. Doch seine Intention erstarb, als er eine tiefe englische Stimme hörte: „Rodriguez, you Motherfucker. Ich weiß, dass du hier irgendwo bist. Komm raus und zeig dich."

Michaels Blut schien zu gefrieren. *Was will der von mir,* dachte er. Er wagte kaum zu atmen.

„Sie bauen Diquís so oder so", schrie Darby und blickte in die Finsternis.

Michael war entsetzt. Es ging um den Staudamm. Dass sie ihn so schnell gefunden hatten, überraschte ihn. *Wie soll ich hier lebend rauskommen,* fragte er sich selbst. Die Schritte kamen immer näher. Darby stand direkt vor ihm, keine zwei Meter entfernt. Michael lag unter einem Busch und konnte die Beine des Angreifers ausmachen. Er sah auch die Pistole. Der Texaner hatte keine Zweifel, dass sie echt war.

Darby wollte gerade eine Reihe von Beschimpfungen loslassen, als eine Gruppe Wachmänner sich ihm näherte. Sie hatten Schäferhunde dabei und waren bewaffnet.

„Fuck!", flüsterte er und machte sich im Dunkeln davon.

Michael stieß einen erleichterten Seufzer aus, wagte aber nicht, sein Versteck zu verlassen. Die Schutzmänner der Universität stürmten an ihm vorbei. Ein Hund blieb kurz vor seinem Zufluchtsort stehen, wurde aber von seinem Herrchen an der Leine fortgerissen.

Der Texaner blieb noch mindestens eine Stunde einfach liegen. Er zitterte. Er hatte riesige Angst. Er war wie paralysiert und wollte nicht aufstehen. Erst das Gebrumme seines Mobiltelefons weckte ihn aus seiner Schreckensnarkose. Es war Thomas.

„Gott sei Dank. Er ist wohlauf", dachte er und drückte die grüne Verbindungstaste.

„Wie geht es dir? Wo bist du?", tönte die Stimme des Deutschen schwach durch das Handy.

„Alles gut. Es ist nichts passiert. Wo bist du?", antwortete Michael im Flüsterton.

Sie hielten das Gespräch kurz. Thomas faselte etwas von Abhauen, Sachen abholen und zwar jetzt gleich. Isabela wollte ihnen helfen. Sie legten auf.

Michael nahm seinen ganzen Mut zusammen und ging eilig zum Hotel zurück. Er kam am Café Krakovia vorbei. Dort herrschte reges Treiben. Viele Leute standen einfach nur herum und redeten wild durcheinander. Zwei Wachmänner versuchten, ein paar Gäste zu beruhigen, schenkten aber dem texanischen Lockenkopf keine Beachtung. Immer mehr Schaulustige gesellten sich zu dem Pulk.

Im Dunkeln ging Michael schnurstracks zum Hotel. Auf dem Parkplatz warteten Isabela und der bleiche Thomas. Der Deutsche hatte seinen Arm in einer Schlinge und er ächzte unter der starken, beherzten Umarmung seines Freundes. Er hatte nur einen Streifschuss abbekommen. Aber der Schock saß tief. Der Blutverlust hatte Thomas zugesetzt. Sie verloren nicht viele Worte und Isabela übernahm das Kommando. Sie drängte darauf, dass sie ihre Sachen holten und erstmal von diesem vermaledeiten Ort wegfuhren. Außerdem wollte sie genau wissen, was los war. Michael bedauerte die widrigen Umstände, unter denen sie sich nun kennenlernten. Aber das war gerade egal.

Jetzt zählte nur, hier heile wegzukommen. Isabela half Thomas, seine Sachen zu packen und sie trafen sich alle drei am Auto. Dort wartete schon Michael auf sie. Er war nervös.

„Was ist los?"

„Mein Laptop ist weg. Geklaut", sagte er nur leise mit einem Kopfschütteln.

„Meinst du, dass der Typ ihn…", Thomas konnte den Satz nicht zu Ende sprechen.

„Kommt, lasst uns hier endlich abhauen, bevor noch mehr passiert", insistierte Isabela.

Das Trio setzte sich ins Auto und fuhr davon. Die Polizei war immer noch nicht da. Isabela fuhr an besorgten Gesichtern vorbei. Die Gäste, Passanten und Eigentümer standen auf der Straße vor dem Café und wussten nicht, was sie tun sollten. Sie kannte die Langsamkeit der Behörden. Aber so langsam? Es musste noch mehr passiert sein in dieser Stadt. Sie wollte einfach nur weg.

*****

Darby ärgerte sich maßlos. Er hatte Michael verloren. Schon wieder. Immerhin hatte er seinen Laptop und den Memorystick mit den belastenden Beweisen. Jetzt fehlte ihm noch das Handy und natürlich Michael. Tot am besten. Erst dann war der Auftrag erledigt. Er war so nah dran gewesen.

„Shit, shit, shit!" fluchte er immer wieder. Er saß in seinem Hotelzimmer in Barrio Escalante und hatte keinen Schimmer, wie er den Texaner finden konnte. *Was wollte dieser bescheuerte Blonde bloß,* dachte er voller Wut. Er erinnerte sich, dass er ihn am Strand Avellanas gesehen hatte.

Mit voller Wucht hämmerte er auf das schwarze Notebook ein, das vor ihm auf dem Schreibtisch lag. Sein Handy zitterte und leuchtete. Ein Anruf. Es war John Hamilton. Darby wollte nicht antworten. Nicht bevor er wenigstens einen Plan hatte.

„So ein Mist!", rief er und ließ noch eine Reihe weiterer Verwünschungen los.

Er musste ihn finden. 100.000 Dollar hatte er schon verdient. Das war die Eingangsprämie, die Mario Alfaro und Ricardo Cartin ihm vorab gezahlt hatten. Er musste schmunzeln.

Ihm fiel ein, dass er das Mobiltelefon von Ricardo hatte. Er kramte es aus seinem Armeerucksack und nahm es in die Hand. Es war mit einem Sperrcode versehen. Er probierte vier Mal die eins. Nichts. Eins, zwei, drei, vier. Wieder nichts. Das Telefon zeigte eine Warnung, dass es bei nochmaliger Falscheingabe gesperrt werden würde. Resigniert legte er es zur Seite. Er wühlte in Ricardos Brieftasche und fand nichts Brauchbares. Er spielte mit Ricardos Ausweis herum. *Ich wusste gar nicht, dass er am 20. April Geburtstag hat. Oder eher hatte,* dachte er befriedigt. Seine Rache war perfekt gelungen. Noch stellte sich nicht die bei ihm gewünschte Genugtuung ein. Er musste kurz an seine Eltern denken. Wischte aber den Hauch von Sentimentalitäten rasch beiseite. Er hatte für Gefühlsduseleien keine Zeit. Sein Auftrag war noch nicht zu Ende.

Er griff nach dem Telefon und gab zwei, null, null, vier ein. Und zack! Der Bildschirm war entsperrt. *Was für ein Vollidiot,* ging es Darby verachtend durch den Kopf. Der Killer klickte und wischte sich durch die Apps des Smartphones. Da war eine ungelesene Nachricht, die besagte „Okay". Dem Inhalt konnte Darby nicht viel abgewinnen. Es ging anscheinend um Michael. Was ihn viel mehr verblüffte, war der Absender: Lindsay Logan.

„Was, um Himmels willen, hatte diese Schlampe mit den Costaricanern zu tun?", fragte er flüsternd. Er wischte sich durch die Nachrichten und ihm wurde klar, woher Ricardo und

Mario all die Informationen über Michael Rodriguez hatten. Lindsay war anscheinend mit dem Penner auf irgendwelchen sozialen Netzwerken befreundet und sie konnte ihnen stets Aufenthaltsorte oder zumindest Hinweise auf Michaels Pläne liefern. *Und die beiden Arschlöcher haben sie mir dann weitergeleitet.*

Darby lachte verächtlich. Sie steckte hinter dem Auftrag und hatte Mario und Ricardo beauftragt, ihn zu kontaktieren. Er war sich sicher, dass John davon nichts wusste. Plötzlich kam ihm eine gute Idee in den Sinn. Aber dafür brauchte er Lindsay Logan. Der ehemalige Berufssoldat legte das Handy zur Seite und nahm sein eigenes zur Hand. Er drückte den Rückruf-knopf. Es dauerte nur ein paar Sekunden.

„Und? Hast du ihn erwischt?"

Darby erklärte John, was vorgefallen war. Er ließ nichts aus. Er erzählte auch von dem blonden Freund, der Michael gehol-fen hatte. Wenn er nicht tot war, mussten sie jetzt zusammen sein. Er gab zu, dass er keine Idee hatte, wo sie sein mochten. Trotz des Misserfolgs behielt John seine Fassung. Er bot sogar seine Hilfe an, weil er wusste, dass er keine andere Wahl hatte. Darby war der einzige, der die Mitwisser erledigen und somit sein heißersehntes Bauprojekt noch retten konnte.

„Und die Beweise?", fragte John fordernd.

„Das ist erledigt."

„Gut. Dann bring das jetzt zu Ende. Ich melde mich gleich bei dir."

Sie legten auf. Darby wartete. Er prüfte seine Waffen und verstaute alles gut in seinem Rucksack. Es dauerte gerade mal fünf Minuten, als er eine Textnachricht erhielt: Thomas Schön-beck. Das reichte dem ehemaligen Soldaten, um weiterzuma-chen. Er hatte seine Kontakte in Costa Rica und wollte sein Glück versuchen, den Deutschen ausfindig zu machen. Ein al-ter Bekannter schuldete ihm noch einen Gefallen. Er arbeitete für eine Telefonfirma und kannte sich auch sehr gut mit sozialen Netzwerken aus. Es war jetzt an der Zeit, den Gefallen einzufordern.

Er hatte Glück gehabt. Sein Bekannter war fündig geworden. Keine dreißig Minuten später stand er vor einem kleinen Haus in den Hatillos. Es nieselte leicht. Er vergewisserte sich noch mal, dass er auch die richtige Adresse von seinem Kontakt erhalten hatte. In dem Haus brannte kein Licht. Es war ruhig und niemand zu sehen. Ohne große Vorsichtsmaßnahmen zu treffen, trat er an die Fronttür. Er blickte sich noch mal um und trat mit voller Wucht die Tür auf. Diese zerbarst in viele Einzelteile und blitzschnell trat er mit gezogener Waffe ein. In Nullkommanichts stand er im Wohnzimmer und blickte in das erschrockene Gesicht einer jungen Frau. Sie saß im Nachthemd auf der Couch, wo sie vor ein paar Sekunden noch ein Rendezvous mit dem Sandmann gehabt hatte.

„Was wollen Sie?"

„Schnauze! Ich stelle hier die Fragen. Sind noch mehr Leute im Haus?"

Stumm schüttelte sie nur ihren Kopf. Sie hatte Angst und blickte in die Mündung von Darbys Feuerwaffe.

„Wenn Sie Geld wollen, ich habe…"

„Schnauze, habe ich gesagt!", erwiderte Darby schroff.

„Du bist Maria, richtig?"

Ihre Augen weiteten sich aufgeregt. Darby wusste, dass er an der richtigen Adresse gelandet war. Ruhig setzte er sich neben sie. Die Pistole zielte auf ihre Stirn.

„Kennst du Thomas Schönbeck?", fragte er streng.

„Ja", flüsterte sie.

„Ruf ihn an", befahl Darby.

„Aber…"

Ihr Einwand wurde schmerzhaft bestraft. Der Mörder knallte ihr mit voller Wucht die Pistole ins Gesicht. Ihre Haut an der Wange platzte auf und sie blutete. Sie wollte schreien, aber hatte zu viel Angst.

„Ruf ihn an", zischte Darby.

Maria tat, wir ihr befohlen wurde. Beim ersten Mal reagierte Thomas nicht, aber beim zweiten Mal.

*****

Im Auto war es dunkel, nur die Schweinwerfer eines entgegenkommenden Fahrzeugs dienten als Lichtquelle und zeigten die besorgten Gesichter von Isabela, Thomas und Michael. Sie waren zu fünft. Die Spanierin saß am Steuer und konzentrierte sich auf die Straße. Michael saß neben ihr und erzählte ruhig die ganze Geschichte von Anfang an: Die G&WE AG, seine Arbeit am Staudamm Diquís, das HICE, die Umweltberichte, Mario Alfaro, seine Hoffnung auf eine praktikable Lösung und die Rettung des Regenwaldes der Terraba-Indianer.

Sowohl Isabela als auch ihr Beifahrer blickten immer mal wieder bekümmert nach hinten auf die Rückbank. Dort lag Thomas. Im Fußraum lagen Isabelas vierbeinige Freunde und waren ganz still, als wenn sie genau verstanden hatten, dass die Situation sehr ernst war.

Thomas´ verletzter Arm war angewinkelt und sah etwas unnatürlich in der Schlinge aus. Wie nachträglich angeklebt. Hätte jemand ein Bild von ihm gemacht, wäre ein missratener Photoshop-Versuch die richtige Bezeichnung. Der Deutsche konnte kaum die Augen offen halten. Die Schmerztabletten machten ihn müde. Seine blonden Haare waren etwas zerzaust von der ganzen Aufregung. Er nickte immer wieder ein, aber versuchte den Ausführungen seines texanischen Freundes zu folgen.

„…und dann stand auf einmal dieser Typ mit der Skimaske und einem riesigen Messer hinter mir. Wenn Thomas mich nicht gewarnt hätte, ich weiß nicht, ob ich jetzt hier säße…", flüsterte Michael.

Die blanke Angst war in seinen Augen zu sehen. Er schluckte und musste sich zusammenreißen. Am liebsten hätte er losgeheult. Aber das war im zu peinlich vor der neuen Bekanntschaft.

„Wer sind die bloß?", jammerte er.

Isabela legte ihre Hand auf Michaels und versuchte, ihn zu trösten.

„Wir müssen jetzt erstmal weg aus San José", sagte sie ruhig.

Die Tierärztin war alles andere als ruhig, merkte aber schnell, dass Hysterie hier nicht angebracht war.

Zunächst hatten sie vergeblich versucht, Mario Alfaro zu erreichen. Aber er ging nicht ans Telefon und als sie die vielen Polizisten vor dem Bürogebäude im Paseo Colón sahen, war ihnen schnell klar geworden, dass etwas Schlimmes passiert war. Die Medien überschlugen sich förmlich mit neuen Nachrichten, die aber nur Spekulationen waren. Es hieß, dass es Tote gegeben habe. Aber die Leichen waren noch nicht identifiziert.

Im Eiltempo waren sie schnurstracks zu Isabelas Wohnung gefahren. Sie hatte nur das Nötigste eingepackt. Ihre Hunde Obelix und Idefix hatte sie gleich mitgenommen und ihr war klar geworden, dass sie erstmal Abstand zwischen sich und das Massaker bringen mussten. Sie war selbst überrascht, dass sie in der misslichen Lage einen klaren Kopf bewahren konnte. Sie kannte Thomas kaum und Michael hatte sie gerade erst unter den widrigsten Umständen kennengelernt. Aber es half alles nichts. Sie wollte unbedingt helfen.

Das Quintett durchquerte den Tunnel Zurquí am Braulio Carillo-Nationalpark. Sie waren unterwegs nach Puerto Viejo in der Karibik. Isabela hatte gute Freunde dort und kannte eine sichere Herberge, wo sie erstmal ein paar Tage unterkommen konnten. Der Handyempfang war miserabel hier oben in den Bergen und das Radiosignal stand ihm in nichts nach, zumindest auf diesem Teil der kurvenreichen Strecke. Isabela wollte etwas Musik hören. Zur Beruhigung und auch ein bisschen zur Ablenkung. Links und rechts türmten sich hohe Bäume und Farne. Tagsüber glich die Landschaft einem grünen Paradies. So weit das Auge reichte, bahnte sich der Regenwald unaufhaltsam seinen Weg. Hügel und Täler wechselten sich ab und Naturliebhaber kamen hier voll auf ihre Kosten. Jetzt, am Abend, war es stockdunkel. Die Vegetation hatte eher etwas Bedrohliches. Grillen zirpten, bis dem Zuhörer die Ohren taub wurden. Langsam überquerten sie den Pass durch den Urwald. Es war schwül hier oben und der Nebel legte sich über die Fahrbahn. Die Route 32 galt als die gefährlichste aller Strecken in Costa Rica. Nicht selten versagten die Bremsen eines viel zu schwer beladenen LKWs oder massive Steinschläge schlossen die Durchreisenden für Stunden oder manchmal auch mehrere Tage ein. Mit großer Sorgfalt und Konzentration manövrierte Isabela durch die Nacht. Endlich hatte sie einen akzeptablen Radiosender gefunden. Die spanisch-deutsche-US-Combo und die beiden vierbeinigen Freunde konnten noch das Ende von „Heal the World" von Michael Jackson hören. Langsam tippte die Fahrerin im Takt auf dem Lenkrad herum und summte mit. *Können wir überhaupt eine bessere und heile Welt schaffen,* fragte sie sich insgeheim. Seufzend blickte sie in den Rückspiegel.

Der Radiomoderator leitete von der friedvollen Musik zu den Nachrichten über. Seine Stimme klang ernst. Isabela hatte sich das eigentlich anders vorgestellt. Sie wollte mehr schöne Musik hören. Der Nachrichtensprecher kam auf das wichtigste

Thema des Tages zu sprechen: Das Massaker am Paseo Colón in San José.

„Wie die Polizei mitteilte, sind fünf Personen kaltblütig erschossen worden. Von dem Täter fehlt jede Spur. Zu den bisher identifizierten Personen gehören Mario Alfaro, Direktor des Energieerzeugerverbandes ASOE, Ricardo Cartin, der populäre Professor und Gutachter der UCR und Denisse Salazar, Mitarbeiterin im Verband. Zwei unbekannte Männer, vermutlich Leibwächter von Cartin, sind auch unter den Toten. Die Polizei ist auf die Mithilfe der Bevölkerung angewiesen und ist dankbar für jeden Tipp…"

Die etwas reißerisch aufgemachte Nachricht endete mit einem kurzen Interview des Sprechers der nationalen Ermittlungsbehörde OIJ. Er gab an, dass das Motiv völlig unklar sei.

„So eine Scheiße! Was machen wir denn jetzt?", fluchte Michael verzweifelt.

Er musste kurz an die schöne Denisse denken. Sie war tot. Alle Dämme brachen. Er war sauer und wollte am liebsten etwas kaputt machen. Zerstörerische Wut kam in ihm auf. Wenn es sein Auto gewesen wäre, hätte er gegen die Scheiben oder das Armaturenbrett gedonnert.

„Ich bin schuld an dem Ganzen. Das war bestimmt der Typ, der auch an der Uni war. Die Wassermafia ist hinter uns her. Und Thomas? Mann, Fuck! Das kann doch nicht wahr sein", ergänzte er verbittert und schaute sich zur Rückbank um.

Da lag sein neuer Freund mit geschlossenen Augen. Isabela versuchte, Michael zu beruhigen. Es half nichts mehr. Er fing an zu weinen. Er heulte einfach drauf los. Wie ein Kind saß er auf seinem Platz und schluchzte. Er konnte nicht glauben, was passiert war. Die Tränen flossen einfach so aus ihm heraus. Es war ihm zu viel. Die ganze Anspannung und Bürde, die er mit sich trug. Er wollte sich doch befreien und endlich einen

Schlussstrich unter dieses verdammte, zum Scheitern verurteilte Wasserkraftprojekt ziehen. Erfolglos. Es war ein Desaster und das war noch milde ausgedrückt. Er fluchte und jammerte. Isabela gab ihm ein Taschentuch. Er konnte nicht einfach abhauen. Irgendetwas musste er doch tun. Er hatte fünf Leute auf dem Gewissen. Er wollte die Verantwortung übernehmen und die Polizei anrufen. Völlig fertig griff er schniefend nach seinem Handy.

„Lass mich am nächsten Ort raus. Ich spreche mit der Polizei. Das geht so nicht", befahl er flüsternd seiner Chauffeurin.

Isabela seufzte und wollte gerade etwas sagen, als Michael etwas an seinem Rücken spürte. Es fühlte sich warm und beruhigend an.

Thomas war wach geworden und hatte seine gesunde Hand auf die Schulter seines texanischen Freundes gelegt. Er war ganz klar, sah zwar etwas ramponiert aus, aber seine Augen waren hellwach. Die Geschichte mit Maria und der Angriff heute hatten ihre Spuren auf seinem Körper und in seinem Gesicht hinterlassen. Jedoch sein Geist war voll da.

„Mach dir keine Sorgen, mein Freund. Du bist nicht für die Toten und das Chaos verantwortlich. Und ich sag's mal costaricanisch: Wenn Gott gewollt hätte, dass du die Geschichte nicht aufdeckst, dann hätte dich das Krokodil am Arenal aufgefressen. Glaub's mir. Das ist deine für dich vorgesehene Bestimmung."

Thomas endete fast flüsternd mit seinen theatralischen und schwerwiegenden Worten. Isabela dachte, dass Michael jetzt vielleicht emotional noch mehr in sich zusammenfallen und jetzt erst richtig losheulen würde. Aber genau das Gegenteil trat ein.

„Du klingst wie so ein Esoterikonkel", erwiderte der Texaner kopfschüttelnd, aber mit einem Grinsen auf dem Gesicht. Seine Augen waren glasig von den Tränen.

Er schaute Thomas ernst an: „Aber vielleicht hast du Recht. Danke!"

Er hatte sich beruhigt. Er atmete tief ein und machte das Fenster auf. Der Nebel war gewichen und die klare Nacht versprach Positives für die Reisenden. Der Himmel gab seine unzähligen Sterne preis. Michael seufzte und hörte der Musik aus den Lautsprechern zu. Keiner sagte mehr etwas. Sie fuhren einfach nur weiter durch die Nacht.

Die Stille wurde durch das Summen eines Handys gestört. Isabela und Michael guckten sich an und schüttelten beide vielsagend den Kopf. Thomas hatte seins schon in der Hand. Es blinkte und vibrierte. Es war Maria. Seine Eingeweide verkrampften sich.

„Wer ist das?", fragten die Fahrerin und der Beifahrer im Chor.

„Maria."

„Wer?", fragte Isabela stirnrunzelnd. Michael machte Pustebacken.

„Das ist eine lange Geschichte", antwortete er für seinen deutschen Freund. Michaels braune Augen sahen ganz verquollen und verweint aus. Aber er rollte sie trotzdem.

Das Klingeln erstarb. Thomas entspannte sich wieder. Es fing wieder an zu vibrieren. Zu früh gefreut.

„Los geh ran", sagte der Lockenkopf und drehte sich zu ihm um.

„Was willst du?", versuchte er ernst zu fragen. Insgeheim freute sich Thomas, dass Maria anrief. Irgendetwas regte sich in seinem Inneren.

„Thomas? Bist du das? Wir müssen unbedingt reden? Wo bist du?", fragte Maria hastig.

„Ähm, reden? Jetzt?"

Das Gespräch brach ab. Er hatte eh nur die Hälfte verstanden. Sein Bildschirm zeigte ihm ein dickes Kreuz, wo normalerweise die Balken des Handyempfangs waren.

„Was wollte sie?", fragte Michael. Isabela machte nun ihrerseits Pustebacken. Thomas meinte, dass sie sich etwas rosig verfärbt hatten. Aber er konnte sich auch täuschen.

„Nichts."

Er tippte schnell eine Nachricht und schickte sie ab. Er war gespannt, ob sie überhaupt ankam.

*****

„Was hat er gesagt?", schrie Darby Maria an. Sie wollte antworten. Sie kam nicht dazu. Krachend landete Darbys Faust in ihrem Gesicht. Der Schlag war so wuchtig, dass sie hinfiel. Sie hielt immer noch ihr Mobiltelefon in der Hand.

„Wir wurden unterbrochen", sagte sie zitternd. Dabei spuckte sie etwas Blut aus. Sie leckte mit ihrer Zunge über einen lockeren Schneidezahn. Der metallische Geschmack wurde stärker. Darby hatte ihr einen Zahn ausgeschlagen.

Er bückte sich und wollte wieder zuschlagen. Doch seine Hand bremste ab, da das Telefon ein Piepsgeräusch von sich gab. Maria hatte ihre Augen vor Angst geschlossen und lag in Fötusstellung auf dem Wohnzimmerboden. Für ein paar Sekunden passierte gar nichts. Vorsichtig blinzelte sie. Darby zeigte nur auf ihr Handy. Sie entsperrte den Bildschirm, öffnete die Nachricht von Thomas, sie schluchzte und hielt ihrem Peiniger das Gerät hin. Er nickte nur und lud seine Pistole durch.

Das letzte, was Maria hörte, war ein lauter Knall. Danach herrschte Stille.

Hastig verließ Darby das Haus. Er hatte keine Anstalten gemacht, den Tatort zu säubern und ließ sein Opfer einfach so liegen. In den Hatillos interessierte es sowieso niemanden, ob jemand umgebracht worden war. Mit quietschenden Reifen raste er davon. Er war keine zehn Meter gefahren, als sein Handy klingelte. Es war John Hamilton. Schon wieder. Während er davonbrauste, kam ihm ein alter, blauer VW entgegen. Er würdigte ihn keines Blickes und beantwortete den Anruf.

Die Insassen des anderen Fahrzeugs hatten beobachtet, wie der schwarze Hilux vor ihrem Haus losfuhr. Es waren Marias Brüder Carlos und Rodrigo. Sie blickten verdutzt drein und ihnen schwante Böses. Der Termin der Beerdigung ihres Bruders Francisco und all die Arrangements waren erledigt. Ihre Wut hatte sich mit Trauer gemischt. Sie wollten Rache. Wer hatte ihren Bruder auf dem Gewissen. Sie schlossen einen Drogenkrieg aus, so wie es die Behörden ihnen weis machen wollten. Im ersten Moment dachten sie an Thomas. War er zu so etwas überhaupt fähig? Maria versicherte immer wieder, dass ihr Exfreund keiner Fliege etwas zu Leide tun konnte. Sie hatten den Deutschen erstmal von ihrer Liste gestrichen, kamen aber keinen Schritt weiter. Die Trauer saß noch sehr tief.

Die beiden kamen gerade von einem Bekannten wieder. Sie hatten aufgerüstet. Wer auch immer Francisco getötet hatte, musste mit Waffen umgehen können. *So einen sauberen, tödlichen Messerstich macht kein Anfänger*, schoss es Carlos immer wieder durch den Kopf. Sie hatten genug Pistolen und Munition gekauft, um es mit einer ganzen Gang aufzunehmen.

Aber das war gerade unwichtig. Sie stellten geschwind den Wagen ab und hasteten ins Haus. Die Tür stand offen. In Sekundenbruchteilen standen sie im Wohnzimmer.

Ein verzweifelter Schrei hallte durch die friedliche Nacht. Danach krachte etwas gegen die Wand. Jemand warf Gegenstände durch den Raum.

Rodrigo versuchte, Carlos zu beruhigen. Leider ohne Erfolg.

Carlos war als erstes an der Leiche ihrer Schwester angekommen. Er hatte ungläubig in ihre toten Augen geblickt, ihren nicht vorhandenen Puls gefühlt, um dann mit Wucht und Wut auszuflippen. Er hatte den Lärm veranstaltet.

Die Brüder rangelten sich auf dem Boden, weil Rodrigo den Wüterich von hinten festhielt. Eine Litanei aus spanischen Verwünschungen folgte prompt. Das ging noch eine ganze Weile so, bis Carlos nicht mehr konnte. Sein Körper erschlaffte.

Er jammerte und schnaufte: „Wer hat dir das angetan, Hermana?"

Rodrigo ließ ihn los. Beide lagen schwer atmend auf dem Boden. Als endlich Ruhe eingekehrt war, setzten sie sich auf. Etwa drei Meter vor ihnen lag die Frauenleiche. Carlos schluchzte und eine Träne lief ihm die Wange hinunter, als er Maria so daliegen sah. Ein altes Familienfoto prangte an der Wand. Es zeigte die vier Geschwister, als sie noch klein waren. Sie sahen glücklich aus. Das musste kurz vor der Adoption gewesen sein. Die Verwüstung hatte ihre Spur hinterlassen: Gleich daneben hing etwas schief ein Foto von ihrer Mutter. Sie blickte streng drein. Es war etwas gespenstisch und sah so aus, als wenn sie missbilligend auf die drei herabschaute. Carlos hasste dieses Foto. Jetzt noch mehr. Sie hatten nicht auf ihre Schwester aufgepasst, so wie sie es ihnen immer eingebläut hatte, als sie noch klein waren. Carlos war wütend - auf sich, seine Mutter und auf die ganze Welt.

„Was machen wir jetzt?", fragte Rodrigo und schaute traurig zu ihrer kleinen Schwester.

Carlos zuckte nur mit den Schultern. Dann stand er auf und nahm der Toten das Mobiltelefon aus der Hand. Wer auch immer sie so zugerichtet hatte, hatte es einfach liegen lassen. *Das war kein Raub*, ging es ihm durch den Kopf. Er entsperrte den Bildschirm und eine WhatsApp-Nachricht sprang ihm förmlich ins Auge: *Puerto Viejo. Vielleicht später reden. Kein Handyempfang.*

Tag 15 Tal der Tränen

„Ich fahre nach Panama. Gleich morgen," sagte Michael mit fester Stimme.

„Ich komme mit", stimmte Thomas resigniert dem Plan zu. „Von da aus fliege ich dann nach Hause." Er guckte etwas traurig. Er hatte immer noch ein leichtes Veilchen von dem Raub in Tamarindo. Mit seinem behandelten Arm goss er sich etwas umständlich Wasser aus der vor ihm stehenden Karaffe ein. Isabela saß mit den beiden Surfern an einem Holztisch auf der Veranda. Eigentlich wollten sie frühstücken. Aber keiner der drei bekam einen Bissen herunter. Idefix und Obelix stattdessen verschlangen ihre Portionen genüsslich und scherten sich nicht um die Menschenprobleme. Das Trio hatte sich ein kleines Häuschen direkt am Strand gemietet. Die Tierärztin kannte die Besitzer. Sie hatten Glück, dass es so kurzfristig frei war und sie vor allem noch spät in der Nacht einkehren konnten. Sie waren gegen Mitternacht in Puerto Viejo angekommen und dann nur noch tot ins Bett gefallen. Von erholsamem Schlaf konnte keine Rede sein. Aber sie waren in Sicherheit. Vorerst. Das nächste Hotel war ungefähr zweihundert Meter weit entfernt. Aber hier waren sie ungestört, hatten einen guten, schnellen Internetzugang und konnten in Ruhe beratschlagen, wie es weiter gehen sollte. Die gestrige Aufregung saß immer noch tief und sie konnten die herrliche Aussicht nicht genießen. Direkt vor ihnen rauschten die Wellen der Karibik an den gelben, feinkörnigen Sandstrand. Das Meer war türkis und lud zu einem erfrischenden Bad ein. Aber Thomas, Michael und Isabela hatten gerade anderes im Kopf. Sie bemerkten noch nicht einmal die drei Pferde, die herrenlos am Strand langliefen. Jeder Tourist hätte bei so einem Postkartenmotiv sofort seine Kamera gezückt. Die Sonne schien kräftig und trocknete die übriggebliebenen Pfützen vom nächtlichen Niederschlag aus. Einheimische und ihre Kinder tollten zwischen den Felsen und Korallenriffen herum. Die Welt schien hier noch in Ordnung zu sein und erinnerte an eine exotische Rum-Werbung.

„Das kann doch alles nicht wahr sein", sagte Isabela verstimmt. „Ihr wollt echt einfach abhauen?", fragte sie ungläubig. Schon während sie ihre Frage formulierte, war ihr klar geworden, dass es vermutlich das Beste für alle Beteiligen sein würde. Sie hatte Thomas ins Herz geschlossen - so schnell. *Zu schnell*, dachte sie. Sie konnte ihre Gefühle für den Deutschen nicht verbergen. Aber sie verstand, dass in Costa Rica etwas Unheimliches und Tödliches im Gange war.

„Was bleibt uns anderes übrig? Mein Laptop ist weg. Den Memorystick habe ich Mario Alfaro gegeben. Keine Ahnung, ob die Behörden ihn dort finden. Vielleicht hat ihn dieser Wahnsinnige von gestern auch. Ich habe noch ein paar Bilder auf meinem Handy. Aber was soll das schon bringen?", verteidigte sich Michael.

„Ja, aber…? War dann alles umsonst?", fragte Isabela.

Der Ingenieur wurde nun auch sauer. *Isabela haben sie nicht versucht umzubringen. Für sie ist es einfach, hier rumzulabern,* dachte er. Er wollte etwas erwidern.

Aber Thomas kam ihm zuvor: „Isa, hör mal."

Der Deutsche nahm einen großen Schluck aus seinem Wasserglas. Es sah so aus, als wenn er gleich zu einer langen Rede ansetzen wollte. Den Toast mit Käse vor ihm hatte er nicht angerührt. Ihm war flau im Magen. Ein Tukan tauchte über dem Haus auf und setzte sich gemächlich auf einen Ast über der Terrasse. Das Trio war zu sehr mit sich selbst beschäftigt, um den Neuankömmling zu bemerken. Sein langer, prächtig gefärbter Schnabel glänzte in der Sonne. Schon wieder ein perfektes Fotomotiv für die sozialen Netzwerke. Wie der Tukan so mit seinen dunklen, neugierigen Augen das Treiben unter sich beobachtete, hätte viele Gefällt-mir-Klicks erhalten. Doch die Anspannung des blonden Deutschen und seiner Freunde war zu groß, um der natürlichen Schönheit und ihrer Bewohner Tribut zu zollen. Mit gezielten Flügelschlägen machte sich der Vogel davon. Er hatte ein paar köstliche Früchte auf dem Nachbargrundstück entdeckt.

Thomas seufzte und setzte seine Rede fort: „Das ist alles echt nicht so leicht. Wir wissen nicht, mit wem wir es hier zu tun haben. Eigentlich will ich es auch gar nicht wissen. Aber eins ist klar, da sind echt gefährliche Leute am Werk. Bitte versteh uns."

Isabela schüttelte nur den Kopf. Sie war sich nicht sicher, ob sie sauer oder traurig war. Ging es überhaupt noch um das Wasserkraftwerk oder war es Thomas und seine Verletzung oder waren es beide Umstände, die sie so aufwühlten? Sie war sich nicht sicher. Für geschlagene fünf Minuten sagte keiner ein Wort. Sie blickten sehnsüchtig zum Meer. Jetzt erst fiel ihnen auf, wie schön es hier war. Der Playa Chiquita hatte die *Blaue Flagge* des Umweltministeriums erfolgreich erworben. Das Symbol für Nachhaltigkeit bedeutete, dass es sich um einen ökologisch wertvollen Strand mit verantwortungsbewussten Hoteliers handelte. Palmen und tropische Vegetation säumten den Strand und das Grundstück ihrer Unterkunft. Ein Kolibri flatterte vor ihnen herum. Er näherte sich einer Pflanze und trank den Nektar aus einer Blüte. Sein grün-bläuliches Gefieder schimmerte in der Sonne. Idefix rannte auf ihn zu und blitzschnell war der kleine Vogel wieder verschwunden.

„Will einer Kaffee?", fragte sein Frauchen in die Runde.

Thomas und Michael verstanden die Ablenkung. Die Diskussion war vorbei und ihnen wurde ein Friedensangebot gemacht.

Im Chor sagten sie „Ja."

Isabela stand auf und ging ins Haus. Idefix und Obelix scharwenzelten um sie herum und folgten ihr auf Schritt und Tritt. Der tierische Instinkt ließ die Kläffer um mehr Nahrung betteln.

„Es ist besser so", sagte Michael.

Thomas nickte stumm. Er wusste, dass sie fortmussten. Heute Nachmittag wollten sie die Bustickets kaufen und gleich morgen früh über die Grenze nach Panama fahren. Die war nur eine Stunde entfernt. Von da aus kamen sie dann leicht weiter bis nach Panama Stadt. Der internationale Flughafen war Dreh- und Angelpunkt in Zentralamerika. Es sollte leicht sein, von dort aus in die USA und nach Deutschland zu kommen.

Michael wollte ein paar Bekannte in Boston besuchen. Vielleicht hatten sie einen Job für ihn. Er wollte nur noch weg. Die Indianer und Diquís waren ihm nicht egal, aber er hatte alle Hoffnung verloren. *Es ist Zeit zu gehen*, dachte der Texaner und pustete sich eine dunkle Locke aus seinem Sichtfeld.

Thomas blickte zum Eingang des Hauses. Daneben war das Fenster zur Küche. Weder das Gluckern der Kaffeemaschine noch der typische, köstliche Geruch ließen auf ein baldiges Trinkerlebnis schließen. Im Gegenteil: Er hörte keinen Mucks und fragte sich, wo Isabela mit der nötigen Koffeinzufuhr geblieben war. Er stand auf.

„Vielleicht braucht sie Hilfe", sagte er zu Michael.

„Dann komm mal schön deinen Kavalierspflichten nach", bekam Thomas als Erwiderung auf seinen höflichen Plan.

Beide mussten grinsen. Thomas öffnete den Fliegengitterverschlag und trat ins Haus. Die Fenster waren nicht sehr groß, so dass wenig Tageslicht die Räume erhellte. Aber das brauchte es auch nicht. Denn was er sah, war sehr deutlich zu erkennen. Der Anblick ließ das Blut in seinen Adern gefrieren. Er stand in dem geräumigen Wohnzimmer mit der offenen Küche.

Er legte seine gesunde Hand auf den Mund und konnte ein leises „Oh" nicht unterdrücken.

Ehe er sich versah, hatte er etwas Kaltes, Metallisches an seiner Schläfe. Es war ein Schalldämpfer. Dieser verlängerte eine Glock. Die wiederum hielt ein Mann in der Hand, der das Blutbad vor Thomas' Augen angerichtet hatte. Auf dem Boden lagen Idefix und Obelix. Tot. Die Hundekörper waren von einer langsam größer werdenden Blutlache umgeben. Wie Lava eines ausgebrochenen Vulkans breitete sie sich aus. Thomas hätte nie gedacht, dass so kleine Körper überhaupt so viel Lebenssaft in sich hatten. Es sah surreal für ihn aus. Gerade waren die kleinen

Scheißerchen noch fröhlich und vergnügt durch die Gegend gesprungen. Jetzt waren sie tot.

Auf dem Sofa saß Isabela, gefesselt und geknebelt. Sie hatte Tränen in den Augen. Der Mann, der Thomas bedrohte, deutete ihm, zum Sofa zu gehen.

„Kein Wort, sonst…", flüsterte er ihm ins Ohr.

Thomas verstand sofort und gehorchte. Vorsichtig ging er an den leblosen Körpern der Vierbeiner vorbei. Er hatte ein paar Sekunden gebraucht, um zu verstehen, was gerade passierte. Aber ihm war klar, dass es sich um denselben Attentäter von gestern handelte. Es war Darby.

Der Deutsche saß wie angewurzelt auf der Couch neben Isabela. Er hatte Schmerzen, weil der Serienkiller seine Hände zusammengebunden hatte. Dafür musste er seinen verletzten Arm aus der Schlinge und hinter den Rücken nehmen. Die nackte Panik war ihm ins Gesicht geschrieben.

„Was wollen Sie?", fragte Thomas flüsternd.

Das war ein Fehler. Dumpf knallte der Pistolenkolben auf Thomas Hinterkopf. Darby stand hinter ihm und zischte: „Schnauze!"

Isabela musste einen Schrei unterdrücken. Ihre Trauer über den Tod ihrer heißgeliebten Hunde wich blankem Entsetzen und Todesangst.

„Ruf ihn", befahl Darby.

Thomas brauchte einen Moment, bis er verstand. Isabela atmete schwer. *Ich hoffe, dass sie nicht kollabiert*, schoss es ihrem Nebenmann durch den Kopf.

„Michael?", rief Thomas leise.

„Lauter", herrschte Darby seine Geisel an.

„Michael?", tönte es durch den Raum.

Alles ging rasend schnell. Der dunkle Lockenschopf folgte dem Ruf seines Freundes. Ähnlich verblüfft und dann geschockt konnte Darby ihn leicht überwältigen. Die toten Tiere und die Waffe zeigten ihre bedrohliche Wirkung in vollem Ausmaß. Es gab nicht den Hauch von Gegenwehr. Die drei Geiseln saßen nebeneinander auf der braunen Stoffcouch. Isabela wimmerte vor sich hin. Sie konnte nicht aufhören zu weinen. Thomas und Michael waren trotz der widrigen Umstände recht gefasst. Aber sie ahnten, dass ihnen Böses bevorstand. Von Minute zu Minute wurden sie unruhiger. Darby durchsuchte das Haus und die Klamotten der Bewohner. Er nahm ihre Wertgegenstände, insbesondere Handys und das Tablet von Isabel an sich. Das hatte zwar keine belastenden Beweise gespeichert. Aber Darby wollte auf Nummer sicher gehen. Außerdem hatte er vor, das Ganze wie einen Raubüberfall aussehen zu lassen. Das gehörte in der Karibik, speziell im Kanton Limón, zur Tagesordnung. Der Ostteil Costa Ricas und seine Atlantikküste waren nicht gefährlicher als San José, aber die Medien und viele Politiker ließen den Eindruck der tobenden, unkontrollierten Gewalt des Öfteren aufkommen. Sehr zum Unmut der hiesigen, meist schwarzen Bevölkerung. Darby wollte sich dieses völlig falsche Vorurteil zu Nutze machen und seine drei Gefangenen einfach umbringen. Aber vorher hatte er noch seinen Auftrag zu erledigen. Er setzte sich auf einen Stuhl vor der Couch. Er lockerte den Knebel von Michael und schaute ihn scharf mit seinen kalten blauen Augen an.

„Wer weiß noch von den Umweltberichten, Rodriguez?"

Der Wasserbauingenieur bewegte langsam den Kopf hin und her. Darby hatte sich das schon gedacht und sagte nichts. Er lachte nur verächtlich. Dabei musterte er Thomas. Der Deutsche guckte verlegen zu Boden. Darby stand auf, stellte sich hinter ihnen auf. Er fasste Thomas am verletzten Arm und drückte kräftig zu. Vor Schmerzen zuckend und schreiend fiel Thomas zu Boden. Das Stück Stoff in seinem Mund dämpfte erfolgreich den Schall. Der dumpfe Aufprall ließ den Deutschen sofort verstummen. Tränen schossen ihm in die Augen. Isabela schrie auf, ohne sich groß Gehör zu verschaffen.

„Hören Sie auf! Er weiß nichts!", flehte Michael.

Darby stand wieder vor ihnen und bückte sich zu Thomas. Mit einem Ruck riss der Killer das Klebeband vom Mund seines Opfers ab, das sogleich das Stück Stoff ausspuckte. Der Blonde wollte schreien, aber unterdrückte seine Wut und Angst. Stumm lag er da.

„Was weißt du?", fragte Darby und trat vorsichtig mit seinen schweren Stiefeln auf den Kopf von Thomas. Sein Haar war ganz nass vor Schweiß und sein Gesicht zeigte eine unnatürliche rote Farbe. Er wusste, dass er besser reden sollte. Aber der Deutsche blieb stumm.

Darby verlor langsam die Geduld. Er schrie wie am Spieß vor Wut. Nichts.

Mit böse funkelnden Augen guckte er seine drei Geiseln an. Für einen Moment war nur die sanfte Brandung der karibischen Wellen zu hören. Unter anderen Umständen wäre es die perfekte Situation, um es sich in der Hängematte gemütlich zu machen und ein Buch zu lesen oder ein Nickerchen zu machen.

„Ich habe eine Idee. Das wird euch gefallen. Wir haben das öfter im Irak gemacht."

Darby lief schnurstracks zum Waschbecken in der Küche und füllte einen Eimer mit Wasser. Michael und Isabela beobachteten ihn dabei und verstanden erst nicht, was er vorhatte. Thomas konnte nichts sehen. Er lag röchelnd auf dem Boden.

„Ready for Waterboarding", sagte Darby fröhlich und mimte dabei eine Stewardess. Wie bei der Erklärung der Notfallmaßnahmen im Flugzeug stand er da und zeigte auf Thomas und dann auf den gefüllten Kübel.

Die drei brachen in Panik aus und bewegten sich heftig hin und her. Es war sinnlos. Darby knebelte Michael und zog seine Fesseln fest. Dann bückte er sich zu Thomas und drehte ihn auf den Rücken. Er konnte den irren Blick seines Peinigers sehen, der sich kniend auf seine Brust setzte. Die Schmerzen im Arm und Oberkörper waren kaum auszuhalten. Mit geschickten Handgriffen legte Darby dem Deutschen ein Stofftuch auf das Gesicht. Er wollte es wegpusten. Es gelang ihm nicht. Langsam schüttete Darby das Wasser auf Mund und Nase seines Gefangenen. Der ehemalige Soldat hatte im Irak lieben gelernt, was so viele verachteten: Menschen foltern. Er machte es gerne und mit diabolischer Freude. Eine Mischung aus Krächz- und Jammerlauten durchfluteten den Raum. Sowohl Thomas als auch seine beiden Freunde wimmerten und jammerten.

Ich ertrinke, schoss es dem Blonden durch den Kopf. Er bekam keine Luft mehr und versuchte sich gegen den langsamen Tod zu wehren. Vor vielen Jahren wäre er beim Surfen fast ertrunken. Ironischerweise hatte sich der Vorfall in Puerto Viejo am Playa Cocles unweit von seiner jetzigen Herberge ereignet. Etwas übermütig hatte er sich mit seinem Surfbrett in die fünfzehn Fuß hohen Wellen gestürzt. Die Einheimischen waren an dem stürmischen Tag gar nicht draußen gewesen und die roten Flaggen waren als Warnhinweis für Schwimmer am Strand gehisst. Trotz der mehrstündigen Autofahrt und mit viel zu wenig Schlaf im Gepäck hatte ihn die Lust gepackt, unbedingt Wellenreiten zu gehen. Seine Hybris hatte ihn fast das Leben gekostet. Denn als er es geschafft hatte, hinter die Bruchkante der mörderischen Wogen zu schwimmen, war in ihm ein kurzer Gedanke aufgeblitzt: *Bin ich eigentlich bescheuert?* Da war es aber schon zu spät gewesen. Er hatte noch versucht, dem Wasserberg in olympischer Manier und mit einem schwungvollen Sprung auf sein Brett zu entkommen. Für den Bruchteil einer

Sekunde war er des feuchten Elements Herr geworden und die Surfergilde hätte ihn für seinen Wagemut gefeiert. Jedoch war in diesem Fall H_2O viel schneller als er gewesen. Die schäumende Flut hatte ihn von seinem Sportgerät gerissen und mit lautem Getöse verschlungen. Mit aller Kraft hatte er versucht, gegen das tonnenschwere Meer anzukommen und an die Oberfläche zu schwimmen - leider vergebens. Immer doller war er wie beim Schleudergang einer Waschmaschine durchgespült worden. Die Luft war ihm langsam ausgegangen, seine Kraft hatte nachgelassen. Er hatte die Orientierung verloren. Sein Surfbrett wäre die Rettung gewesen. Es war noch an der Leash an seinem Fuß angebunden. Das war das perfide an dieser Notfallsituation gewesen. Gerade mal drei Meter von ihm entfernt war irgendwo seine „Rettungsboje" geschwommen. Wie im Vorhof zur Hölle war es ihm vorgekommen, als eine weitere Welle ihn gepackt und wie einen Spielball vor sich her geschleudert hatte. Er war für eine Sekunde im Wellenkanal gefangen worden und sein Kopf hatte aus dem Wasser geragt. Es war düster gewesen. Richtig gruselig. Er hatte eine ungewohnte Kälte gespürt. Er hätte sogar rettenden Sauerstoff einatmen können. Aber er hatte sich nicht getraut. Zuckend hatte er dem natürlichen Impuls widerstehen können, seinen Mund zu öffnen. Aber er hätte dringend seine Lungen mit frischen Lebensgasen füllen müssen. Die Stille um ihn herum war nicht auszuhalten gewesen und große Angst hatte sich in ihm breit gemacht. Krachend hatte sich der Kanal geschlossen und er wurde wieder unter Wasser gestoßen. Er hatte gedacht, er müsste sterben. Einer Eingebung folgend hatte er dann davon abgelassen, nach oben kommen zu wollen. Er hatte Kraft und vor allem Sauerstoff sparen müssen. Ihm war nicht mehr lange Zeit geblieben, bis er ohnmächtig geworden wäre. Mit viel Glück war er zwischen zwei Wellensets endlich aufgetaucht.

Luft, endlich Luft. Hastig hatte er eingeatmet und wurde sogleich wieder von der Meeresdecke erdrückt. Aber er hatte sein Surfbrett zu sich ziehen können. *Gerettet*, hatte er damals gedacht. Schwer atmend und mit Knieschmerzen war er irgendwie ans Ufer gelangt. Keuchend und hyperventilierend hatte er im Sand gelegen. *Nie wieder*, hatte er gedacht. Traumatisiert, aber froh, hatte er sein Glück kaum fassen können, noch am Leben zu sein.

Seine Panik von damals war wieder in schrecklicher Weise präsent. Er konnte nicht atmen. Es war schrecklich. Das mörderische Spiel ging noch ein paar Minuten weiter, bis Darby von ihm abließ. Der Boden um Thomas war komplett durchnässt. Michael und Isabela waren ganz ruhig geworden und rührten sich nicht mehr. Sie hatten aufgegeben, sich zu wehren. Blankes Entsetzen wich unendlicher Resignation. Sie wollten nur noch sterben.

Thomas musste sich übergeben. Er lag in seiner eigenen Kotze. Seine Augen waren angeschwollen und blutunterlaufen. Auch er gab auf.

Im Schnelldurchlauf gab er die Informationen preis, die Michael mit ihm geteilt hatte. Er erzählte von G&WE und dem umweltzerstörerischen Plan, Diquís zu bauen. Er erwähnte die Indianer und die Ungerechtigkeit, die sie erfahren sollten. Er gab zu, dass er Michael geraten hatte, zu Mario Alfaro zu gehen und den Skandal aufzudecken. Er verstummte und nur sein schwerer Atem und das Wimmern von Isabela waren zu hören.

„Gut", sagte Darby.

Er half dem Deutschen auf und setzte ihn wieder behutsam zwischen seine Freunde. Völlig durchnässt und mit Speichelfäden am Kinn saß er nur da und stierte vor sich hin.

„Dich brauche ich nicht mehr zu fragen", sagte er und schaute verächtlich Isabela an.

„Aber, ich sag es nur ungerne…"

Er machte eine dramatische Pause. *Was für ein Klischee*, dachte er und grinste genüsslich.

„Ihr wisst zu viel."

Er hatte den Satz noch nicht zu Ende gesprochen, da richtete er schon seine Waffe auf Isabela. Ihre großen, vor Tränen verklärten Augen weiteten sich vor Panik. Sie wusste, ihr Leben war vorbei. Thomas und Michael wollten etwas sagen. Der Deutsche machte Anstalten sich einfach vor seine Sitznachbarin zu schmeißen, aber er hatte keine Kraft. Seine Beine versagten und er konnte sich einfach nicht bewegen. Es war aus und vorbei!

Ein lauter Knall hallte durch den Raum. Die Pistolenkugel trat in den Kopf ihres Opfers ein und blieb einfach irgendwo im Hirn stecken. Dumpf kippte der schlaffe Körper zur Seite auf den Boden. Michael unterdrückte einen Schrei. Thomas hatte die Augen geschlossen. *Isabela war tot.* Erschossen wie ihre Hunde. Kaltblütig ermordet. Trauer stieg in ihm auf und sein Magen verkrampfte sich. Er wollte sich wieder übergeben. Er saß immer noch da. Wie festgewachsen, auch die Augen fest zusammengekniffen, als er seinen Namen hörte.

„Thomas? Was ist hier los?"

Er spürte, wie sich die beiden Körper neben ihm wanden, sich schüttelten und ihn dabei anstießen. Michael gab nur ein ungläubiges „What the fuck?" von sich.

Thomas öffnete die Augen. Vor ihm auf dem Boden lag Darby. Er war tot. Seine Augen starrten überrascht ins Leere und ein Rinnsal aus Blut breitete sich auf dem Holzboden aus. Das diabolische Lächeln hatte sich in Verwunderung aufgelöst. Der Deutsche konnte das Wort *What* auf den leblosen Lippen ausmachen. So kam es ihm zumindest vor und er beendete die Verwünschung flüsternd: „..the Hell?"

Der Tote hatte immer noch seine Waffe in der Hand. Neben ihm bewegte sich Isabela heftig hin und her. Sie wollte ihre Fesseln loswerden.

Wen Thomas vor sich stehen sah, konnte er nicht glauben. Er musste mehrmals blinzeln, da sein Blick immer noch von Tränen, Wasser und Schweiß getrübt war.

Carlos und Rodrigo, Marias Brüder. Sie hatten Pistolen in ihren Händen. Carlos kam auf sie zu und stelle sich vor Darbys Leiche, während sein Bruder Isabelas Knebelung löste. Mit einem leichten Tritt vergewisserten sie sich, dass der Serienkiller nicht mehr unter ihnen weilte. Sie hatten ihre Rache bekommen.

Epilog

Die Brüder hatten Thomas gerettet. Seine Feinde waren ungewollt zu Freunden in der Not geworden, auch wenn der Schmerz über den Raub noch tief in Thomas steckte. Er war froh. Sie waren am Leben. Carlos und Rodrigo waren nach ihrer Tat schnell abgehauen. Die Polizei wollte die Geschichte erst nicht glauben, dass zwei maskierte Samariter ihren Peiniger einfach so erledigt hatten und dann unerkannt fliehen konnten.

Das vom Deutschen geklaute Geld verloren sie beim Wetten in einem Spielkasino. Im Wahn hatten sie alles gesetzt, was sie hatten. Auch ihre bescheidene Behausung. Hoch verschuldet und alkoholkrank landeten sie in der Gosse.

*****

Die costaricanische Ermittlungsbehörde OIJ konnte Darby den Mord an den fünf Opfern im Paseo Colón nachweisen. Damit war der Fall abgeschlossen.

*****

Michael gab die ganze Geschichte über das Wasserkraftwerk zu Protokoll. Darby hatte zum Glück den Memorystick nicht zerstört. Der Texaner hatte ihn und seinen Laptop in Darbys Auto, das unweit von der Herberge geparkt war, gefunden. Ein findiger Reporter von der großen Tageszeitung La Nación hatte die Story dankend angenommen und gewissenhaft aufgeschrieben. Danach machte er den ganzen Skandal publik und ließ damit eine Reihe von Managern und skrupellosen Geschäftsleuten auffliegen.

Das Projekt war vorerst gestoppt. Diquís sollte frühestens in zehn Jahren gebaut werden. So stand es im nationalen Energie-Ausbauplan des HICE. Damit war die Schlacht, aber noch lange nicht der Krieg gewonnen. Jedoch formierten sich weitere Umweltorganisationen gegen den Bau des Staudamms und andere Indianerstämme stellten sich an die Seite der Terraba-Indianer. Die nationale Diskussion um die Rechte der Indianer sollte in die nächste Runde gehen.

*****

Die G&WE AG war raus aus dem Projekt. Die Internationale Entwicklungsbank ermittelte wegen Geldwäsche und Betrugs gegen den Vorstandsvorsitzenden. Damit war John seinen Job los. Dieser freute sich vorerst, dass die Hauptversammlung mit fast hundert Prozent Lindsay zum neuen Oberhaupt des Energiekonzerns gewählt hatte. Aber er hatte sich zu früh gefreut. Seine ehemalige Mitarbeiterin ließ in eiskalt abblitzen und brach jeden Kontakt zu ihrem Liebhaber einfach ab. Sie hatte erreicht, was sie wollte.

Später entzogen die US-amerikanischen Aufsichtsbehörden der G&WE AG die Börsenlizenz. Das Traditionsunternehmen konnte nicht mehr modernsten Umweltstandards entsprechen und heimste aufgrund von Missmanagement nur noch Verluste ein. Damit war Lindsay Chefin eines Scherbenhaufens.

*****

Michael war glücklich, dass sich alles doch noch zum Guten gewendet hatte. Er blieb noch ein paar Wochen in Costa Rica und konnte endlich in Ruhe Urlaub machen. Irgendwann hatte er dann genug von Tiquicia, wie die Einheimischen ihr Land liebevoll nannten. Das Reisefieber packte den Texaner und er wollte weiter. Sein nächstes Ziel: Panama. Oder irgendwo in Südamerika. Da sollte die Sonne viel heller scheinen, hatte er gehört.

Als er sich von Thomas und Isabela verabschiedete, sagte er nur: „Und bitte, sei nicht Thomas´ Segua, okay!"

Dabei wieherte er vor sich hin.

*****

Ein paar Monate nach dem schrecklichen Tag in Puerto Viejo wurden Thomas und Isabela ein Paar. Der Deutsche machte schließlich doch noch seine Surfschule in Tamarindo auf. Sie saßen mal wieder am Meer und blickten dem Horizont entgegen. Dabei erlebten sie einen der berühmten, malerischen Sonnenuntergänge. Thomas strich zärtlich mit seiner Hand über die lange Narbe an Isabelas Wade.

Er machte seiner Freundin eine Liebeserklärung: „Isabela, es ist leichter die Absichten des Windes oder die Sanftmut der Wellen am Strand zu messen als die Stärke meiner Liebe zu dir. Keine eisige Winternacht kann das immerwährende Feuer meiner Leidenschaft abkühlen. Ich verbringe die Tage träumend und die Nächte schlaflos, unablässig heimgesucht vom Wahnsinn der Erinnerungen an dich und mit der Angst eines zum Tode Verurteilten die Stunden zählend, die mich noch von einem Wiedersehen mit dir trennen. Du bist mein Engel und mein Verderben zugleich, bin ich bei dir, erlange ich göttliche Ekstase, und bist du fern, steige ich in die Hölle hinab. Worin besteht diese Macht, Isabela? Sprich bitte nicht von morgen oder gestern, ich lebe nur für heute, für diesen Augenblick, in dem ich in die unendliche Nacht deiner dunklen Augen eintauche."

Isabela sagte nichts. Sie lächelte nur. Sie wusste, dass Thomas die Worte aus Isabel Allendes Buch „Fortunas Tochter" geklaut hatte. Aber das war ihr egal. Sie drehte sich zur Seite und küsste ihren Freund. Sie ließ ein leises Wiehern verlauten. Der Deutsche lachte schallend und erwiderte die Liebkosung.

Fortsetzung folgt…